LA CITERNE

DU MÊME AUTEUR
chez le même éditeur

Mémoires d'un vieux parapluie, 1990.

L'Anniversaire, 1993 (Prix Jean Giono).

Un siècle sans histoire, 1995.

La Cinquième Porte, 2004.

La Dernière Conférence, 2008 (Grand Prix du Roman de l'Académie française).

MARC BRESSANT

LA CITERNE

roman

Éditions de Fallois
PARIS

22, rue La Boétie, 75008 Paris

ISBN 978-2-87706-693-8

I

LA VALLÉE DES SEPT VILLAGES

1

Toute la nuit, nous avons eu droit au grondement assourdi du canon. Sur l'autre versant de la montagne, à pas même dix kilomètres à vol d'oiseau, ceux d'en face ont dû tenter de franchir massivement la frontière. La seule technique possible maintenant que l'électrification du barrage est achevée. Un type sur vingt réussit à passer, m'a expliqué d'une voix tranquille un officier du régiment qui surveille le dispositif. Les trois mille volts, les champs de mines et les automitrailleuses éliminent les dix-neuf autres.

Au pied de l'ancienne citerne, ce matin encore on a retrouvé un bouquet de roses. De ces roses rouge sang qui poussent dans le potager dévasté de la ferme Ligny, sur l'autre rive de l'oued.

— On finira bien par mettre la main sur le salopard qui se permet ces plaisanteries, a rugi le caporal Mouraoui en débarquant dans le réduit crasseux qui me sert de bureau. Et on lui fera sa fête, comptez sur moi, mon lieutenant !

Je lui ai demandé de garder son calme. Surtout ne pas en faire une histoire, nous en avons assez comme ça sur les bras ! Enlever les fleurs avant que le village se réveille. Ne réagir que lorsqu'on aura identifié le coupable. Mouraoui a enregistré et il obéira. Mais il a été mêlé de trop près à toutes ces affaires. Pour lui, ceux qui sont morts à cette époque l'ont bien cherché, et toute compassion à leur égard est criminelle.

Pour mon anniversaire, Bechir, que j'imaginais incapable de s'installer aux fourneaux, avait préparé un tajine de poulet aux figues. Furieux d'avoir été doublé, le cuistot a laissé glisser le plat sur la table sans articuler un sourire.

— Un tajine comme on les fait à Oran, a assuré Bechir. J'ai écrit à ma mère pour être sûr de la recette.

De sa voix posée d'instituteur, il nous a décrit les étapes de la préparation, sans nous épargner aucune des herbes qu'il avait mobilisées, et ses explications étaient si lumineuses qu'on était pris de l'envie d'essayer toutes affaires cessantes.

Je ne sais comment Delcourt et lui avaient réussi à dénicher des bougies de couleur, pas toutes pareilles, mais les vingt-deux y étaient, que j'ai soufflées d'un coup comme il se devait. J'ai pris conscience que j'étais le benjamin de la bande. 7 avril 1938 ! En ce jour lointain, Delcourt, *l'toubib* comme chacun l'appelle ici, avait déjà cinq ans, et sûrement, le dimanche à l'église de Domfront, il portait un costume marin de la meilleure coupe. Bechir, lui, allait sur ses deux ans, et j'imagine volontiers, planté sur son crâne, un fez minuscule, fierté de cette mère dont il ne peut s'empêcher de nous parler à tout bout de champ. Pourtant, miracle des galons, c'est moi le patron…

Ces roses déposées depuis quelques jours par une main anonyme me perturbent plus que je ne croyais. Quelqu'un est capable de prendre des risques, de gros risques, juste pour rappeler les morts et réclamer justice.

Avant que la nuit tombe, d'un geste mécanique, j'ai braqué mes jumelles vers les ruines de la ferme Ligny, au pied de la falaise que les gens du village nomment le *mur de la Folle*. Un étrange réflexe que j'ai maintenant, comme si ce qui s'est passé là-haut pouvait aider à comprendre le drame où nous nous trouvons projetés.

Trois mois aujourd'hui que j'ai pris mon poste au fond de cette vallée perdue.

— Cette année 1960 va très mal se passer pour de Gaulle, a lancé le lieutenant Lefèvre d'une voix dont il ne prenait même pas la peine de contenir l'exaspération.

Tous les quinze jours, Lefèvre s'arrête ici à la tête du convoi qui va chercher à T. vivres et munitions pour son régiment en faction sur le barrage de la frontière marocaine.

— Incroyable quand même, a-t-il repris en brandissant le verre d'eau que je lui avais offert, avec dedans une rondelle de citron, sa seule faiblesse. Nous avons maintenant gagné sur le terrain. Et celui que nous avons installé au pouvoir en mai 58, pour disposer enfin d'un gouvernement digne de ce nom, s'aplatit à son tour devant les tueurs du FLN. Comme le premier pékin venu !

De ses grands yeux sombres, il m'a dévisagé, amical :

— Bien sûr, vous le vivez, vous aussi, la rage au cœur.

De l'avis que j'avais sur la question, il n'avait rien à foutre. Puisque je porte des épaulettes semblables aux siennes, même si c'est seulement pour vingt-huit mois, je ne peux pas penser autrement !

D'un geste délicat, il a porté une datte à sa bouche, en a arraché un minuscule fragment. Une pratique, m'avait-il expliqué, que lui avaient enseignée les hommes du désert.

À sa sortie de Saint-Cyr, il avait choisi d'être affecté dans les sables, et il avait gardé un souvenir impérissable de ses déambulations au milieu des dunes. C'était il y a une éternité, sept ou huit ans. Les armées de la République campaient encore aux quatre coins du Sahara. Sauf en Indochine où les Jaunes faisaient des histoires, l'Empire français tenait la route. Avec de la volonté au sommet et de l'héroïsme à la base, Lefèvre en est convaincu, tout aurait pu continuer un bon bout de temps comme ça.

À mon arrivée en janvier, quand j'étais monté me présenter à lui dans les baraquements qu'il occupe au milieu des pierres avec vue imprenable sur le Maroc en contrebas, il semblait parfaitement bien dans sa peau. Plus officier méhariste que nature avec son écharpe blanche immaculée mettant en valeur un treillis usé jusqu'à la corde. Sûr de lui et de l'issue du combat mené.

Depuis, il y a eu la *semaine des barricades* à Alger où les gendarmes ont tiré sur des pieds-noirs furieux que de Gaulle ait prononcé le mot *autodétermination*. Et surtout cette *tournée des popotes* que le Général vient de faire aux quatre coins de l'Algérie, à préparer les *centurions*, comme Lefèvre et ses pareils ne détestent pas qu'on les appelle, à oublier les mâles beautés de *la France de Dunkerque à Tamanrasset*.

— Bon, il faut que j'y aille, a lancé Lefèvre. Merci pour le verre d'eau et la poignée de dattes qui me rappellent l'hospitalité saharienne.

En grimpant d'un bond dans son command-car, il m'a gratifié d'un grand sourire, avant de donner aux cinq camions du convoi le signal du départ.

Au petit matin, le caporal Mouraoui m'a réveillé. Dans ce qui était le préau de l'école avant les événements, Delcourt attendait, sa mallette de médecin à la main.

— Encore un petit polichinelle qui fait des siennes, a-t-il ricané en carabin impénitent.

Comme chaque fois, il était fringué, rasé et peigné à la perfection. *Toujours prêt pour les dames*, selon la formule un peu niaise qu'il affectionne, mais qui prend des couleurs dans ce cadre pas précisément prévu pour les parties de jambes en l'air.

Nous nous sommes engagés dans les ruelles sombres, flanqués de Mouraoui et de trois de ses hommes. L'escorte qui, selon nos instructions, doit assurer la protection du toubib quand il juge impératif de sortir en pleine nuit pour soigner un malade. La torche de Mouraoui débusquait les fondrières dans le sol. Pas un chat dehors, bien sûr, pour cause de couvre-feu. La maison est à l'autre bout du village. Accroupies dans la cour de terre battue, les femmes du voisinage étaient déjà rassemblées, prêtes à déverser leurs pleurs si les choses tournaient mal.

La mine terreuse, le papa potentiel nous attendait. Ahmed Hamiche est l'un des rares au village à avoir toujours eu le courage de me faire la gueule. Mais là, son regard reflétait la trouille qu'il avait pour sa femme et pour le petit à venir.

Il a fallu une bonne heure au toubib pour sortir le bébé, tout entortillé dans le ventre de sa mère. Une fille ! Devant nous, le père a fait comme si le sexe de l'enfant n'avait pour lui aucune importance. Nabila, il avait même prévu un prénom pour elle.

En sortant de la pièce où avait eu lieu l'accouchement, Delcourt, plus pâle que d'habitude, nous a expliqué que le môme avait eu chaud et lui aussi :

— Quand tout a été enfin terminé, j'ai dû me contrôler pour ne pas lancer des youyous de victoire. Mais les dames n'auraient peut-être pas apprécié une concurrence aussi déloyale !

Cette phrase a provoqué un mince sourire chez le papa. Sa grande carcasse accroupie devant le réchaud à pétrole, il était déjà en train de préparer le thé. Dans le va-et-vient entre la théière et nos verres, il mettait toute la considération qu'il nous devait en ce moment précis. La première gorgée bue, il m'a remercié et souhaité une postérité abondante et pleine de mâles. Pour la première fois, je lui voyais un visage ouvert, presque chaleureux. J'y ai été, moi, à plusieurs reprises de phrases convenues dans mon mauvais arabe dialectal, qui fait sourire, mais aussi touche les gens.

À un moment, on a amené la gamine pour que le père la prenne dans ses bras. Ce qu'il a fait, visiblement heureux et fier, puis il nous l'a présentée de façon cérémonieuse. Ses mains calleuses faisaient un drôle de contraste avec les broderies délicates des robes dans lesquelles la petite était emmitouflée. Je me suis extasié comme il convenait devant cette frimousse fripée.

Quand je me suis levé, Ahmed Hamiche s'est rembruni. Il prenait conscience soudain qu'il s'était laissé aller au-delà de ce qu'il voulait.

— J'ai mes idées, m'avait-il expliqué la première fois que j'avais cherché à engager la conversation. Vous le savez bien, mon lieutenant, nous n'avons rien à nous dire !

Il fait partie des quelques-uns ici à avoir travaillé en France. Dans les aciéries de Lorraine, dix ans au moins. Un accident du travail l'a fait réformer. Une jambe raide désormais, mais une pension qui, ici, lui permet de faire vivre sa nombreuse progéniture. À Hagondange, il a été membre actif d'un syndicat. Il a appris à se défendre, mais aussi à attaquer. Les fiches de la Sécurité militaire, qui visiblement l'a à l'œil, avancent qu'il joue un rôle important dans l'organisation de la rébellion, dans la vallée, et même sans doute au-delà. Mais l'intéressé est d'une extrême prudence, et jamais on n'a pu apporter la preuve de son implication.

Sur le seuil de la maison, nous avons échangé les salutations d'usage.

— Vous aidez nos fils à naître, m'a-t-il alors jeté d'une

voix sourde. Bien ! Mais à quoi ça sert si, après, vous nous les tuez !

Et il a tourné les talons. Le couvre-feu venait d'être levé. Les ruelles s'étaient remplies d'un coup. La bêche sur l'épaule, les gens partaient cultiver leurs carrés de légumes dans les potagers alignés le long de l'oued, ou bien ils allaient faire paître leurs chèvres dans les portions de montagne qui n'ont pas été décrétées *zones interdites*.

M'apercevoir à cette heure dans le village, flanqué de trois hommes en armes et du caporal Mouraoui, pas vraiment en odeur de sainteté dans le coin, ne disait rien qui vaille aux villageois croisés. Heureusement Delcourt, un grand sourire aux lèvres, agitait de loin en loin sa mallette au-dessus de mon képi bleu. Les gens soudain comprenaient et nous adressaient des salutations presque cordiales.

Au moment où nous arrivions au poste, le soleil a fait son apparition au-dessus du massif des Trois Pitons. Très loin au pied du *mur de la Folle*, les ruines de la ferme Ligny scintillaient. Difficile d'imaginer plus de perfection qu'en ces journées limpides lorsque montent de l'oued les premières odeurs du printemps.

Tâches bureaucratiques habituelles. Le registre d'état civil, la situation des différents chapitres du budget qui m'est alloué, la liste hebdomadaire de mes *contacts avec la population*, le décompte mensuel des *rebelles mis hors d'état de nuire*... Sans parler du livre de paye des trente-deux harkis qui ont le bonheur de servir sous mes ordres.

Lettre obséquieuse au chef de cabinet du préfet à T., un petit bonhomme toujours en complet trois pièces, qui n'y peut rien s'il aime la lèche. Comme de juste, Delcourt a profité de la folle nuit que nous avons vécue à accoucher de conserve, si l'on peut dire, pour m'extorquer une fois de plus une rallonge de médicaments. À peine sortis de chez

Hamiche, il avait laissé négligemment tomber, de cette voix placide qui annonce toujours des emmerdements :

— Je n'arrive pas à comprendre pourquoi, mais il se confirme que les gamins qui passent l'hiver sous la tente dans les centres de regroupement ont une fâcheuse tendance à s'acoquiner avec les bacilles de Koch.

Et d'un ton sans réplique :

— BCG, ça s'appelle, tu as l'âge de savoir ça. Tu te souviendras ? Cinq cents doses, ça devrait suffire au départ.

Privés de tous nos repères, nous avons inventé entre nous une camaraderie bourrue et saugrenue qui nous rassure, moi, son patron sur le papier, et lui, l'aspirant médecin très à cheval sur son indépendance. Peut-être tiendrons-nous la distance, dix-huit mois encore à coexister côte à côte dans cette contrée de rêve. *Inch Allah*, bien sûr.

Au camp de regroupement numéro 1, le plus proche du village, deux chefs de famille ont été égorgés au cours de la nuit. Dans la jeep qui nous y emmenait, le caporal Mouraoui a juste fait ce commentaire :

— Ils refusaient de payer l'impôt aux *fells*.

Il a dit ça comme s'il s'agissait d'une banale altercation entre voisins.

Quand nous sommes arrivés sur les lieux, l'enterrement venait d'avoir lieu. Les yeux encore écarquillés de terreur, épouses et enfants étaient incapables d'articuler trois mots. D'une voix rude, Mouraoui, pour la forme, a interrogé les voisins. Personne, bien sûr, n'avait rien vu, personne ne savait rien.

— Les autres maintenant vont raquer sans discuter, a laissé tomber Mouraoui quand nous sommes remontés dans la jeep. Jusqu'à la prochaine fois.

Il suffit qu'il parle un moment avec moi pour que son impayable accent de titi parisien remonte à la surface. On ne passe pas impunément les premières années de sa vie à Aubervilliers !

Pendant les dix minutes de route, il a égrené la liste de ceux qui avaient été tués pour le même motif depuis deux ans qu'il servait dans la vallée. Une bonne trentaine si j'ai bien compté.

— Les *fells* sont des salopards, a-t-il conclu. Je vous l'ai toujours dit, mon lieutenant !

L'Écho d'Oran, qui nous arrive ici de loin en loin, publie en première page, assorti de la photo du lever de drapeau de rigueur, un article saluant la sortie du six millième sous-lieutenant de réserve de l'École d'officiers de Cherchell. Quatre promotions annuelles de trois cents depuis 1956, la première année où les politiques ont pris au sérieux ce qui se passait en Algérie. *La machine est maintenant parfaitement rodée*, martèle le journaliste comme il l'aurait écrit d'une chaîne de montage de machines à laver.

Depuis qu'il a été décidé de quadriller entièrement le territoire, il faut trouver chaque année mille sous-lieutenants pour occuper les pitons algériens. Le plus simple est d'aller les chercher parmi les diplômés de ce qu'on nomme les grandes écoles. Si boutonneux ou névrosés soient-ils. C'est ainsi qu'à vingt-deux ans, un type de mon genre, avec pour tout bagage un diplôme d'ingénieur lambda, se retrouve dans une vallée perdue près de la frontière algéro-marocaine. À faire régner l'amour de la France avec droit de vie et de mort sur la population. Droit de mort surtout, me semble-t-il, les jours de cafard comme aujourd'hui.

— Appuie-toi sur Bechir, m'avait recommandé mon prédécesseur. Comme instituteur, il fait un travail formidable. C'est un type intelligent et droit. Il se débat évidemment dans toutes les contradictions où vivent les Algériens de sa génération qui ont accepté de travailler avec les Français. Mais les gens d'ici l'estiment.

Bechir est la providence du bizarre ménage à quatre que nous formons dans ce qui était le logement du couple d'instituteurs en poste ici avant les événements. Né dans la banlieue d'Oran, il n'avait jamais vraiment eu l'occasion de fréquenter *les Français* comme il s'entête à dire malgré mes admonestations : « Puisque nous sommes tous Français désormais, mon cher Bechir, il serait temps que tu t'en souviennes. » Mais il commence à avoir les clés et depuis qu'il s'est résolu à me tutoyer et à remplacer les *mon lieutenant* par un *Jean-François* plus convivial, il n'est plus trop démuni, je crois, parmi nous. D'une humeur constante, curieux de tout, il contribue puissamment à l'harmonie de notre petite bande.

Il arrive, en effet, à *l'toubib*, ainsi que toute la vallée l'appelle, de s'abandonner à son tempérament misanthrope. Notamment quand il pense trop à son bocage bas-normand ou à la fiancée dont le profil de jeune fille sage est encadré sur sa table de nuit. Des soirées entières, il s'enferme alors dans sa tanière, travaille à ses herbiers, remet inlassablement les *Concertos brandebourgeois* sur le pick-up dernier cri qu'il s'est payé. Reste que le serment d'Hippocrate, pour lui, est sacré : sans ménager ses forces, il court entre les villages et les centres de regroupement avec la conviction qu'il lui faut sauver son prochain.

Pour aller le tuer, son prochain, le sergent Burguet, lui, est toujours volontaire. Un raccourci un peu facile, c'est vrai. Ancien d'Indochine, de Madagascar et de je ne sais où encore, ce n'est pas lui qui a inventé la *pacification*, ni *l'Algérie, c'est la France*. Têtu, rancunier, bas de plafond, il n'est pas impossible malgré tout à supporter : se sachant en minorité, il se résigne en général à la boucler en tirant sur sa pipe. D'autant que le désarçonne, je l'ai vite compris et j'en abuse, le plus petit compliment. Une allusion à la tenue impeccable de ses harkis au lever des couleurs le rend heureux pour des heures. Ou bien des commentaires un peu appuyés sur l'allure martiale de la petite moustache en brosse qu'il taille chaque dimanche avec une application maladive.

Bref, nous sommes quatre, et un hasard heureux a voulu que la Troisième République ait prévu pour les instituteurs d'alors autant de chambrettes au premier étage du bâtiment. Un bâtiment plutôt rare dans les montagnes d'ici, mais dont les clones hérissent les Alpes ou l'Auvergne profonde. Chez nous, pourtant, les sacs de sable entassés sur les appuis de chaque fenêtre pour décourager les coups de fusil intempestifs donnent à l'édifice une sale gueule de bunker.

Au bout de mes jumelles, l'inévitable ferme Ligny. L'air translucide de cette matinée de printemps confère la sécheresse du burin aux contours des murs encore debout. Livrés à eux-mêmes, les buissons de roses ont enjambé les limites du potager, formant une estafilade sanglante sur le *mur de la Folle*.

Dans le coffre de mon bureau figure en bonne place un volumineux dossier de presse sur l'affaire. L'une des toutes premières de son genre, elle fit la une des quotidiens locaux et de beaucoup de journaux métropolitains. Les coupures vont de la découverte des cadavres des occupants de la ferme jusqu'au procès devant les assises d'Oran et l'exécution deux ans plus tard du principal coupable dans la cour de la prison Barberousse à Alger.

À mon arrivée ici, j'ai lu et relu jusqu'à la nausée chacun de ces articles, avec l'idée qu'ils m'aideraient à me sentir un peu plus mobilisé par ce qui se passait dans ce pays.

Une idée absurde, bien sûr. J'aurais dû bazarder ce dossier, juste un fait divers devenu d'une navrante banalité. Mais les visages des deux gamins assassinés m'étaient devenus trop familiers pour que je me décide à les foutre aux ordures.

Profitant du passage d'un convoi qui gagnait le barrage électrifié, je suis monté ce matin jusqu'au village le plus haut de la vallée. Je n'avais fait que le traverser à mon arrivée en allant me présenter au lieutenant Lefèvre. Impassible, le caporal Mouraoui conduisait la jeep. Derrière moi, à chaque virage, je sentais les doigts des trois harkis qui se crispaient sur le chargeur de leur pistolet-mitrailleur.

Accrochée au bord de la gorge où se faufile l'oued très en contrebas, avec comme toile de fond le massif des Trois Pitons, la route est d'une stupéfiante splendeur.

Le village est juste au-dessous du col, à près de 1 200 mètres. En hiver, il est souvent bloqué par la neige, et l'été il arrive qu'il soit balayé par les vents de sable venus du Sahara. Un endroit pas commode à vivre. Ce n'est pas tout à fait pour cette raison, pourtant, que la population en a été évacuée en 1956. Cinq ou six appelés du contingent avaient été tués dans une embuscade tout près, et pour marquer le coup, le Génie a rasé toutes les maisons. Dans la foulée ont été dynamitées la mosquée, dont des photos figurent dans tous les ouvrages sur le patrimoine de la région, ainsi que l'école que l'Administration s'était enfin décidée à construire à la veille des événements. Les potagers eux-mêmes ont été éventrés afin d'empêcher ceux d'en face d'y trouver une éventuelle pitance.

Sur les quelques murs encore debout, on lit des inscriptions usées par les pluies : *Algérie Indépendante* et autres. J'ai découvert, cependant, étrangement préservé, un *Algérie Française* qui, on ne sait comment, a réussi à survivre alors que, la nuit, l'endroit appartient à ceux d'en face. D'autant plus surprenant que le fameux commandant Belhocine, le patron des maquis du coin, est originaire d'ici. Laisser-aller et lassitude face à une guerre qui s'éternise…

J'avais promis aux notables d'examiner si, à cet endroit, le versant ouest de la montagne pourrait être rouvert aux troupeaux pendant quelques semaines en été.

— Ils vont en profiter pour faire leurs saloperies avec les *fells*, mon lieutenant, répétait le caporal Mouraoui pendant que j'essayais de me faire une idée des problèmes, la carte d'état-major en main. Vous ne les connaissez pas, ces salopards !

Mouraoui ne dispose pas d'un vocabulaire très étendu quand il parle de ceux d'en face, mais il a des circonstances atténuantes : les autres lui en ont fait voir des vertes et des pas mûres depuis le début des événements.

Le sergent qui dirigeait le détachement des camions, un petit chtimi de vingt ans tout proche de la quille comme il le répétait à tout bout de champ pour s'en convaincre lui-même, nous a dit adieu. En milieu de journée, il n'y a plus de risques à redescendre seuls. Le maquis a été suffisamment étrillé pour se tenir à carreau. Mieux vaut tout de même ne pas s'attarder.

Mouraoui a repris le volant. Malgré ses reproches muets, je l'ai fait s'arrêter à plusieurs reprises. Tout au long de la route, la vue sur l'oued en contrebas est ahurissante. La chose n'avait pas échappé, du reste, au *Guide bleu 1954*, qui attire l'attention sur des réalités touristiques qu'on oublie trop facilement par les temps qui courent…

Étroite et sinueuse sur les onze kilomètres où elle remonte la gorge, la route est dangereuse. Bien klaxonner avant chaque virage ! précisent les rédacteurs de l'ouvrage encore en vente dans toutes les bonnes librairies d'Algérie et de Navarre. Depuis quelque temps, les bruits de klaxon n'ont pas dû trop polluer ces hautes falaises. Sur l'analyse comparée du timbre des diverses armes automatiques, en revanche, elles sont, j'en suis sûr, devenues imbattables.

Deux semaines après la naissance problématique de sa fille, Ahmed Hamiche s'est décidé à venir au poste pour la déclarer. Au-delà des délais légaux, histoire de marquer le coup. J'étais dans la cour en train de palabrer avec je ne sais qui, mais il s'est arrangé pour ne pas me voir.

Les fiches que j'ai trouvées dans le coffre de mon bureau sont bien faites. Trois de ses frères sont morts à cause des Français. Mokhtar, le plus jeune, avait gagné le maquis au tout début des événements : il a été tué les armes à la main dans une embuscade à quelques encablures du village. Les deux autres ont été arrêtés suite à un attentat à la grenade contre une jeep sur la route du col. Un sous-officier avait été tué. Les deux frères Hamiche n'avaient sans doute rien à voir dans cette affaire, mais ils étaient repérés depuis le début comme les principaux collecteurs de fonds pour le Front de libération dans la vallée.

Faire peur, toujours plus peur ! C'est le capitaine Nogués en personne, m'a-t-on expliqué, qui, la nuit, leur a fait leur affaire, au pistolet d'ordonnance comme il en avait l'habitude. Leurs corps, comme ceux de tous les autres, ont été jetés dans l'ancienne citerne désaffectée, la *vieille citerne* comme chacun dit ici, avec ce qu'il fallait de chaux. De *chaux vive*, puisque c'est ainsi que ça s'appelle.

2

Au dernier moment, Bechir m'a convié à assister au concours de récitation qu'il a organisé à l'école. Un risque qu'il a pris face au village et une preuve de confiance qui m'a touché. Au grand dam du sergent Burguet, je me suis mis en civil pour l'occasion.

À entendre ceux de ses élèves qui avaient mérité de dire une poésie et à observer les yeux brillants des autres, on comprenait qu'il avait su donner aux gamins qui lui étaient confiés le plaisir de l'effort intellectuel, et aussi le bonheur des mots, dans une langue pourtant pour eux tout à fait exotique.

Avec l'enthousiasme tranquille qui est sa manière d'approcher la vie, Bechir, d'une apparence si menue et fragile, a réussi la réouverture de l'école fermée par le capitaine Noguès pour punir la population de son soutien aux rebelles. Malgré l'aspect inhospitalier des baraquements préfabriqués où il enseigne, il sait se montrer toujours positif et souriant. Le matin, il fait la classe à quarante gamins de six à quatorze ans, et l'après-midi à presque autant de filles.

Ancien élève du lycée Lamoricière d'Oran, Bechir a obtenu son bac avec une mention *assez bien* dont il est très fier. Même si elle avait arrêté ses études très tôt, sa mère l'a fait travailler chaque jour tout au long de sa scolarité, ainsi qu'il le rappelle sans cesse.

Le français était sa meilleure matière, et il se souvient de toutes les poésies qu'il a apprises depuis la onzième, de La Fontaine à Rimbaud. *Le Dormeur du val* le touche tout spécialement. Bien plus encore qu'avant puisque, remarque-t-il, *ici, c'est vraiment la vallée des dormeurs du val.*

J'aime le petit sourire contrit qui lui vient aux lèvres quand il se laisse ainsi aller à l'humour sombre qu'appellent ces parages.

Comme de juste, il a fait dire ce texte au plus brillant de ses élèves. D'une petite voix haut perchée, le garçon s'en est tiré sans une faute, en introduisant aux bons endroits les pauses qu'il fallait : *Nature, berce-le chaudement : il a froid* avant de lancer, tendu vers cette chute depuis le début : *Il a deux trous rouges au côté droit.*

Bien sûr, parmi les parents présents, très peu étaient en état de comprendre. Bechir a donc traduit le texte en arabe dialectal, et il a demandé au jeune garçon de le réciter une seconde fois. Le silence qui s'est fait en disait plus sur ce qui se passe ici que tous les exposés du monde.

Après la cérémonie, Bechir m'a appris que celui qui avait si bien récité était le fils aîné d'Ahmed Hamiche. Son père avait prévu de venir l'écouter. En apprenant ma présence, il avait préféré rester chez lui.

Le sergent Burguet n'aime pas qu'on utilise ses hommes à autre chose qu'à traîner leurs guêtres dans le djebel. J'ai beau lui assurer que le maréchal Bugeaud, de glorieuse mémoire, aurait sûrement exhorté de nos jours à pacifier *par l'épée et par le pinceau*, il me fait la gueule depuis que j'ai mobilisé les harkis à des travaux dans le poste. La peinture du rez-de-chaussée est enfin achevée, là où étaient jadis les deux salles de classe, et de vraies tables ont remplacé les planches posées sur des tréteaux qui jusqu'à maintenant faisaient office de mobilier de bureau.

Quatre ans déjà que, pour suppléer à la carence d'une administration hors d'état de s'aventurer dans ce coin pourri, on a créé ici la SAS. La *Section Administrative Spécialisée* ainsi qu'un écriteau délavé le proclame au-dessus de la porte d'entrée, un nom et des initiales qui n'incitent guère à passer le seuil.

Désormais les locaux sont à peu près propres et fonctionnels. Prêts à affronter l'éternité, en tout cas celle de la pacification. Ça n'empêchera pas les quatre employés originaires du village supposés m'assister de continuer à être bien incapables d'assurer convenablement l'état civil, les finances, les travaux publics, l'aide sociale, les services postaux et le reste. Les pauvres n'ont pratiquement reçu aucune formation, et moi moins encore ! Comme par le passé, nous ferons comme si nous savions, et c'est ça qui importe pour la préfecture. Ce qui n'arrange rien, bien sûr, c'est que les types qui travaillent ici sont terrorisés d'être au service des Français même si, me dit-on, ils achètent le droit de le faire en reversant ni vu ni connu la moitié de leur paye aux veuves des moudjahidin.

Dominant le village, la *vieille citerne* est calée sur un amoncellement d'énormes blocs charriés en des temps immémoriaux. L'arriment à la paroi rocheuse des barres métalliques rongées par la rouille, qu'on a dû installer à la fin du siècle dernier. D'après un document de cette époque que j'ai retrouvé dans les caisses de paperasses qui moisissent dans la cave, la citerne alors menaçait de s'ébouler, et elle commençait à fuir de partout. L'ingénieur des travaux publics monté d'Oran suggérait, plutôt que d'engager de coûteux travaux de consolidation, de la remplacer par un réservoir qu'on établirait non plus à proximité du village, mais beaucoup plus haut, au pied de ce château d'eau naturel que constitue le massif des Trois Pitons. La solution qui a été retenue un demi-siècle plus tard…

En parcourant son étude, j'ai noté qu'il évaluait la contenance de la *vieille citerne* à environ cinq cents hectolitres. Autant dire, si l'on compte un hectolitre par individu, qu'il y a de quoi y loger cinq cents hommes.

Cinq cents cadavres, c'est précisément le chiffre que brandissent ceux d'en face. Aux alentours de cent quatre-vingts, m'a assuré un appelé affecté à l'état-major à T. qui a bien voulu farfouiller pour moi dans le rapport confidentiel établi après la mutation du capitaine Noguès. Qui croire ? La seule chose sûre, c'est que la *vieille citerne* est à trois cents mètres à vol d'oiseau de l'endroit où je dors.

Où je dors chaque nuit du sommeil du juste.

Sacrée connerie que j'ai eue d'envoyer à ma mère une photo dans mon bel uniforme de sous-lieutenant, képi bleu clair frappé d'un croissant d'or et épaulettes rouge tomate. Elle qui a tant de mal en général à prendre la plume, elle m'a répondu par retour du courrier. De cette écriture ronde et molle qui me donne des boutons, elle rappelle la mort de son père dans les plaines de la Marne en août 1914. À cause, assure-t-elle, des pantalons garance dont l'Intendance avait équipé l'infanterie. Elle me demande de lui promettre d'ôter mes épaulettes chaque fois que je n'aurai pas de supérieurs à proximité.

Ils font de vous des cibles vivantes, soutient-elle avant d'accuser les chefs de notre armée de faire courir à de jeunes chrétiens le risque de mourir couronnés du *croissant musulman ornant leur képi*.

Il est là, posé sur mon bureau, le képi bleu azur frappé du croissant et de l'étoile d'or qui fait délirer ma pauvre mère ! Vivant symbole des pouvoirs à moi dévolus par la République ! Dans les moments de vague à l'âme, je le fixe longuement, dans l'attente de je ne sais trop quelle révélation. Jusqu'à ce que je l'attrape d'une main furibarde et l'envoie valser à l'autre bout de la pièce.

Reste que, quand je sors, je le garde vissé sur la tête. Dans le village, si je laisse de côté les femmes et quelques mauvais coucheurs comme Hamiche, il accomplit les neuf dixièmes de la mission numéro un qui nous a été confiée par nos chefs avant que nous rejoignions nos affectations respectives : *reprendre contact avec la population musulmane.* Par sa seule présence, il déclenche cet indéfini chapelet de *bonjour* et de *ça va,* en français et en arabe, qui m'escorte depuis que j'ai mis le pied dans la vallée.

Fin de non-recevoir pour ma demande d'extension des pâturages au-dessus du village perché tout en haut de la vallée. *À moins que le poste ne dégage pendant la période considérée les moyens de contrôle adéquats pour prévenir tout contact des gardiens de troupeaux avec les hors-la-loi.*

Je soupçonne le sergent Burguet d'être intervenu auprès de ses camarades à T. pour faire capoter encore plus sûrement une demande dont il m'avait répété à quel point elle lui paraissait dangereuse pour la sécurité de la zone.

Si on le laissait, Burguet ferait poser des barbelés et des mines tout autour du village en attendant que sonne le *dernier quart d'heure* promis par l'état-major depuis le début des *événements,* le mot de code en usage pour désigner une guerre qui n'en est, il est vrai, qu'à sa sixième année.

Il faut *protéger la population contre elle-même,* nous expliquait un de nos instructeurs à Cherchell. Nous l'écoutions sans bien comprendre ce qu'il voulait dire. Le sergent Burguet, lui, comprend.

Deux seulement des *sept villages* à qui la vallée doit son nom sont encore habités : celui où est établi le poste, le seul où la gorge s'évase pour de bon, et puis tout en bas, juste avant que l'oued débouche sur le plateau, Mechara avec sa mosquée du quatorzième siècle, directement administré par le régiment qui garde l'usine électrique. La vie, si l'on peut appeler ça ainsi, s'est réfugiée dans ces deux sites.

La vie, celle des cinq villages de la vallée qui ont été rayés de la carte, mais aussi celle de tous les hameaux éparpillés dans le coin. Et, des hameaux, il y en avait par ici ! Au pied des falaises surtout, où les résurgences sont nombreuses. En moins de temps qu'il ne faut pour le dire, tout cet habitat a été submergé par une végétation ingrate, mais déterminée. Les figuiers de Barbarie, en particulier, se sont vengés avec usure des siècles d'outrages que leur ont infligés les hommes et les chèvres.

Une partie des gens chassés de chez eux ont fui vers le Maroc avant que la frontière soit bouclée, mais la plupart se retrouvent dans les deux *centres de regroupement* installés à proximité du poste. Au total, six cents tentes militaires alignées au cordeau. Ce n'est pas un problème pour leurs occupants, répètent les autorités : beaucoup de leurs occupants étaient des nomades, en tout cas leurs parents ou leurs aïeux. En plus, grâce aux canalisations qui descendent du réservoir d'Aïn Sefra, la *nouvelle citerne* comme l'appellent les gens par opposition à la *vieille citerne* en haut du village, les centres ont été équipés de bornes fontaines, un progrès considérable pour des gens qui jusqu'alors allaient puiser leur eau dans les oueds ou dans des sources souvent à sec. Tout est pour le mieux en quelque sorte.

Pour eux, comme, j'imagine, pour les deux millions d'autres habitants de ce pays qui, selon les journaux métropolitains mal pensants, ont été arrachés à leurs pénates. Vingt pour cent de la population.

Delcourt est court sur pattes et c'est pour lui un sujet récurrent de désespoir. J'ai beau lui expliquer que son visage régulier, ses traits fins, son menton énergique ont de quoi séduire toutes les filles de la création, il me rétorque :

— Avec ton mètre 86, tu ne peux pas comprendre !

Rien ne sert de faire à son intention le tour de mes imperfections, mon nez trop busqué, mes mains de paysan et le reste, il me renvoie en pleine gueule ma stature pour laquelle il donnerait son âme.

Pas vraiment le genre de conversations qu'ont en général les mecs entre eux. Mais l'isolement dans notre ermitage de montagne nous pousse de loin en loin à parler de n'importe quoi, juste pour sortir du silence de la nuit.

Le silence de la nuit, mais aussi l'obscurité radicale des maisons. À vingt-deux heures, le groupe électrogène qui dessert le poste s'éteint, c'est tout ce que nous permet notre dotation en carburant. Dix kilomètres plus bas, les turbines du barrage nous narguent en produisant je ne sais combien de milliers de kilowatts expédiés dans toute l'Oranie. Pas question de nous plaindre : en 1967, le plan de modernisation de l'Algérie l'a prévu, les villages du bas de la vallée seront rattachés au réseau. Une date raisonnable, puisqu'on peut penser que ceux d'en face auront alors perdu cette manie qu'ils ont de faire sauter les pylônes…

En attendant, les lampes à pétrole, à gaz ou à piles nous escortent chichement, mais sans faire d'histoires.

Lettre surréaliste de la directrice du service des Archives départementales à T. Dans les termes mêmes qu'elle aurait utilisés si elle avait écrit d'Angoulême, la préposée s'étonne de ne pas avoir eu de réponse à deux missives successives réclamant un *inventaire au moins sommaire* des archives administratives que détient le poste.

L'Écho d'Oran parvenu par le même courrier signale qu'hier, au petit matin, à cinquante kilomètres d'ici, deux automitrailleuses ont été détruites au bazooka sur la frontière avec le Maroc, bilan cinq morts. Pâle de rage, j'ai découpé l'article et deux ou trois autres du même tonneau, que j'ai mis sous enveloppe à l'intention de l'archiviste, une certaine Madame Florence Carliez, histoire de l'aider à prendre patience. Dans un petit mot joint, je lui demande très poliment de bien vouloir attendre encore un peu, le temps que j'aille mettre le nez dans les quelques cartons moisis qui traînent dans le sous-sol du poste au milieu des caisses de munitions et des rats crevés.

Sur l'autre rive de l'oued, tout près du village, les harkis ont découvert une cache. Sous un bloc de pierre, enveloppés dans de vieux chiffons, trois grenades, un vieux colt et des boîtes de cartouches dépareillées. Un arsenal dérisoire, mais de quoi tuer son prochain tout de même.

Le sergent Burguet voulait organiser sur-le-champ une expédition punitive. Pour punir qui et pourquoi, il n'a pas su me répondre. J'ai ordonné qu'on fasse sauter cette camelote près de la décharge. Le conseil des notables a été prié de déléguer quelques-uns de ses membres à cette petite cérémonie intime. En termes sévères, j'ai condamné ceux qui continuent à miser sur la violence pour faire évoluer l'Algérie, et promis que nous ferions ce qu'il fallait pour les mettre hors d'état de nuire. Le caporal Mouraoui a traduit, en en rajoutant une couche, m'a-t-il semblé, puis le sergent Burguet a ordonné la mise à feu.

— Personnellement, m'a-t-il dit tandis que nous regagnions le poste, je trouve que nous sommes trop patients avec ces salauds.

Je lui ai rappelé nos instructions : « La pacification est une longue patience. » De ces phrases apocryphes qui lui clouent le bec.

Contrairement à son jumeau, le centre de regroupement numéro 2 offre à ses heureux pensionnaires plusieurs bouquets d'arbres, des acacias hérissés de piques qui découragent jusqu'aux chèvres. Sous l'ombre chiche de l'un d'eux, j'ai présidé à une première cérémonie d'attribution de noms patronymiques. Une trentaine de familles ont bénéficié de ce privilège.

Jusqu'à présent, leurs papiers d'identité portaient la mention SNP : *Sans Nom Patronymique*, suivie de leur prénom et de celui de leur père. Au début des événements, chacun a été sommé de posséder une carte d'identité. Il fallait contrôler les mouvements de population suspects. Ceux qui n'avaient pas la chance de posséder un patronyme eurent droit à ce SNP, inscrit en gros sur le document qu'on leur délivrait. Un premier pas en avant…

Une étape nouvelle s'ouvre avec la délivrance par l'Administration de noms en bonne et due forme. Un lent processus, mais la France généreuse l'a promis : chacun des trois millions de SNP des quinze départements algériens finira par avoir le sien. Cent trente ans sans imposer quoi que ce soit dans ce domaine : qui oserait prétendre que la France n'a pas respecté l'identité algérienne dans ce qu'elle a de plus intime ?

Dans mon arabe macaronique, j'ai souhaité bonne chance à ces patronymes tout neufs et émis l'espoir que l'un d'eux serait un jour porté par un nouveau Pasteur ou une autre Marie Curie, des noms qui n'ont pas eu l'air de faire mouche. Puis, à l'ombre des acacias, nous avons bu la gazouze de rigueur.

Un seul personnage au village promène en toutes circonstances un grand sourire charmeur : Ali Resbane, le camionneur.

Au début des années cinquante, après je ne sais combien d'années passées à Marseille, il est rentré, prospère, au village de ses ancêtres. Il avait, dit-on, gagné son argent dans la contrebande des cigarettes. Dans un commerce nettement moins honorable, soutient Bechir qui en sait plus qu'il ne veut dire et semble vouer à Ali Resbane une haine tenace.

Quoi qu'il en soit, c'est lui qui possède la plus luxueuse des maisons du village, la seule où il y a une baignoire, un vrai frigo et un buffet Henri II. En se réinstallant ici, il avait acheté deux Berliet qui aujourd'hui encore assurent l'essentiel du transport de marchandises entre la vallée et T. Aux pires moments, ses camions ont continué à rouler.

Venu ce soir au poste pour régler une obscure histoire de carte grise, j'en ai profité pour le féliciter de la veine qu'il avait de ne jamais avoir de problèmes avec les rebelles.

— C'est bête comme chou, a-t-il rétorqué. Ils savent que je suis indispensable à la vie du village. Indispensable à la vie du village, donc à leur survie à eux !

De ses dents uniformément en or, il a souri :

— Car vous n'êtes pas sans le savoir, mon lieutenant, ici, beaucoup de villageois ont fait le mauvais choix.

II

DERNIER QUART D'HEURE

1

Prise d'armes au pied du mât des couleurs. La poitrine barrée de toutes les médailles qu'il a gagnées des hauts plateaux malgaches aux deltas indochinois, le sergent Burguet a pris tout son temps pour faire poser et reposer leurs armes aux harkis. Le lieutenant Lefèvre était descendu spécialement de la frontière pour cette remise de décorations. Écharpe blanche au cou, il a épinglé sur la poitrine du caporal Belkacem Mouraoui la Valeur militaire pour les services qu'il a rendus à la patrie depuis son engagement voilà quatre ans.

C'était une affaire de soldats et entre soldats. Au garde-à-vous tout au long de la cérémonie, j'ai plaqué sur mon visage l'allure la plus martiale possible. L'occasion tout de même d'observer à tour de rôle chacun des participants.

En dehors de Mouraoui et de quatre ou cinq autres à qui ceux d'en face ont tué un père, un frère et le cas échéant deux ou trois, la plupart des harkis ont simplement besoin de manger et de nourrir leur famille. Leurs regards perdus ailleurs et leur façon désinvolte de présenter les armes l'exprimaient sans équivoque.

Avant de manger avec nous trois grains de couscous et une lichette de méchoui, le lieutenant Lefèvre a prononcé des mots bien sentis sur les progrès spectaculaires de la pacification. On avait sans doute trop tôt parlé du *dernier quart d'heure*, mais cette fois-ci, on y arrivait, on était dans le dernier virage.

— La France est en Algérie pour toujours, a-t-il martelé. De cet engagement, l'armée est la garante indéfectible.

En remontant dans son command-car, il m'a glissé à mi-voix qu'il était prêt à tout, *à tout, vous m'entendez !*, pour tenir le serment qu'il venait une nouvelle fois de prononcer. Jamais lui et ses camarades n'abandonneront ceux qui croient à une France s'étendant de Dunkerque à Tamanrasset.

Avec un sourire complice, il a ajouté :

— Je vous observe depuis que vous êtes arrivé. Vous faites votre travail avec courage et détermination. Je sais que le moment venu, nous pourrons compter sur vous.

Comme toujours, de mon opinion, il n'avait rien à foutre.

En faisant du rentre-dedans auprès des services de l'Intendance à T., j'ai obtenu qu'on dote le poste d'une paire de jumelles nettement plus performantes que celle dont je disposais. La ferme Ligny désormais comme si j'y étais. J'ai constaté qu'au premier étage, à l'extrême droite, le mur semble avoir été épargné par l'incendie. Un volet a même résisté jusqu'à ce jour et il bat quand il y a du vent.

— Arrête tes conneries, ricane le toubib quand il me voit en observation. Fais-toi une raison une fois pour toutes : il n'y a pas de survivants !

Il trouve maladive cette façon que j'ai d'observer plusieurs fois par jour dans cette direction.

Selon la lumière, la falaise qui sert de toile de fond aux ruines passe du noir à l'ocre et même certains soirs au mordoré.

C'est avec le colonel Tauriac que j'avais parlé pour la première fois des Ligny.

En descendant à T. six semaines après mon installation dans la vallée, j'avais décidé d'évoquer devant celui qui était le patron des Sections administratives spécialisées du département, les massacres commis par le capitaine Noguès. Car cette histoire éclairait crûment la situation locale : cette haine qui affleurait sur les visages dès qu'on grattait un peu. Que les armes se soient depuis largement tues dans la vallée ne changeait rien.

Tout en tapotant de loin en loin sa Boyard maïs sur le cendrier de son bureau, Tauriac m'avait écouté avec attention. Un peu tassé, l'œil vif tout de même. C'était un héros de la Résistance, parachuté de Londres, arrêté par les nazis, évadé, décoré. En Indochine, il avait perdu une main, et il portait un gant en cuir qu'il dissimulait avec des pudeurs de jeune fille.

Dès que j'avais ouvert la bouche, à son regard j'avais compris qu'il savait tout, mais il était assez fin pour faire semblant d'apprendre l'essentiel de ce que je lui racontais. Mon couplet terminé, il avait émis ce commentaire :

— Votre prédécesseur manquait de doigté, c'est sûr, et même, soyons clair, de la plus élémentaire humanité. Mais qui a commencé ? C'est l'éternelle question. Les *fells* produits par vos villages sont des brutes meurtrières. À peine l'insurrection déclenchée, ils ont entrepris de massacrer les anciens combattants, dont le seul tort était de porter le 14 juillet leurs décorations gagnées au service de la France, de Verdun à Monte Cassino. Et ils s'en sont pris au seul Européen qui s'était installé dans ce coin de montagne pour approvisionner en lait frais les habitants de T. Pas seulement les Européens, tous les habitants ! Comment s'appelait-il déjà ?

Il a fait semblant de chercher.

— Ligny, c'est ça, non ? Le contraire d'un exploiteur du peuple, celui-là ! Non seulement il ne marchait pas sur les pieds de ses voisins, mais il leur donnait du travail, et il les aidait plus souvent qu'à son tour à remplir leurs papiers ou à se faire soigner. Je me suis même laissé dire qu'il faisait partie de ces Européens peu nombreux qu'on appelle les libéraux. Qu'un beau matin, on l'ait retrouvé mort, égorgé même, dans la cour de sa ferme, avec sa femme et ses deux enfants, comment vous qualifiez ça, vous ?

Je n'avais pas le mot qu'il fallait sous la main, et d'ailleurs Tauriac n'attendait aucune réponse de ma part.

— Qui a commencé, et comment, c'est quelque chose que tout le monde a oublié six ans plus tard ! a-t-il poursuivi. Les massacres d'Européens à Philippeville en 55, vous vous en souvenez ? Et à Guelma ! Les nourrissons défoncés à coups de marteau, les octogénaires débités à la serpe…

Je lui avais alors rappelé que, du poste, j'avais en permanence sous les yeux, de l'autre côté de l'oued, les ruines calcinées de la ferme Ligny. Difficile, donc, d'oublier. D'autant qu'en cette saison, j'observais jour après jour la progression des buissons de roses qui se profilaient contre le *mur de la Folle*.

— Laissons le passé de côté, avait-il conclu. La seule chose qui compte maintenant c'est de mettre un point final à cette foutue guerre. Et tout observateur impartial doit reconnaître que, cette fois, nous avons pratiquement gagné sur le plan militaire.

— C'étaient de braves gens, ces Ligny, m'avait confirmé Kader, l'un des seuls ici avec Ali le camionneur à s'exprimer dans un français parfait.

Il m'avait surpris un jour sur la terrasse qui s'ouvre

devant mon bureau, en train d'observer l'ancienne ferme avec mes jumelles.

Ainsi qu'il m'en fait volontiers souvenir, Kader pourrait être mon grand-père. Il est le seul du village à ne pas m'appeler *mon lieutenant*. Le seul aussi à oser me dire tout ce qui lui passe par la tête ou presque.

Il a fait les deux guerres mondiales et a été instituteur, un métier qu'il a exercé avec passion avant de l'abandonner de façon fracassante pour raisons politiques. Drapé dans sa gandoura immaculée, il s'arrange pour passer souvent au poste. Il touche trois ou quatre maigres pensions qu'il lui faut venir encaisser à l'agence postale. Il a toujours aussi plein de courrier à retirer, des revues de vulgarisation scientifique, notamment, dont il m'a dit être devenu grand consommateur depuis que les journaux locaux sont devenus des bulletins de propagande. Chaque fois, il en profite pour engager la conversation avec moi. En plein air autant que possible pour éviter tout soupçon de collaboration, encore que ceux d'en face ne doivent pas avoir trop de souci à se faire sur l'évidente fermeté de ses convictions nationalistes.

Assez compétent et apprécié pour avoir été affecté à un moment de sa carrière dans une école primaire d'Alger, Kader a besoin de vérifier qu'on peut aujourd'hui encore, malgré la situation consternante, discuter de quelques sujets d'intérêt général, l'apparition de l'homme sur notre planète, par exemple, l'un de ses centres d'intérêt favoris. Ou bien parler de ses écrivains préférés, Voltaire, en particulier, à qui il voue un culte.

— C'est vrai, a-t-il poursuivi, que les Ligny n'avaient pas d'états d'âme quant à l'origine des terres où l'Administration les avait généreusement installés… Mais depuis trois générations, ils n'avaient pas épargné leur sueur. Ils étaient humains, serviables, tout juste un peu paternalistes à mon goût, mais vous commencez à savoir que j'ai l'épiderme sourcilleux. Bref, c'étaient des colons, mais nettement mieux que la plupart. De toute façon, ils vivaient là. Les tuer était pire qu'un crime : une erreur tragique. Hélas, depuis le début, le début *il y a cent trente ans* comme on nous le rappelle à longueur de journée, tout n'a été qu'une suite d'erreurs tragiques dans ce recoin du monde.

C'est Kader qui m'a peu à peu fait découvrir les années de calvaire vécues par la vallée sous la férule du capitaine Noguès. Tout à l'heure, il a résumé sans précautions oratoires :

— Pas une semaine sans qu'il ait tué à un endroit ou un autre. Parfois, c'est vrai, il s'agissait de coupables, des coupables en tout cas selon la loi, votre loi à vous. Mais le plus souvent, c'étaient des innocents. Des gens qui s'étaient trouvés sur sa route à un mauvais moment. Un torrent de sang, il a fait couler, ce Noguès !

Comme gêné soudain par sa franchise, Kader a enchaîné sur l'autre torrent de sang qu'il a connu, un vrai fleuve celui-là, l'offensive sur la Somme en 1916. Quatre cent mille hommes sont morts de chaque côté. Kader, à vingt-deux ans, y avait gagné deux ou trois blessures, et quelque part du côté des poumons, une balle qui n'a jamais voulu ressortir.

— En ce temps là, a-t-il ajouté, quand par hasard nos officiers prenaient la peine de nous interroger au fond des tranchées, d'une seule voix nous leur répondions : *Tout va très bien, mon lieutenant, merci !* Très bien dans le meilleur des mondes, quoi ! Les générations qui sont venues après nous, les Ben Bella, les Krim Belkacem et tant d'autres, ont fini par se lasser de répéter ça, c'était à prévoir, non ?

Il m'a laissé le temps d'esquisser un sourire avant de conclure, en balayant les djebels alentour d'un geste large :

— On ne prévoit jamais assez !

2

Sur la frontière, les canons ont tiré jusqu'au petit matin. Comme si de rien n'était, vers dix heures, le lieutenant Lefèvre est passé à la tête de son convoi de camions. Une dizaine de véhicules cette fois-ci au lieu des quatre ou cinq habituels.

— Jamais nous n'avons bouffé autant d'obus en une nuit, m'a-t-il confié tout en sirotant son inévitable verre d'eau agrémenté d'une rondelle de citron. Nous avons cru qu'en face, ils avaient décidé cette fois de mettre tout le paquet.

Il m'a regardé droit dans les yeux :

— Car s'ils jetaient dans la bagarre les effectifs qu'il faut, sept ou huit régiments bien entraînés d'un seul coup, et ils les ont, ces salauds, ils nous foutraient dans une merde pas possible. Pour enfoncer le barrage, il y a une solution, et une seule : nous submerger en même temps sur plusieurs points de la frontière. Ça, ils le savent, eux, même si à Paris on préfère croire que la forteresse est imprenable !

Il est parti d'un ricanement méprisant :

— Heureusement pour nous, les chefs rebelles n'ont aucune envie d'en découdre pour de bon. Bien abrités dans leurs villas à Oujda, ils préfèrent envoyer leurs hommes se faire descendre par petits paquets chaque nuit. Ils veulent se les garder, leurs petits soldats de plomb, pour le moment où de Gaulle leur donnera les clés de la maison !

Perdu dans ses pensées, il a saisi machinalement l'une des dattes que je lui offrais. Il y a planté ses dents éclatantes et comme d'habitude en a détaché une bouchée minuscule.

— Cette nuit, a-t-il repris, ils y ont été nettement plus fort que d'habitude. On a retrouvé une centaine de cadavres, accrochés comme de grands épouvantails dans les clôtures électriques ou bien déchiquetés par nos mines. Comme à l'ordinaire, pas un seul n'a réussi à passer ! De pauvres mecs envoyés à l'abattoir pour entretenir l'abcès et forcer la main de Paris. Car ils l'ont bien compris, à Oujda et à Tunis, que Paris est prêt à abandonner la partie ! Rassurez-vous, on ne se laissera pas avoir une nouvelle fois. Qu'ils ne se fassent pas d'illusion, ces enfoirés, à l'Élysée ou ailleurs !

On a parlé d'autre chose. Mais au moment de partir, Lefèvre est revenu sur la nuit qu'il venait de vivre :

— On a beau connaître les règles du jeu, chaque fois que ça barde plus que d'habitude, on se dit que cette fois, ils vont nous passer sur le corps. On y croit soudain, au raz de marée de types qui auraient la rage ! Le syndrome de Dien Bien Phu ! En faisant les comptes le matin, il reste à ricaner, comme on rigole d'un cauchemar idiot. Mais ça vous pourrit les nuits ! Bon, vous ici, à l'intérieur, vous vous en foutez ! Ce n'est pas votre problème !

— On a une totale confiance en vous, mon lieutenant ! ai-je rétorqué.

Il m'a regardé, ne sachant trop *si c'était du lard ou du halouf*, une de ces expressions idiotes du toubib que je me surprends à employer :

— Eh bien, vous avez tort, mon jeune camarade ! À la guerre, il ne faut faire confiance à personne !

Il a éclaté d'un rire de gamin :

— Merci pour la rondelle de citron et la demi-datte, et à la revoyure, *inch Allah* !

Chaque soir, avant le dîner, sur le transistor qu'a rapporté le toubib de sa dernière permission, nous écoutons religieusement tous les quatre les informations de Radio-T. Après quelques gros titres sur l'actualité en métropole et dans le monde, s'enchaînent inaugurations de chrysanthèmes et bénédictions d'usines aux quatre coins de l'Algérie. Des communiqués militaires ponctuent ce flux verbal, démontrant sans équivoque que le dernier quart d'heure ne cesse de se rapprocher.

Ces bonnes nouvelles provoquent chez le sergent Burguet une longue suite de sourires satisfaits, béats même quand le speaker en rajoute plusieurs couches. Delcourt, qui *quelque part*, un mot qu'il emploie beaucoup, ne peut s'empêcher de croire à l'Algérie française, se laisse volontiers gagner par l'optimisme officiel, et parfois il ne parvient pas à cacher sa satisfaction de voir les salopards si joliment étrillés.

Tous deux respectent cependant la loi que j'ai imposée à la suite de deux ou trois discussions virulentes où Bechir et Burguet s'étaient mis à hurler avant d'en venir quasiment aux mains : durant cette séance d'écoute collective rendue possible par la munificence du toubib, on la boucle, point final !

Juste après Radio-T., nous mettons en général le bulletin de Radio-Oujda, FLN pur jus. Malgré tous leurs efforts, nos experts des transmissions n'arrivent pas à rendre la station inaudible. Sur fond de parasites, on apprend tout des coups de main toujours victorieux des moudjahidin et des atrocités commises à jet continu par les Français. À ce moment, le sergent Burguet prétexte toujours une tâche urgente pour se retirer dans sa chambre. Mes exhortations récurrentes à *connaître l'adversaire* n'embrayent guère sur ses neurones.

Tout change quand il vient d'y avoir une tentative de franchissement massif du barrage électrifié dont nous sommes aux premières loges pour connaître les résultats. Pas difficile de savoir que Radio-Oujda n'y ira pas avec le dos de la cuiller dans l'évaluation du succès de l'opération. Par avance, Burguet savoure sa revanche. À califourchon sur sa chaise, il attend, et quand le journaliste y va de son boniment, il hurle :

— Vous les entendez, ces truqueurs, mon lieutenant ! Ils mentent comme des arracheurs de dents ! Si j'étais le général commandant la zone Oranie, j'enverrais les paras fermer la gueule à cette putain de Radio-Oujda ! En Indochine, le commandement n'aurait pas hésité, c'est moi qui vous le dis. Mais ils n'ont plus de couilles, nos galonnés !

Pour éviter qu'il ne surenchérisse, je suis obligé de lui rappeler l'une des règles de base de la discipline militaire : le respect des supérieurs. Il rougit, le poil de sa moustache se tend, mais il obtempère. Dans mes jours de bonté, pour le calmer, je lui glisse en passant qu'il est libre, si c'est bon pour la circulation de sa bile, de s'en prendre en des termes orduriers à tous les civils qu'il voudra. Il rougit une nouvelle fois, les poils de sa moustache se détendent et il part d'un petit rire moins bête qu'à son ordinaire.

3

Les soirées où il ne sombre pas dans ses idées noires, le toubib nous fait libéralement profiter de ce qu'il appelle ses *racines bocagères*.

Depuis aussi loin que remonte la mémoire des hommes, la famille Delcourt vit et procrée à Domfront, le pays des alambics et des sorciers au fond de la Basse-Normandie. Pour lui permettre de survivre dans nos montagnes primitives, sa mère et ses sœurs lui expédient semaine après semaine un colis de produits du terroir, foie gras, tripes aux cèpes et autres douceurs. Comme elles l'ont fait pour le père prisonnier en Allemagne durant la Seconde Guerre mondiale, et comme elles le firent sûrement durant les campagnes de Napoléon auxquelles, dixit son lointain descendant, un médecin capitaine Delcourt prit part sans lésiner puisqu'il alla jusqu'à abandonner l'une de ses jambes sur les rives de je ne sais quelle Bérézina.

Un verre de calvados à la main, le toubib excelle à raconter les histoires inquiétantes que lui distillait une *tante hors d'âge*, comme il dit, durant les veillées au manoir familial. La lumière chiche des lampes à pétrole nous aide à décoller. Emportés par sa voix sourde, nous voyons le brouillard prendre possession des fonds de vallon. Parfois, le conteur se dresse pour ajouter un détail atroce, et le petit homme qu'il se désespère d'être prend soudain allure de colosse. Imperceptiblement, les cris des bécasses quadrillent l'espace de leurs rythmes inquiétants tandis qu'entre les haies se glissent des ombres aux senteurs immondes.

Plusieurs fois, Delcourt nous a expliqué sans détour ses visées pédagogiques :

— Je veux que vous en veniez à remercier le Bon Dieu de vous trouver ici en sécurité dans cette vallée paradisiaque.

Tandis que l'histoire progresse, de plus en plus glauque, le sergent Burguet, carré dans le fauteuil Lévitan abandonné par le dernier couple d'instituteurs en poste ici, allume pipe sur pipe. Sous le sourire légèrement méprisant qu'il oppose à ces racontars de bonne femme, le baroudeur qu'il est se laisse gagner par l'angoisse que le conteur transfuse avec une maestria étonnante.

Les doigts crispés sur son verre de limonade, Bechir, lui, s'abandonne sans fausse honte aux peurs que lui cause ce qu'il nomme *une autre France, celle d'avant Descartes.*

— Grâce aux histoires du toubib, je comprends mieux les comportements des Français en Algérie, a-t-il lancé un soir en souriant à demi.

Il avait profité d'un jour où Burguet était en vadrouille. Mieux vaut éviter devant lui ce genre de plaisanteries qui nous vaut toujours un esclandre. *Je ne supporte pas qu'on conchie le drapeau de mon pays*, répète-t-il.

Je n'ai droit, moi, expédié de la mère patrie, qu'à un colis mensuel plutôt spartiate. Alternativement une bouteille de prune ou un flacon de framboise, que mon oncle François distille lui-même avec amour dans un appentis discret qu'il possède au fond du jardin de sa maison d'Holzheim. De vrais tord-boyaux selon le toubib qui manque de la plus élémentaire délicatesse, mais pas de points de repère.

Ces colis arrivent avec une régularité métronomique le

premier de chaque mois, tous assortis de la même lettre martiale : *Les Arabes sont de grands enfants, foutez-leur des raclées, de plus en plus de raclées, et ils finiront par vous manger dans la main.*

Immanquablement la lettre se conclut par la même exhortation : *Tiens le coup jusqu'au bout, mon petit Jean-François, comme l'ont fait tes aînés !*

Drôle de phrase ! Car ils n'ont pas tellement tenu le coup jusqu'au bout, mes aînés ! Mon grand-père Hans, Feldwebel au 67e d'infanterie prussienne à moins qu'elle ne fût bavaroise, s'est pris un obus sur la gueule à vingt-sept ans du côté de la frontière belge, des mois avant le 11 novembre 1918. Son fils Jean, mon père, *passé par Saumur pour le venger*, ainsi que l'explique doctement ma mère, n'a, lui non plus, pas fait de vieux os sous le feu puisqu'il a explosé avec son char à vingt-trois ans le 12 mai 1940. Quant aux autres, qu'ils aient *servi* sous l'uniforme teuton ou gaulois, ils n'ont pas été tellement plus brillants à en juger par les bataillons compacts de Werner qui se pressent sur le socle du monument édifié en face de l'église d'Holzheim.

Seul ou presque, l'oncle François est passé entre les gouttes. De justesse, si j'ai bien compris ce qu'il m'a vingt fois raconté. L'autre jour j'ai expliqué à Kader qu'il était né comme lui en 1896, et que, comme lui aussi, à vingt ans, il avait pataugé dans les tranchées sur la Somme. Ce que je ne lui ai pas précisé, c'est que l'intéressé, lui, portait sur la tête un casque à pointe. Un sujet de conversation pour plus tard.

Le capitaine Noguès. En mettant bout à bout les éléments épars que j'ai fini par rassembler, je ne parviens pas à me faire de lui une idée claire. Était-ce un sadique qui, profitant de la situation d'isolement et d'impunité où il se trouvait, avait abattu des centaines d'êtres humains pour le plaisir de tuer ? A-t-il été plutôt l'exécuteur zélé d'une cause qui le dépassait, agissant de sang-froid tel le premier SS venu dans un village ukrainien ? Ou bien s'agissait-il d'un simple imbécile grisé par le pouvoir, qui descendait son prochain comme on fait des cartons à la foire ?

Ce qui est sûr, c'est qu'il en a trop fait. Plusieurs fois, il avait bénéficié d'un sursis. Son *bilan* lui valait des amitiés agissantes à Alger. À la suite de plusieurs articles trop bien documentés des journaux métropolitains sur ses turpitudes, le commandement dut se résoudre enfin à le pousser dehors. Il revint même au colonel Tauriac, en sa qualité de chef des Sections administratives spécialisées du département, de monter lui annoncer la bonne nouvelle, en lui amenant un successeur dans sa voiture. Noguès a eu deux heures pour faire son paquetage. Les sous-officiers qui avaient, si l'on peut dire, travaillé avec lui, notamment son âme damnée, un certain Chevillon dont on prononce encore le nom à voix basse, ont vidé les lieux dans les jours qui ont suivi, mutés dans des unités combattantes aux quatre coins de l'Algérie. Jusqu'aux harkis, qui en avaient trop vu et qu'on a dispersés dans d'autres postes de la région, à l'exception de quelques recrutés récents tel Mouraoui. Non seulement la page devait être tournée, mais instruction avait été donnée de l'arracher.

Peu de temps après, sous prétexte de travaux à faire pour consolider les murs de soutènement du poste, des types du Génie ont débarqué avec beaucoup de matériel. En écartant sans ménagements les éventuels curieux, ils ont coulé une chape de béton sur l'ancienne citerne, qu'ils ont ensuite recouverte de cinquante centimètres de terre remontée de l'oued.

Bref, il ne s'était rien passé dans la *vallée des sept villages*.

Au fond d'un tiroir de mon bureau, en arrivant, j'avais trouvé des coupures de presse remontant aux premiers *succès militaires* du capitaine Nogués en 56-57. Sur l'une d'entre elles, on le voit dans un paysage de caillasse, entouré de quelques harkis, un pistolet à la main. Derrière lui, quelques corps allongés au milieu des pierres. *Un groupe de rebelles mis hors de combat par le capitaine Nogués et ses hommes*, dit la légende. Le héros pose comme à l'issue d'une partie de chasse entre amis. Tout juste s'il n'a pas un pied posé sur l'un des cadavres ! Écrasé par le soleil, le visage est indéchiffrable. Sur d'autres clichés, il apparaît banal, taille moyenne, massif, la mâchoire carrée, des cheveux en brosse, des oreilles un peu décollées, incapable d'un vrai sourire. En toutes circonstances, on lui voit, planté aux lèvres, un mégot de cigarette.

Il devait avoir de sacrés problèmes avec les filles, assure Delcourt, volontiers psychanalyste du dimanche, en pointant un doigt accusateur sur la relation qu'il entretenait avec les revolvers. Il en possédait toute une collection, m'a-t-on dit, et il en exposait les plus beaux dans la vitrine de sa chambre. *Ma* chambre donc, et la vitrine où je range les quelques bouquins apportés de Paris.

Chaque fois qu'il se trouvait devant l'objectif d'un photographe, il ne pouvait s'empêcher de brandir un pétard. Depuis les gros MAT fournis par l'Intendance jusqu'aux Beretta les plus racés. Et à l'époque, l'armée en faisait monter beaucoup, des photographes, dans ce qui était, parmi les coins gangrenés, l'un des rares où l'on avait ramené un semblant d'ordre.

Le caporal Mouraoui m'a affirmé qu'en opération, Nogués se promenait toujours le pistolet au poing. Une fois le coup était parti, blessant gravement l'un des types qui marchaient devant lui. C'est au pistolet aussi qu'il faisait sauter le caisson des prisonniers. Quelquefois, a précisé Mouraoui d'une voix neutre, il choisissait son calibre devant la future victime.

4

Imperturbable, l'archiviste départementale répond à la lettre que je lui avais adressée sous le coup de la fureur :

Cher Lieutenant,

J'ai soigneusement archivé les articles que vous avez bien voulu m'adresser. C'est le début d'une collaboration ! Quand vous aurez un instant, jetez un coup d'œil dans les cartons moisis dont vous m'avez parlé, ou bien soyez assez aimable pour me les expédier à T. Je dispose dans mon budget d'un modeste poste « Transport de documents » sur lequel je pourrais imputer les dépenses correspondantes si cela vous était agréable.

L'Algérie a besoin, ou aura besoin quand les armes se seront tues, de connaître son passé ou ce qu'il lui en reste. Comme toutes les sociétés humaines ! Dans le cas de ce département de T. où le hasard des nominations m'a affectée, je découvre tous les jours à quel point l'Histoire s'y est effilochée. C'est la raison d'un acharnement de ma part dont je comprends qu'il puisse vous paraître déplacé et même risible dans les circonstances présentes.

Merci de votre compréhension.

Votre attentionnée

Florence Carliez

Plutôt bien, la réaction de Madame l'Archiviste à ma réponse idiote.

En *fier enfant de la Normandie*, ainsi qu'il le chantonne chaque matin en se rasant dans le cabinet de toilette que nous devons nous partager, le toubib adore la chasse. Le dimanche, puisque notre existence dans ce merdier du bout du monde est rythmée par la célébration du repos du Dieu des chrétiens, il n'a de cesse de m'entraîner dans les zones déclarées interdites pour tirer les lapins et les perdrix qui y pullulent. Dès le petit matin, je l'entends qui piaffe d'impatience. Une fois que j'ai décidé d'ouvrir un œil, c'est tout juste s'il ne beurre pas mes tartines pour que je sois plus vite prêt au départ.

Les harkis se disputent pour nous accompagner. L'instinct du chasseur autant que l'appétit du mangeur de viande. Plusieurs d'entre eux possèdent des fusils de chasse d'un autre âge. Delcourt, lui, a ramené de son bocage un Weston aux performances diaboliques. Avant que notre petite expédition s'ébranle, je confie solennellement au sergent Burguet la garde du poste. Devenir *le patron après Dieu*, comme il dit, gonfle sa petite moustache en brosse d'une insondable fierté, et il nous laisse partir sans éprouver la moindre jalousie.

La montée est longue et dure, chacun économise son souffle. Avec ses petites jambes infatigables, le toubib avance plus vite que tout le monde. Deux ou trois chiens pelés nous accompagnent. Enfin nous arrivons sur les hauts plateaux. Qu'ils soient balayés par les vents glacés venus de l'Atlas ou qu'ils baignent, comme maintenant, dans les senteurs déjà vigoureuses du printemps, le bonheur d'être immergé dans cette solitude me gagne toujours. Arrive le moment de tuer. J'observe comment l'excitation gagne chacun. L'air de rien, Delcourt et

Mouraoui ont pris la direction des opérations. Dans ces circonstances, ils s'entendent comme larrons en foire. Ils savent où se diriger, où poster les hommes, quand ouvrir le feu. De vrais guerriers en somme.

Le gibier débusqué, chacun a un rôle à jouer, sauf moi, le chef ! De loin en loin, pour ne pas faire bande à part, je tire une cartouche ou deux. Bien sûr, je ne fais jamais mouche, même s'il y a toujours un harki brave type pour m'assurer, juré craché, mon lieutenant, que c'est moi qui ai tué un obscur volatile rapporté par les chiens.

Mon attitude désinvolte énerve Delcourt pour qui la chasse est un plaisir des dieux :

— Si les *fells* attaquaient, j'imagine que tu te bougerais un peu plus le train, m'a-t-il même lancé une fois.

Je n'avais aucune envie de plaisanter là-dessus et je le lui ai dit en face.

5

Demain départ aux aurores pour T. Ce sera la première fois que je resterai là-bas trois jours de suite. Mes escales au *Petit Parisien*. Froissement de soie sous la bouche, crissement de voix sur la peau. J'entrevois des yeux, des mamelons, des lèvres. Leila, Magda ou Nadia ? Délicates pensées avant stupre.

Courses en ville. Avenue d'Isly, boulevard Bugeaud, rue Lamoricière… Toute l'histoire de la conquête pour si par hasard quelqu'un prétendait oublier.

Dans les cafés et les restaurants, les grandes pales tournent paresseusement pour donner l'illusion de la fraîcheur. Partout la crasse, et jusque dans les boutiques qui se veulent à la mode. Personne n'a rien réparé, rien repeint depuis le début des événements, depuis bien avant sans doute, tant chacun pressent que tout finira mal.

Rencontre au mess avec le capitaine qui avait remplacé Noguès au pied levé. Ce Lachenal m'a accueilli de façon très cordiale. Colosse blond à la voix de stentor, il a fait des efforts touchants tout au long de notre entretien pour mettre une sourdine à l'organe dont la nature l'a doté, comme s'il pressentait en moi, sous l'uniforme, un civil endurci.

Dès sa prise de fonction, il avait entrepris de réduire les limites des zones interdites et de raccourcir les horaires des couvre-feux, et il avait aussi obtenu la libération de plusieurs habitants qui avaient eu la chance de moisir en prison plutôt qu'au fond de la *vieille citerne*. Bechir m'a dit à quel point il l'avait aidé pour la réouverture de l'école.

C'est à son époque qu'avait été nommé le sergent Burguet. Lachenal m'a expliqué comment il avait canalisé ses énergies un peu inquiétantes en l'envoyant chaque nuit dresser des embuscades dans l'oued ou sur les cols. Plusieurs fois, il y avait eu des affrontements meurtriers, où l'on n'avait pas fait de quartier. Mais les civils, pour autant que ce qualificatif ait un sens dans une guerre de ce genre, avaient recommencé à respirer un peu.

Lachenal racontait tout ça sans la moindre affectation. Visiblement c'était un type correct, et le colonel Tauriac l'avait vite récupéré pour s'occuper de la ville de T. Comme remplaçant, il avait expédié Marc Floriot, frais émoulu de Cherchell.

En passant, Lachenal a évoqué devant moi l'affaire de la ferme Ligny qui a ouvert le cycle de la violence dans la vallée. Certes on avait arrêté et condamné à mort un ouvrier de la ferme qui avait eu des différends avec son patron, mais personne au village, il l'avait constaté, ne croyait à la culpabilité de ce petit bonhomme, râleur, mais brave type. Il avait entendu prononcer d'autres noms. Dans cette histoire, il restait bien des zones d'ombre sur lesquelles, lui, durant son court séjour, il n'avait pu faire la lumière. Après tous les événements survenus depuis, ça n'avait plus grande importance, mais le hasard me ferait peut-être tomber sur de nouveaux indices. J'ai compris qu'il aimerait bien le cas échéant être tenu informé.

Outre l'inimitable odeur du sang des autres, j'aurai découvert durant mon service militaire tout ce qu'il est prévu d'y apprendre pour devenir enfin un homme : l'alcool, les filles et le reste.

Le plus étrange aura tout de même été ce débarquement dans le monde de l'amour tarifé. Jamais je n'aurais imaginé que j'en arriverais à ce degré de sordide. Ma vie sexuelle auparavant a été ce qu'elle a été. Plutôt pauvre avec son cortège de femmes mûres en mal de caresses juvéniles et son quarteron de petites camarades pas trop bien dans leur peau. Payer pour faire l'amour faisait partie de mes interdits majeurs ainsi que plusieurs fois je l'avais expliqué sentencieusement à des filles curieuses. Que depuis mon arrivée ici, je descende deux fois par mois à T. pour changer d'air, bien sûr, mais d'abord et surtout pour baiser – pour tirer mon coup ! – devrait me faire une impression déplaisante. Comme au reste, je m'y suis désormais installé sans états d'âme.

Le *Petit Parisien* est « le plus sympathique des trois claques fréquentables de la ville », m'avait benoîtement expliqué au mess un capitaine que je ne connaissais ni d'Ève ni d'Adam. Mes escales là-bas sont des moments de paix étonnants. La patronne, une Marseillaise chaleureuse, connaît mes goûts et s'arrange toujours pour les satisfaire. Elle sait me faire patienter en flirtant gentiment avec moi devant un martini gin, la boisson fétiche à laquelle elle m'a converti.

Leila, Nadia, Magda, mon trio favori. L'une ou l'autre, au hasard de leurs emplois du temps chargés. Toutes les trois, elles font en sorte que je reparte non seulement avec l'envie de revenir, mais quelque part réconcilié avec la vie. *Elles vous adorent*, dit rituellement la patronne avec son accent du Vieux-Port. Il faut dire que, dans cet environnement, on devient vite un bon parti pour les filles tant la plupart des habitués en rajoutent dans la sueur sale.

À mon retour au poste, j'ai trouvé le toubib enfermé dans sa chambre. Ça lui arrive de sauter ainsi les plombs. Dans ces cas-là, il met ses disques classiques à plein tube, marche des heures dans sa chambre, en hurlant des mots sans suite. Il refuse de répondre à nos signaux amicaux, puis à nos insultes quand nous commençons à en avoir marre.

La fois précédente, il avait commencé par s'engueuler avec chacun de nous.

Le sergent Burguet d'abord, à qui il avait imputé généreusement les difficultés de l'Algérie française. « À force de tirer dans le tas depuis des années, vous les professionnels de la castagne, voilà où on en est ! » lui avait-il envoyé à la figure.

Bechir, lui, avait eu droit dans la foulée à une diatribe en règle contre l'incapacité congénitale des Arabes à faire fonctionner quoi que ce soit :

— Regarde, même à l'infirmerie ici, il faut que ce soit moi qui désinfecte les seringues, alors qu'il y a deux infirmiers payés par la République. C'est un monde, non ! Alors l'Algérie, si par malheur demain... Pas difficile d'imaginer le souk que ce serait !

Puis ç'avait été à mon tour. J'étais infoutu d'imaginer un autre avenir pour l'Algérie que celui que voulaient les *fells*, je faisais honnêtement mon travail, d'accord, mais étais-je bien à ma place ici ?

— Et puis j'en ai marre, avait-il éclaté. Marre de vous tous ! Marre de tout !

Et il s'était barricadé dans sa chambre. Pas pour vingt-quatre heures comme il avait annoncé car, très vite, il y avait eu un ou deux bides à recoudre et une tripotée de bras et de jambes à remettre droit.

Aucun de nous trois n'aime particulièrement qu'on lui rentre dans le lard. Mais vis-à-vis du toubib, nous faisons montre en ces circonstances d'une étrange patience, Burguet y compris, je lui dois cette justice. Comme si nous savions que, sous son apparence décontractée, cynique même parfois, Delcourt avait les nerfs pas si solides que ça. Comme si aussi, *quelque part*, comme il dirait, nous l'aimions bien.

Marc Floriot, mon prédécesseur, a laissé sa très forte empreinte dans la vallée. Avec une énergie impressionnante, il y a changé en profondeur la situation qu'il y avait trouvée.

Comme moi, il avait été formaté à Cherchell pour devenir l'un de ces milliers de sous-lieutenants du contingent dont la République a besoin pour quadriller l'*Algérie française*. Le regard pénétrant, la voix toujours posée, il n'aimait pas cette guerre et ne le cachait pas. Dès notre premier contact, il m'a dit sa façon de penser. Tout de suite, nous avons compris que nous étions en phase sur ce point essentiel.

On m'avait expédié là-haut deux semaines avant la fin de son service, pour qu'il ait le temps de me passer le témoin. Et il m'a transmis tout ce qu'il savait, et aussi tout ce qu'il ressentait. Méthodiquement il m'a fait faire le tour du village, sous prétexte de prendre congé. Chaque fois, sa façon de parler aux gens, fussent-ils des ennemis décidés, faisait un instant oublier la violence de la situation présente.

Le dernier qu'il m'a fait connaître, trois ou quatre jours avant son départ, c'est Kader. Il voulait être sûr que j'étais bien qui je lui avais semblé. Kader en avait trop pris dans la fraise depuis quarante ans pour qu'il le mette entre les mains de quelqu'un qui ne le mériterait pas. C'est du reste ce qu'il m'a dit juste avant la tasse de thé que nous avons été prendre dans son gourbi.

— Un autodidacte ou presque, m'a-t-il expliqué, mais qui sait tout et est capable de tout comprendre. La situation dans ce pays, en France, les calculs et les souffrances de chacune des parties à ce conflit. Reste que son vrai monde, c'est *Les Misérables*, Dickens, Tolstoï. Et Voltaire plus encore.

Et il avait ajouté, un ton plus bas :

— C'est aussi, sous ses allures de provocateur, un croyant. Il connaît de l'intérieur le Coran et les hadiths. Mais il est aussi l'un des rares musulmans que je connaisse qui a pris la peine de lire les deux Testaments un crayon à la main.

Soudain il m'a confié son secret, un secret dont précisément ici, il n'avait fait part qu'à Kader et à deux ou trois autres : avant son service, il était séminariste. Chez les Dominicains. L'horreur qu'il avait vue et vécue dans ce pays avait fait trébucher sa foi. À son retour en France, il ne reprendrait pas ses études théologiques. Il avait admis qu'il fallait se résoudre à agir chez les hommes sans lever la tête vers le Ciel.

Il est parti d'un bref éclat de rire.

— Il nous faut rester entre nous, les terriens, c'est ça que j'ai compris. Comme quoi le service militaire fait de vrais hommes !

Et, en se forçant, il a ajouté :

— Nom de Dieu !

En me regardant bien en face, il m'a questionné très directement :

— Tu tiendras le coup, Jean-François, hein ? Ce ne sera pas une partie de plaisir, mais dis-toi qu'à la base, on peut faire dérailler pas mal de saloperies. À condition d'ouvrir l'œil. Et la gueule, bien sûr ! Tu en es convaincu, j'espère ?

Le personnage m'impressionnait assez pour que j'opine sur-le-champ. Je n'avais aucun problème de fond avec ce qu'il venait de dire. Encore fallait-il que quelqu'un me le jette brutalement à la figure pour que je dispose de repères clairs dans la vie de tous les jours.

Qu'il m'ait en quelque sorte converti au moment même où il jetait sa foi aux cactus est pour moi depuis ce jour un sujet de réflexion joyeux !

Avant de tirer sa révérence, Marc Floriot avait tenu à faire ses adieux à la nature au milieu de laquelle il venait de passer dix-huit mois. Accompagnés de Mouraoui et des trois harkis de rigueur, nous avions remonté l'oued. Il voulait me montrer comment les hommes, au fil des âges, y avaient bâti, dans les endroits les plus impossibles, les jardins microscopiques sans lesquels la faim les aurait décimés.

Le lendemain, nous avons grimpé au-dessus du village. Comme si souvent en janvier, un vent glacial balayait les hauts plateaux. Floriot m'a fait découvrir, invisibles de loin, les recoins abrités où poussent des céréales, et çà et là des arbres fruitiers qu'on ne s'attend pas à rencontrer ici, des amandiers et des pruniers surtout.

J'ai eu droit aussi de sa part à un cours détaillé sur les figuiers qui saillent partout, souvent accrochés on ne sait comment à la caillasse. Il m'a expliqué que les gens ici, et pas seulement les vieux, disposaient d'une trentaine de mots pour nommer les différentes espèces de figuiers, en fonction de leurs feuilles ou de leurs fruits, et d'un vocabulaire presque aussi abondant pour caractériser la maturation des figues, sur l'arbre et pendant le long processus du séchage.

Il avait conclu ces remarques en laissant tomber :

— Que le commandant Belhocine, cette brute sauvage aux yeux de tous nos compatriotes, et qui l'est sûrement pas mal, ait tant de façons de parler d'un arbre que je n'avais jamais eu l'idée de regarder jusqu'à mon arrivée ici, m'a aidé à voir autrement le personnage.

Comme il me l'avait annoncé, depuis la mi-avril les senteurs des figuiers, un peu fades encore, mais déjà insistantes, ont commencé à surgir, du côté des vergers et dans les cours des maisons du village.

6

Au-delà des cimes, canonnades plus nourries encore que d'habitude. Du jamais entendu, selon le sergent Burguet qui, depuis le début de la soirée, promène sa moustache blonde sur les miradors du poste où il a renforcé la garde.

La grande offensive qu'attendent le lieutenant Lefèvre et ses camarades en poste sur la frontière ? Cette marée qui emporterait le barrage électrique, permettant, les premières vagues humaines décimées, l'entrée sur le territoire algérien de centaines de combattants bien équipés. Une initiative qui changerait la physionomie de la guerre…

Sans y croire vraiment, Lefèvre et ses camarades se préparent depuis si longtemps à cette éventualité qu'ils en sont arrivés, j'en suis sûr, à souhaiter de toute leur âme qu'elle survienne. Qu'on en finisse avec les escarmouches quotidiennes ! Qu'ils en viennent aux choses sérieuses, les salauds d'en face ! Et tant pis après tout s'ils arrivent à passer !

Mais selon les renseignements que Burguet a obtenus ce matin par radio, les « salauds d'en face » en sont restés au service minimum : pas même trente cadavres abandonnés sur le terrain et pas un seul passage réussi.

Il m'arrive de penser au commandant Belhocine qui, chaque nuit de canonnades, attend sans trop y croire les renforts qui lui seraient si nécessaires.

Seul cadre historique de la rébellion à avoir survécu dans le coin, il impressionne ceux qui cherchent à lui faire la peau depuis six ans. Originaire du village le plus haut de la vallée, celui de Kader, le premier à avoir été vidé de ses habitants, il a mené les opérations avec un réel talent stratégique. Pourtant, contrairement à beaucoup d'autres qui sont des transfuges de l'Armée française, il n'avait aucune expérience militaire. Passé par la medersa de Constantine, il a appris sur le terrain. Parallèlement, il a témoigné d'un vrai sens politique dans sa façon de mobiliser les populations par un subtil alliage de peur et d'appel aux sentiments patriotiques et religieux.

Au fil des années, la plupart de ses hommes se sont fait descendre, et l'essentiel des armes qu'il avait réussi à se procurer ont été récupérées. Un incontestable succès pour nous. Reste que Belhocine est toujours en mesure de circuler la nuit où il veut ou presque, et jusqu'à notre village les jours de marché, dit-on. Il a réussi aussi à ce que plus personne ne songe à le débusquer dans le réseau de grottes qu'il s'est aménagé au cœur du massif des Trois Pitons.

Le sergent Burguet ne manque pas une occasion de profiter du droit que je lui ai octroyé de chasser une fois par semaine en zone interdite. Le jour qu'il veut, sauf le dimanche où il sait qu'il doit tenir la maison. Il a compris aussi, je crois, que, tant que je serai là, la chasse à l'homme serait malheureusement fermée.

La veille au soir, il nettoie interminablement chacune des pièces de son fusil de chasse, une marque suédoise, la « Cadillac » de l'armurerie, m'a-t-il assuré. Dès que filtrent les premières lueurs de l'aube, il quitte le poste avec les quatre ou cinq harkis qui forment sa garde rapprochée. L'autre jour, il est revenu avec un énorme sanglier porté sur une claie de branchages.

Au réfectoire, Belkacem Mouraoui a été le seul à en manger sous le regard dégoûté de ses camarades, habitués pourtant à le voir avaler ses tranches de jambon. À notre table, ç'a été bien différent. Mis en appétit soudain, le toubib s'était fait chirurgien. D'un scalpel imparable, il avait extrait de la bête les parties les plus savoureuses qu'il avait plongées dans des marinades de sa composition afin, comme il dit, de les *mortifier*. « Mes talents de sorcier du bocage », sourit-il.

— Vous êtes vraiment des chiens de roumis, répète Bechir chaque fois que le cuisinier dégoûté pose sur la table une nouvelle merveille concoctée selon les ordonnances de Delcourt.

Et il esquisse un grand sourire comme quelqu'un qui se sent désormais presque à l'aise avec les étrangers bizarres au milieu desquels le destin l'a jeté.

Encore une lettre de ma mère à chialer. C'est son affaire après tout si elle me voit cadavre depuis le jour où j'ai traversé la Méditerranée. Mais qu'elle me le répète dans chacune de ses lettres !

L'obus qui a trouvé son chemin à travers le blindage du char paternel un beau jour de mai 1940 m'a assez longtemps vrillé la tête pour qu'on m'épargne la description de la balle qui me fera tomber au champ d'honneur.

Veuve à vingt-deux ans… Elle était belle sous ses chapeaux à cloche, les photos l'attestent amplement, et je venais d'avoir deux ans. Depuis lors, minute après minute, j'ai côtoyé ce destin saccagé.

Et pour saluer mes vingt-deux ans à moi et m'aider à

tourner la page, la République me donne à administrer une vallée entière de veuves de guerre !

Sur la route de T., au moment où l'oued débouche sur le plateau de Tagourt, on aperçoit les ruines de deux maisons européennes dont il ne reste que quelques murs et une poussière de tuiles. J'ai écrit à leur sujet à Madame l'Archiviste départementale, histoire d'entretenir la collaboration qui s'est engagée entre nous sur un registre plutôt drôle.

Après avoir farfouillé dans ses dossiers, elle me répond que deux frères, des Parisiens, avaient vécu là dans les années 1870. C'étaient des Communards déportés en Algérie. Puisqu'il fallait bien en faire quelque chose, l'Administration avait eu l'idée de les implanter ici pour jouer les sentinelles au pied de cette *vallée des sept villages* murée comme au premier jour dans son hostilité sans faille aux envahisseurs. Durant une dizaine d'années, ils avaient cultivé l'orge, élevé des poules et des chèvres, survécu, quoi ! Et puis ils étaient repartis, personne n'avait pris la peine de noter vers quel destin.

Sur la relation qu'ils avaient entretenue avec leurs voisins, on ne savait rien. J'ai demandé à Florence Carliez, puisqu'elle se plaint de l'indifférence des habitants du département pour l'histoire de leur contrée, de me fournir toutes les informations qu'elle pouvait glaner sur la vallée à partir de la conquête française. En gage de bonne volonté, je lui ai fait parvenir les caisses qui traînaient dans notre sous-sol. Plusieurs cartons bourrés de dictées champêtres et de problèmes de trains qui se croisent entre Paris et Bordeaux, ainsi qu'une collection complète de *L'Écho d'Oran* pendant les années Pétain. J'ai juste gardé le dossier technique relatif à la *vieille citerne* dont je me suis dit, je ne sais pourquoi, qu'il pourra m'être utile un jour.

7

Le colonel Tauriac est venu en mission d'inspection. Il en a profité pour inaugurer nos nouveaux bureaux et prononcer devant les notables un discours bien senti sur l'Algérie française. Ni Kader, ni Hamiche, ni aucun de ceux qui comptent n'avaient pris la peine d'être présents.

Toujours soucieux de remplir au mieux sa fonction de patron des Sections administratives spécialisées du département, Tauriac a insisté pour faire une visite complète du village. À l'école, Bechir et ses élèves se sont montrés parfaits. La Fontaine, pas Rimbaud ! Puis nous avons marché un bon moment par les ruelles défoncées. Je lui ai montré les travaux de pose des canalisations qui vont alimenter les deux nouvelles fontaines, avant de l'emmener prendre le thé chez le vieil Hassan, le notable préposé à ce genre d'exercice par les principaux chefs de famille et, j'imagine, par les responsables FLN du coin.

Ce vieux rusé d'Hassan a parlé le français approximatif qu'on attend d'un indigène, un idiome qui fait toujours mouche chez les visiteurs. Il a sorti les quelques phrases qui allaient droit au cœur de Tauriac, la paix quasiment revenue, la confiance retrouvée. Il a aussi évoqué la réouverture des zones interdites et des villages abandonnés, une décision que, dans le contexte nouveau, la France généreuse allait sûrement très vite prendre. Elle savait que c'était une question de vie ou de mort pour la vallée.

À deux ou trois reprises pendant qu'Hassan pérorait, mon regard a croisé le sien, et je lui ai adressé un signe d'encouragement qu'il a enregistré… J'aime assez cette connivence que nous sommes capables d'opposer aux *étrangers* hors d'état de comprendre quoi que ce soit à la situation dans notre vallée.

— Ces types sont en train de sortir du cauchemar où ils vivaient depuis quatre ans, a tranché Tauriac comme nous regagnions le poste. J'ai été frappé par les sourires que nous ont adressés les gens tout au long de notre visite. C'est nouveau, ça ! Une certaine joie de vivre est en train de revenir par ici !

Il ne servait à rien de lui dire que ces sourires exprimaient simplement le soulagement des gens dès qu'ils comprenaient que les porteurs d'uniforme croisés ce jour-là ne leur voulaient pas de mal. Sourires ? Le mot ne convenait pas, c'étaient de rictus qu'il s'agissait.

En bon père du régiment, le colonel Tauriac a tenu avant de partir à inspecter les défenses du poste. Au sommet du mirador d'où nous regardions l'incroyable beauté du *mur de la Folle* sous la lumière rasante du soleil, j'ai voulu lui passer mes jumelles pour qu'il observe les ruines de la ferme. D'un geste brusque, il m'a repoussé en lançant d'un ton rogue :

— Ces pauvres Ligny nous ont assez gâché la vie comme ça !

La nuit allait tomber quand Tauriac, très regonflé par son escapade dans des parages qu'il avait connus si inhospitaliers, s'est décidé à regagner T. D'autorité, j'ai décidé de le raccompagner jusqu'à l'usine électrique en contrebas. La route, après, est parfaitement sûre. Le sergent Burguet nous suivait en jeep avec deux harkis *le pistolet-mitrailleur prêt à cracher*, comme il dit.

Sa grande carcasse tant bien que mal calée sur la banquette arrière de la 403, le colonel m'a exposé en long et en large ses rêves pour l'Algérie en pilonnant l'accoudoir avec le gant de cuir qui lui tient lieu de main droite. L'obscurité donnait à ses propos débités d'une voix monocorde un caractère somnambulique qui m'a frappé.

Tauriac fait partie de ces officiers qui pensent sincèrement qu'enfin la France va apporter à ce pays la justice qui lui a jusqu'ici été refusée par la colonisation et que seraient bien incapables d'instaurer ceux qui prétendent jeter les Français à la mer. Contre les colons, il n'a pas de mots assez durs : pour la plupart des racistes, des exploiteurs, des inconscients en tout cas, c'est à eux que l'on doit la situation actuelle. J'ai été surpris de constater à quel point il est critique aussi contre beaucoup de ses camarades officiers, les planqués et les tièdes qui *pacifient* comme ils formeraient des bidasses dans une caserne à Mont-de-Marsan, mais aussi les baroudeurs emportés par une folie de l'action qui défait sur le terrain ce qui a exigé des années de patients efforts. *Des saboteurs et des tueurs*, a-t-il même déclaré à un moment.

Des officiers comme lui, j'en ai rencontré pas mal, à Cherchell, à T. ou dans le bled, généreux, ouverts, humanistes même. Après trop de défaites en Indochine et ailleurs, ils veulent justifier leur vie par une guerre enfin menée pour le bonheur des pauvres. Ils plaident pour qu'on partage les terres des colons, qu'on fasse pleuvoir les bourses sur les écoliers du bled, et plus généralement qu'on rompe de façon éclatante avec tout ce qui constitue le racisme ordinaire.

Paradoxalement, c'est avec les officiers comme lui que le dialogue est le plus difficile. Impossible de leur faire comprendre que leur superbe discours ne tient pas compte de la réalité humaine, celle des colons, celle des métropolitains, celle de l'armée dans ses profondeurs, pour ne pas parler, bien sûr, de celle des *indigènes* dont ils veulent assurer le salut. Que leur utopie soit tellement plus estimable que le cynisme des autres ne change rien à l'affaire !

Nous nous sommes séparés sous les projecteurs lugubres qui éclairent l'entrée du poste préposé à la garde de l'usine électrique d'Ouarzane.

— J'aime bien la manière, Werner, dont vous vous défoncez au service des gens de votre vallée, a-t-il dit par la vitre ouverte. Une vallée difficile pourtant ! Si on avait des garçons comme vous partout, on gagnerait très vite la bataille.

Sur ces fortes paroles, sa voiture a démarré. Pas un instant, je n'avais disposé d'un interstice pour exprimer le moindre doute sur le schéma si bien bouclé de mon interlocuteur.

— Il a vraiment l'air d'y croire, a remarqué Burguet en reprenant le volant de notre jeep. S'ils étaient tous comme lui, on gagnerait vite la guerre !

Même les cons ont des moments de lucidité. Un sujet de réflexion qui m'a occupé tandis que nous grimpions vers le poste, tous phares éteints pour ne pas tenter le démon.

Depuis longtemps, le caporal Mouraoui faisait la planque près de la *vieille citerne*. Ce matin, il a enfin mis la main sur le coupable, la coupable plutôt. Bien sûr, il n'y a que des emmerdements à attendre de son zèle intempestif ! C'est celle qu'on appelle ici *Mado la Française* qu'il a prise sur le fait au moment où elle jetait ses roses. Lilloise, Mado a été mariée à un certain Mohamed Rachid, qui après trente ans dans les mines du Nord, l'avait ramenée dans son village natal. Comme de juste, ce Rachid a joué un rôle, je ne sais trop lequel, au début de la rébellion, et le capitaine Nogués ne l'a pas raté.

Le visage parcheminé, la démarche lourde, je l'ai interrogée un moment. Enveloppée dans un sarrau gris du genre de ceux que portent les ouvrières du textile, elle a eu le comportement digne que je craignais : « Vous m'avez tué mon homme » et le reste. J'ai voulu savoir pourquoi elle avait soudain décidé d'honorer ainsi son mari plusieurs années après sa mort.

— C'est pas rien que pour mon homme, a-t-elle rectifié. Ces fleurs, c'est pour tous ceux que vous avez jetés dans la citerne. Comme des chiens !

Sur les raisons de cette commémoration entreprise après des années de silence, elle a fini par m'expliquer qu'au terme de bien des essais, elle avait réussi à acclimater dans sa cour les fameuses roses rouges originaires de la ferme Ligny.

— Vous me les arracherez pas, hein ? a-t-elle soudain clamé, honteuse de s'être laissée aller à me confier son minuscule secret.

J'ai promis, à condition qu'elle cesse ses manigances. Évidemment elle a refusé de prendre le moindre engagement. Un instant, nous avons parlé de son Nord natal. J'ai raconté brièvement la rituelle excursion que nous faisions à Roubaix avec ma mère pour l'anniversaire de la tante Vanbeck. Son visage s'est un peu animé, et elle a même à un moment esquissé un sourire.

Au moment où on la relâchait, elle m'a lancé, le visage haineux soudain :

— Je continuerai !

— C'est pisser dans le sable ! a dit Bechir durant le dîner à propos de nos efforts dérisoires pour contrer Mado la Française.

Égal à lui-même, le sergent Burguet lui a fait remarquer qu'en français, c'est dans les violons qu'on pissait.

Bechir l'a mal pris :

— Je n'ai jamais vu un violon de ma vie. Je ne vais tout

de même pas pisser dans une darbouka pour vous faire plaisir !

Le genre d'altercations absurdes qui éclatent quand pèse trop lourd notre enfermement dans ce recoin du monde. Heureusement Delcourt, d'excellente humeur aujourd'hui, nous a tiré d'affaire en annonçant qu'il nous raconterait après dîner l'histoire du fantôme qui pissait sur les curés du bocage.

— Si vous êtes sages, bien sûr !

Ce qu'il a eu le bon sens de ne pas faire le moment venu.

Dans le djebel El-Ouaid à deux vallées de chez nous vers l'est, a retenti au petit matin, très amorti par la distance, le crépitement des armes automatiques. Excité comme un pou, le sergent Burguet m'a entraîné jusqu'au promontoire de Sidi Nejib au-dessus du poste. Avec mes jumelles, j'ai entrevu les corolles des parachutistes lâchés sur la zone d'opération.

— C'est pas trop tôt, grommelait Burguet. Le dernier endroit de la région où les *fells* sont encore comme chez eux !

À un moment, la canonnade a démarré de l'autre côté des crêtes sur la frontière, derrière nous.

— Dommage que nous soyons juste au milieu, a remarqué Burguet. Comme chaque fois que ça pète vraiment, ce salopard de Belhocine et ses gus vont se terrer dans leurs grottes comme des rats. J'en crève de rester l'arme au pied dans ces moments-là !

Quand nous sommes redescendus, le village faisait semblant de vaquer comme si de rien n'était.

— Trente-six *fells* au tapis, m'a annoncé un Burguet rayonnant en fin d'après-midi. Et seulement deux morts de notre côté.

Toute la journée, je l'avais entendu de loin jouer la

mouche du coche, installé devant notre poste de transmission radio. *Alpha Bravo à Charlie Delta, je vous entends trois sur cinq, parlez...* Les harkis se relayaient pour faire tourner la dynamo. La fameuse *gégène* qu'emploient si volontiers nos préposés au renseignement pour aider les prisonniers à parler.

Nous allions passer à table et j'ai prié Burguet de garder ses informations pour notre usage à tous les deux. Comme chaque fois dans ce genre de circonstances, Bechir nous a opposé tout au long du dîner un visage buté. Il n'a pas prononcé un mot et est parti se coucher avant le dessert.

Les piles du transistor de Delcourt ont rendu l'âme en plein milieu du dernier bulletin d'information de Radio-T. Comble de malchance, c'était au moment où le speaker commençait à donner les résultats des matchs de foot de ce dimanche. De Dunkerque jusqu'à Tamanrasset puisque, dans un louable souci de développement des confins sahariens, les autorités ont pris la peine depuis trois ou quatre ans d'encourager la création d'un club dans cette localité emblématique.

Cet incident technique a entraîné la fureur de mes trois compagnons ainsi que du cuisinier qui trouve toujours à s'attarder près de nous dans ces circonstances. Si prévoyant d'habitude, le toubib n'avait pas de piles de rechange dans ses placards remplis à ras bord de tout ce qu'il emmènerait sur une île déserte. Il s'est traité de tous les noms avant de se souvenir tout à coup qu'il mettait son transistor à notre disposition sans que jamais nous ayons l'idée de participer à son entretien.

Pour calmer les esprits, j'ai autorisé le sergent Burguet à aller avec une escorte, malgré le couvre-feu, frapper à la porte de l'épicier Mourad et lui acheter les piles qu'il fallait.

Qu'on sache avant de dormir si, oui ou non, Saint-Étienne avait battu Bordeaux ! Par bonheur, Radio-Oujda, contrairement à Radio-T., diffuse un journal à minuit, et son chroniqueur sportif est un mordu de foot à qui Burguet lui-même reconnaît du professionnalisme. Ce soir, toute honte bue, ce dernier a donc biberonné la *radio des fells*. Les Verts ayant effectivement enfoncé la défense girondine, nous avons eu droit de sa part à un bonsoir chaleureux.

Heureusement, du reste, qu'il est parti se coucher, car la chronique qui a suivi l'aurait rendu fou. Sous le titre *Le dernier quart d'heure du général est avancé*, Youssef Messaoud, le meilleur des journalistes de la station, s'est livré à un historique dévastateur de cette formule depuis sa première utilisation par l'état-major en avril 1955.

J'ai observé Bechir, hilare, et fier de l'humour offensif de l'un des siens.

— Bon, on a compris ! a lancé tout à coup le toubib en se levant.

Il était prêt à être tolérant, mais il ne fallait pas trop pousser tout de même !

— Un peu facile, ce genre de plaisanteries ! a-t-il lancé avant de prendre le large. De toute façon, attendons ! Qui vivra verra !

Trois minutes plus tard, il a fait sa réapparition, mal fagoté dans son pyjama bordeaux et brandissant sa brosse à dents. Dans le halo glauque des lampes à pétrole, il faisait ce qu'il déteste le plus : petit homme. Ce n'était sans doute pas le meilleur moment pour le lui dire.

— Écoutez ces conneries toute la nuit si ça vous chante, a-t-il lancé d'un ton hargneux. Mais demain, achetez-vous des piles ! Une cargaison de piles même ! J'en ai marre que vous me preniez pour une vache à lait ! Vous utilisez mon transistor vingt-quatre heures sur vingt-quatre, pour écouter des conneries qui me font gerber, et en plus, c'est à moi de vous payer le jus !

III

CADAVRES

1

Je n'avais jamais repéré cette cahute en planches un peu à l'écart du village, dissimulée par un bouquet de résineux malingres. Belkacem Mouraoui m'y a entraîné à l'aube. La femme était allongée de tout son long sur la terre battue. Quand le regard commençait à s'habituer à l'obscurité, on comprenait que la bouche qui semblait défier le visiteur était une gorge tranchée. La tête, elle, était partie vers l'arrière, comme vaincue par cette plaie d'une béance si agressive.

Dans la pièce, traînaient quelques ustensiles de cuisine et, posée sur une caisse en bois, une pendule en bronze saugrenue. Aux murs et sur le lit, des couvertures agressivement colorées comme en tissent les nomades de la région donnaient une apparence de chaleur à cet espace misérable.

Mal à l'aise, Belkacem a fini par m'expliquer que la victime couchait avec plusieurs des harkis. Elle venait d'un hameau de la montagne et elle avait perdu toute sa famille on ne savait trop dans quelles circonstances.

— Les salopards, répétait-il à son habitude.

Mais il y avait dans le ton de sa voix une sorte de morne tristesse qui m'a fait supposer qu'il connaissait bien la morte. Zohra bent Ahmed. Ou plutôt : SNP Zohra bent Ahmed puisque c'est ainsi qu'elle finira son existence sur le registre d'état civil que j'ai l'honneur de tenir, n'ayant pas assez longtemps vécu pour se voir octroyer par la République un nom patronymique.

Le soir, de retour de T. où il avait été acheter notre approvisionnement de la quinzaine, le sergent Burguet a accueilli la nouvelle avec la fureur d'un client qui apprend la fermeture définitive de la boulangerie au coin de sa rue.

À trois cents mètres du poste, ils allaient donc la sauter à tour de rôle dans sa cagna. Ni vu ni connu. De moi en tout cas.

Difficile de savoir si c'est d'abord la pécheresse ou plutôt la traîtresse que ceux d'en face ont voulu punir. Bechir à qui je posais la question, histoire de causer avec quelqu'un, m'a conseillé d'un ton rogue d'aller directement interroger le commandant Belhocine.

Il a fallu que je menace de faire enterrer la pauvre Zohra en plein milieu du cimetière pour que les notables du village acceptent de lui faire l'aumône d'un interstice de terre tout en bas du terrain qu'ici comme ailleurs, les vivants concèdent chichement aux morts.

J'ai adressé au colonel Tauriac les dix lignes que mérite cette affaire d'une banalité consternante. D'où il extraira deux phrases à l'intention d'Alger qui en sortira un chiffre pour ses statistiques du mois.

2

Belkacem Mouraoui est né dans un bidonville aux portes d'Aubervilliers. La ceinture rouge, rigole-t-il. Après avoir creusé pendant la guerre des kilomètres de tranchées sur le front, son père avait continué à manier la pioche sur les chantiers de travaux publics de la capitale. Il avait fait venir une femme de son douar natal. Les mômes étaient nés à la queue leu leu. La famille avait vécu là-bas en bouffant de la vache enragée.

En 39, le père avait eu l'intelligence de retraverser la Méditerranée pour reprendre place sur le piton pelé de son Ouarsenis natal. Belkacem avait quinze ans. La vache enragée était encore au programme, mais cette fois dans un monde où lui et ses frères et sœurs avaient perdu tous leurs repères. Pour tout compliquer, le père mettait son point d'honneur à se faire appeler au village *le Français*, à parler français avec ses enfants et à traiter ses voisins en bougnoules. Peu à peu dans la tête de Belkacem, les années parisiennes s'étaient transmuées en un conte de fées, dont il racontait volontiers les péripéties avec son accent parigot à couper au couteau.

Dès le début des événements, son père, *le Français*, avait été assassiné par les fellaghas. Il s'était alors engagé dans l'une des unités supplétives que créait l'armée à tour de bras. C'est ainsi qu'il avait fini par atterrir comme caporal-chef dans la harka du capitaine Nogués.

Pour Belkacem, ceux d'en face sont des gangsters qui ne méritent pas la balle pour les tuer. *Un bon fellagha est un fellagha mort*, répète-t-il comme pas mal d'autres.

Comme de juste, un de ses frères avait par la suite rejoint le maquis dans l'Ouarsenis et s'était fait descendre vite fait. *Mektoub*, dit simplement Belkacem.

En sa qualité de Marseillais d'honneur, Ali Resbane, le camionneur au sourire cinématographique, est un spécialiste des histoires drôles, dont il sort à jet continu des spécimens, des pas drôles surtout, bien sûr :

— La bataille de Poitiers ? Laissez-moi rire ! Comme on dit sur la Canebière, c'est une plaisanterie de garçon de bain. Dès qu'ils ont aperçu le ciel gris de la Gaule profonde et les blondasses préposées sous ces latitudes aux plaisirs des hommes, les cavaliers arabes ont fait demi-tour. Avant même que Charles Martel ait eu le temps de remuer un petit doigt, les troupes du calife avaient déjà repassé les Pyrénées.

Il lui arrive, pourtant, de se faire plus aigu :

— Depuis 1830, les Français nous rebattent les oreilles avec l'antagonisme des Arabes et des Berbères. Une calomnie qui vous arrange bien, vous les Français. Arabes et Berbères, mettez-vous bien ça dans la tête, mon lieutenant, sont comme les doigts d'une même main, et nous serons des frères aussi longtemps que vous serez là. Après, s'il y a un après, bien sûr, nous pourrons enfin revenir aux réalités enracinées dans notre longue histoire ! Une histoire bien plus longue que la vôtre, si vous me permettez, mon lieutenant ! Quand votre Vercingétorix en était encore à grimper dans les chênes pour couper son gui, nous avions déjà pris la peine de foutre des déculottées à je ne sais combien de pharaons et de généraux carthaginois. Et nous avions, nous, renvoyé à leurs chères études plusieurs Jules César en herbe.

Ainsi qu'il me l'explique volontiers, il se considère comme une victime des événements. De Marseille, il avait rapporté l'usage du pastis et la pratique de la pétanque, et il avait réussi à entraîner sur le chemin de ces vices plusieurs de ses voisins au village. Depuis le début des violences, hélas, les plaisirs venus du Nord ont été interdits par les gens du maquis. Il est obligé de boire en suisse, et il a dû se mettre au baby-foot.

— Un jeu à la con, je vous assure, mon lieutenant ! Tous ces trucs qui nous viennent d'Amérique sont à dégueuler !

De l'avis de nos services de renseignements, Ali est de loin le plus gros contributeur de la vallée aux bonnes œuvres du Front de libération. Pour tenter de cerner les circuits empruntés par ses versements, la préfecture a même dépêché un inspecteur des impôts, un Kabyle blanc de peur que j'ai hébergé. Bien sûr, ce Bekkouche, un brave type qui s'était hissé dans son administration à la force de sa règle à calcul, n'a rien compris aux comptes qu'Ali lui présentait, sur de petits carnets à demi broutés par les moutons qui gambadent en liberté dans la cour de sa maison.

— Mes moutons n'aiment pas le fisc, rigolait-il, ce n'est tout de même pas ma faute !

En parfait gentleman qu'il est, il n'avait pas ajouté que mes harkis, eux, les aiment bien, ses moutons, pas un problème pour quelqu'un comme lui qui a le cœur sur la main. J'ai poussé plusieurs coups de gueule à ce sujet. C'est *labourer la mer*, ainsi que le dit Delcourt en Normand du bas-bocage, dès que je me trouve face à des situations de ce genre, autant dire plusieurs fois par jour.

Que le brave inspecteur Bekkouche ait été descendu quelques semaines après sa mission chez nous n'a sans doute rien à voir avec les efforts parfaitement inutiles qu'il a déployés pour essayer de comprendre la comptabilité d'Ali. Une balle dans la tête devant son domicile alors qu'il revenait à vélo de son bureau de l'Hôtel des Impôts. Mais mais mais, sait-on jamais, comme on dit dans les contes pour enfants sages.

À la hauteur de l'usine hydroélectrique, la route était bloquée. Je suis descendu. Une chèvre venait d'être écrasée par un des engins qui travaillent à l'élargissement d'un pont. Le chauffeur d'un des camions d'Ali, qui passait à ce moment-là, m'a salué.

— La pauvre bête, a-t-il laissé tomber, le bull, y l'a pacifiée.

Les curieux qui se pressaient autour du malheureux animal ont tous opiné.

L'intéressé parlait un français laborieux. Pour lui, pas de doute, *pacifier* et *tuer* c'était kif-kif bourricot. L'humour militant de son patron y est sûrement pour quelque chose. Reste que les gens alentour comprenaient ce qu'il venait de dire.

Dommage que le colonel Tauriac n'ait pas assisté à cette scène qui aurait approfondi sa connaissance du terrain.

De ce que je lis en filigrane dans la presse et de ce qu'on m'écrit de Paris, je comprends que cette fois-ci la décision a été prise au plus haut niveau de négocier avec le Gouvernement provisoire algérien. Pas pour amuser la galerie : pour aboutir au plus vite.

Je ne sais pas si les morts jusqu'ici sont morts pour quelque chose. Ce dont je suis sûr, c'est que désormais, toute mort en plus sera une mort pour rien. Les dés sont jetés, les événements sur le terrain ne modifieront plus l'issue de la partie.

En tirer des enseignements pour ici.

Pas mal de fois durant mes insomnies, je me suis retrouvé en train de faire et refaire la comptabilité macabre dans ma tête. Dans leurs tracts, ceux d'en face soutiennent que la vallée a déjà « mille deux cents martyrs » à l'*actif* de la lutte de libération. Nos pertes à nous, qu'un bon comptable, j'imagine, inscrirait au *passif* du bilan, dépassent déjà les trois cents : notables descendus, anciens combattants assassinés, pauvres cons égorgés pour mauvaises fréquentations, militaires tués en opération sans parler de la poignée d'Européens abattus dans les tout débuts.

Il est temps d'arrêter les frais.

Réunion dans la salle de classe avec les notables du village pour parler du système d'adduction d'eau dont la préfecture est prête à financer l'extension. J'avais demandé à Bechir de faire l'interprète.

Plusieurs des participants m'attendaient avec leurs escopettes. Ils ont posé beaucoup de questions. Les moins bien disposés ont fini par se convaincre qu'il fallait accepter. À l'horizon, dix fontaines dans le village, et d'ici là du travail pour pas mal de gens qui *travaillent chômeurs* comme on dit dans le coin.

Dans ce contexte apaisé, je n'ai pu résister à l'envie de donner mon point de vue sur la situation politique du moment. J'ai donc affirmé que c'était désormais en Suisse que se décidait l'avenir de l'Algérie. Les politiques des deux côtés avaient enfin accepté l'idée qu'il fallait d'urgence se parler et aboutir. L'avenir ne se jouait plus dans les djebels. Jusqu'à maintenant, ç'avait peut-être eu un sens de donner sa vie pour la cause à laquelle on croyait. Cette période était finie. Alors, on arrête et on attend !

En laissant tomber ces phrases, j'étais un peu plus ému que j'aurais souhaité. Il y a eu un long silence. J'ai posé mon képi à côté de moi, dévisagé les assistants chacun à tour de rôle, de vieux bonshommes ridés au teint sombre sous les chèches blancs. Pas un regard n'a cillé. Alors j'ai conclu :

— Ce que je viens de dire, c'est ma conviction, à moi, un petit d'homme comme vous ! Vous en ferez ce que vous voudrez !

Au début, Bechir a cru que je l'entraînais dans je ne sais quel piège. Et puis, il a compris, je crois, que je n'avais rien prémédité. Il a su alors trouver les mots qu'il fallait pour passer mon message aux gens présents.

Curieusement, tout le temps où j'ai parlé, je pensais à Zohra, SNP Zohra et sa gorge figée dans un rictus atroce.

3

Décidément cette Zohra dont je ne soupçonnais même pas l'existence il y a huit jours, cette Zohra saignée comme une truie me poursuit, et pas seulement dans mes rêves. Elle a aussi redonné des couleurs à ce autour de quoi je tourne sans trop me l'avouer depuis que j'aligne ces notes.

Neuf ou dix mois ont passé. Cette nuit-là, nous étions postés depuis des heures dans une combe du massif du Chenoua, à pas même vingt kilomètres de Cherchell. Démonstration d'embuscades, avait annoncé le lieutenant instructeur.

— Et plus peut-être, avait-il ajouté pour mettre de l'ambiance, en y allant de ce mâle *inch Allah !* pour lequel tant d'officiers de l'Armée française ont de coupables faiblesses.

Il n'y avait qu'un bout de lune dans le ciel, mais les étoiles nimbaient d'une étrange luminescence les feuilles des arbustes derrière lesquels nous étions planqués. Pas un seul d'entre nous ne pensait qu'un *fell*, puisque c'était le nom que leur donnaient à tout bout de champ nos instructeurs, se risquerait dans cet endroit, loin de tout, mais dont on savait bien qu'il nous servait à l'occasion de terrain de manœuvres. Pour lutter contre l'engourdissement, chacun avait son truc. Le mien alors, c'était de me réciter les scènes du théâtre que j'avais jouées dans la salle des fêtes du lycée.

Soudain, sans qu'il y ait eu le moindre bruit annonciateur, nous avons aperçu trois hommes lourdement chargés qui se hissaient dans le ravin. Figés sur place, nous les avons laissés pénétrer dans la nasse. C'est le lieutenant instructeur qui a tiré le premier coup avec la carabine MP1 dont il était si fier. L'homme de tête est tombé. Nous avions les doigts sur la détente de nos PM et, avant d'avoir eu le temps de réagir, les deux autres se sont affaissés sous un déluge de balles.

— Halte au feu ! a crié le lieutenant. Personne ne bouge !

Il a attendu un moment avant de sortir de derrière son rocher. Il s'est approché prudemment des types pour vérifier qu'ils étaient bien morts.

— Vous avez été de bons petits gars ! a-t-il lancé alors, visiblement ému de la parfaite maîtrise dont nous avions fait montre durant ce court moment. Un superbe baptême du feu ! Bravo à tous !

Après avoir placé les guetteurs de rigueur, il nous a invités à ramasser les vieux fusils Mauser que portaient les *fells* et à faire l'inventaire de leurs musettes. Elles étaient pleines de miches de pain et de boîtes de conserve, dont plusieurs avaient explosé sous l'impact des projectiles. Lui-même, il a fouillé dans les poches des morts. Il y avait des lettres personnelles encore cachetées, des tracts du Front et deux ou trois documents qu'il a préféré ne pas nous montrer.

— On les enterre sur place et on va se coucher, a-t-il ordonné.

Accrochée à notre sac, nous portions en toutes circonstances une pelle pliante particulièrement incommode. Cette nuit-là, au moins, elle a servi. Beaucoup même, car creuser une fosse pour trois cadavres sur un flanc de montagne truffé de cailloux et de racines, c'est du sport. Autrement difficile que de tuer trois bonshommes.

— Tu as tiré ? m'avait demandé le lendemain Jean-Paul Martineau, mon meilleur copain tout au long des six mois d'école.

Je lui ai dit que j'avais vidé un demi-chargeur, sans trop savoir où j'avais visé.

— J'ai réussi à ne pas tirer, m'a-t-il confié. Quand j'ai vu tomber le type de devant, j'ai arraché ma main droite de la détente du PM et j'ai attendu que ça se passe. Ensuite, ni vu ni connu, j'ai jeté dans la nature une poignée de cartouches au cas où quelqu'un s'aviserait de vérifier dans le chargeur si j'avais fait mon devoir.

Il m'a regardé bien en face :

— Pas très glorieux ! D'accord, je n'ai pas tué, mais vous l'avez fait pour moi, sinon les *fells* auraient été capables de descendre l'un de nous.

Plus tard, nous avons reparlé avec ceux qui étaient présents cette nuit-là. Nous étions douze, comme dans un peloton d'exécution, a fait remarquer quelqu'un. D'après ce qu'avait dit notre lieutenant instructeur, les *fells* avaient reçu sept ou huit balles au total, dont trois au moins avaient dû être tirées par lui, un redoutable tireur.

— Une bonne moitié d'entre nous n'a donc pas tué, avait conclu le plus malin de notre bande de pieds-nickelés de la mort.

De tous les camarades de Cherchell, Jean-Paul Martineau est le seul avec qui j'ai gardé le contact. J'ai reçu de lui de longues lettres désolées, d'autant plus impressionnantes qu'elles sont rédigées d'une écriture d'enfant sage à qui l'on distribuerait volontiers des bons points.

Du poste paumé où il a été affecté sur la frontière tunisienne, à l'autre bout du territoire, il a besoin de prendre à témoin du désespoir absolu où il a sombré. Prendre à témoin l'humanité et, à défaut, moi avec qui il a passé chaque journée six mois durant.

Sa dernière lettre était franchement pathétique :

> *Tu sais, je crois que le cauchemar ne se terminera jamais. Je ne supporte plus rien de ce qui m'entoure, ni les chefs qui nous font lever en pleine nuit pour faire des exercices dérisoires le long des barbelés, ni les abrutis de la section que je suis censé commander et qui se saoulent à la bière à longueur de journée, ni le ramassage au petit matin des* fells *foudroyés par les fils électrifiés. C'en est arrivé au point que le bruit d'une canonnade lointaine ou même le crépitement d'une rafale de PM me déclenchent des spasmes nerveux. Depuis mon arrivée, j'ai des boutons qui me poussent sur le visage comme à la puberté et une horrible chiasse qui ne me quitte pas. Seize mois encore ! Je ne sais pas comment je vais continuer à vivre dans cet état.*

Avec Martineau, nous n'avions apparemment pas grand-chose en commun. Dans son Belfort natal, il a des parents aimants, une ribambelle de frères et sœurs et même une jolie fiancée qui attend dans un coin. Son diplôme d'école de commerce en poche, il se prépare à prendre la suite de son père à la tête d'une fabrique de je ne sais quoi. Bref, pas vraiment mon profil. Pourtant nous avons eu un point de rencontre fondamental : l'infinie lassitude que nous ressentions face à ce que nous étions en train de vivre et qui allait se prolonger on ne savait combien de temps.

La principale différence avec moi, c'est qu'avec sa grande famille, ses feux de camp scouts et ses messes du matin à l'église du coin de la rue, il n'avait jamais été seul. Difficile de commencer à vingt-trois ans.

4

Comme on pouvait s'y attendre, la vieille Mado a continué à déposer de loin en loin ses roses au pied de la *vieille citerne*. L'autre jour, Mouraoui me l'a amenée menottée.

— Il faut faire quelque chose pour qu'elle arrête, a-t-il supplié. Elle me rend fou !

Le sergent Burguet est venu me parler de cette affaire qui, selon lui, affecte non seulement Mouraoui, mais tous les harkis et entame notre image dans l'esprit des gens du village. Il m'a fortement incité à faire interner la vieille dans une maison de santé à T.

— Puisqu'elle est française après tout ! a-t-il sifflé entre ses dents cariées de fumeur.

Une phrase révélatrice de l'imposture dans laquelle vivent la plupart des tenants de l'Algérie française. *Puisqu'elle est française après tout*, pense le bon sergent Burguet, il ne serait pas convenable de coller à Mado les trois balles dans la peau qu'on collerait aux autres, ces Français qui ne sont pas français.

Je me suis décidé à aller rendre visite au beau-frère de l'intéressée. Menuisier de son état, le visage émacié, le geste mesuré, l'homme a de la classe. Il m'a fait asseoir. J'avais évité d'emmener Mouraoui, incapable de se maîtriser dans une histoire qui le met directement en cause. Mourad, après lui le meilleur francophone parmi les harkis, m'a servi d'interprète.

Difficile de comprendre comment, après cinq ans de guerre et tant de morts et de meurtres, le sens de l'hospitalité soit resté ici plus fort même que la haine. Sauf chez ceux qui ont vécu en France tel Ahmed Hamiche. Ou telle Mado que les femmes avaient séquestrée le temps de mon entretien avec son beau-frère.

Après que nous avons échangé les banalités de rigueur, mon hôte a marqué son impuissance face aux agissements d'une femme qui avait beaucoup souffert, comme tant d'autres, hélas, mais qui n'avait pas été élevée, elle, avec l'idée de la soumission à la volonté de Dieu.

— Après la mort de son mari, m'a-t-il expliqué, elle s'est convertie. Auparavant, elle n'avait jamais voulu entendre parler de religion. D'ailleurs, elle avait fait partager ses idées à mon pauvre frère. Il faut dire qu'il a passé trente-cinq ans dans les mines du Nord.

Il a soupiré, et une larme a roulé le long de l'arête de son nez.

— Pour réparer ce qui pouvait l'être, Mado s'est placée entre les mains de Dieu. Elle est devenue une croyante sincère, qui obéit aux cinq prescriptions du Livre. Mais elle n'a pas comme nous baigné dans la Foi depuis sa naissance, et elle refuse toujours aussi obstinément la mort de son mari. Les roses, c'est sa réponse à l'injustice qui lui a été faite, personne au monde ne pourra la contraindre à renoncer au combat qu'elle a entrepris.

« Je vous le jure, j'ai beaucoup parlé avec elle pour qu'elle arrête. Notre famille a vécu assez de drames comme ça ! Mais quand je lui parle, elle me regarde comme si elle ne m'entendait pas. Elle a plus ou moins perdu la raison, vous savez.

J'ai abordé la question d'un éventuel transfert à l'hôpital psychiatrique de T. Son visage a changé.

— On ne peut pas lui faire ça ! a-t-il crié, très pâle soudain. Elle a accompagné mon frère durant toute sa vie, avec un courage formidable. Ça n'a pas été facile pour elle, vous imaginez, ni en France, ni ici. Et elle continue maintenant qu'il est mort. Je me battrai de toutes mes forces pour qu'elle reste chez nous. Avec mes petits moyens, je ferai tout pour vous empêcher de nous la prendre, elle aussi !

Soudain il s'est effondré en pleurs.

— Je vous en supplie, mon lieutenant, a-t-il réussi à articuler, laissez-nous-la ! Je vous promets, je ferai tout ce que vous voulez pour qu'elle arrête.

Brochure triomphale publiée par les services d'information de l'état-major à Oran. Une page entière consacrée à notre vallée *qu'on peut désormais considérer comme pacifiée*. Les deux principaux villages ont retrouvé leurs activités d'antan et l'école compte plus d'élèves qu'avant 1954. Les camps de regroupement, eux, sont *dotés de points d'eau et l'un d'entre eux bénéficie déjà d'un dispensaire*. Quant aux réfugiés, ils peuvent faire paître leurs troupeaux dans la montagne comme ils l'entendent, à condition, bien sûr, d'éviter les zones interdites et de revenir au moins une fois par semaine à leur point de départ. Le Club Méditerranée, quoi !

Si pleinement heureux de son bref passage dans la vallée, le colonel Tauriac a dû tenir la plume ou inspirer celle de l'auteur.

Sortant de l'agence postale les bras chargés d'un paquet de revues, Kader a brandi sous mes yeux *Préhistoire*, dont il m'avait vanté les mérites :

— Plus je lis des articles sur ceux qu'on appelle les primitifs, a-t-il dit, plus je les trouve sympathiques, nos lointains ancêtres. Ils nous montrent la voie ! Bien sûr, le bon sauvage n'existe pas, mais le méchant non plus.

J'aime bien les propos tous azimuts auxquels il se laisse aller devant moi quand il vient retirer son courrier. Lui qui a passé des années en France, qui a été instituteur à Alger où il avait plein d'amis européens et arabes avec qui parler de tout et de rien, je devine qu'il souffre ici d'un incroyable déficit de paroles.

— Ne m'en voulez pas pour mes gazouillis incontrôlés, s'est-il excusé une fois.

Aux yeux des gens du coin, je fais quasiment partie maintenant des meubles. Sans états d'âme, ils poussent la porte de mon bureau pour me raconter leurs petites histoires. La plupart du temps, bien sûr, ce sont des démêlés avec les autorités qui les poussent à venir. Mais il m'arrive de me retrouver en train d'essayer de régler des affaires patrimoniales, de bornage surtout. Parfois même ce sont des histoires familiales qu'on m'amène, l'autre jour, par exemple, la contestation de la virginité d'une nouvelle épouse. Personne ne semble s'embarrasser de la moindre pudeur à mon égard comme si, avec mon képi bleu, j'appartenais à une planète sans sexe ni âge.

Apparemment, ceux d'en face ne s'offusquent pas de l'existence de ce guichet d'assistance sociale gratuite qui permet d'écluser une partie des problèmes du moment.

Dès que l'obscurité est tombée, les cris des hyènes commencent à retentir, démarrant en général au-dessus du village, peu à peu l'encerclant de partout avant de se resserrer insensiblement. Mieux vaut s'endormir comme une masse. Sinon, au fil de la nuit, ce que certains entendent comme de longs aboiements plaintifs, d'autres prennent pour des rires sardoniques, mine inexorablement le moral.

L'insoutenable, pourtant, c'est quand le bruit sourd des canons de l'autre côté des crêtes rentre dans la danse.

— On dirait les complies de la Mort, affirme le toubib, en pur produit des collèges religieux de son bas-bocage.

Et il est vrai qu'entre canons et hyènes, les cadavres le savent pertinemment, les antiennes se répondent cinq sur cinq.

5

Incident avec le petit connard alcoolo supposé superviser les travaux de consolidation de la route au-dessus de l'usine hydroélectrique. Ce Manolo est l'illustration vivante de la formule fameuse : *Plus un colon est crétin, plus il trouve les colonisés imbéciles*. Flemmard et trouillard, il monte rarement chez nous, mais chaque fois, il trouve le moyen de s'en prendre à l'escorte de harkis que j'ai reçu l'ordre d'envoyer chaque matin pour protéger le chantier.

Le hasard m'a fait passer par là au moment où il était en train d'insulter les malheureux, sous prétexte qu'ils n'avaient pas fouillé comme il fallait une camionnette poussive qui montait au village. Je lui ai demandé de se mêler de ses affaires et la conversation a vite dégénéré. Alors, sans trop réfléchir, j'ai donné l'ordre à mes types de le fouiller.

— Ça va pas, ho, dis ! a-t-il crié.

Malgré ses hurlements, il s'est retrouvé plaqué contre l'un des engins du chantier.

— Allez, dégagez, tas de bâtards ! gueulait-il sans pouvoir bouger.

Bien sûr, il avait un revolver, et, bien sûr aussi, il n'avait pas sur lui son permis de port.

J'ai confisqué l'arme ainsi que les textes le prescrivent, et

Manolo s'est rué vers sa bagnole en beuglant comme un beau diable.

— Faites courage, a-t-il promis dans son pataouète pas piqué des sauterelles, vous l'emporterez pas au paradis.

Et il a démarré en trombe vers T. Direction la préfecture où, dit-il, *il connaît tout le monde.*

Au cours du dîner, j'ai compris au silence hargneux de Burguet que quelqu'un l'avait mis au courant. De son côté, Bechir m'a adressé deux ou trois regards complices qui disaient qu'il savait lui aussi.

L'archiviste n'a quasiment rien retrouvé sur l'histoire de notre vallée dans les tout premiers temps de la colonisation. Ses dossiers commencent dans les années 1870 avec l'arrivée des deux Communards placés comme sentinelles tout en bas, et plus tard avec l'installation d'Émilien Ligny chargé *d'approvisionner la ville en bon lait de montagne.* En s'adressant à ses collègues à Alger, elle a tout de même mis la main sur quelques pièces relatives à la mort, en 1854, d'un aventurier, un certain Descaves qui remontait la vallée escorté de quelques indigènes. Il avait été tué dans le défilé d'Aïn Moukh, juste avant d'arriver au dernier village de la vallée. À l'endroit précis, rappelle-t-elle pédagogue, où, en 1955, une section d'infanterie prise sous le feu ennemi a perdu cinq jeunes troufions, des appelés à peine débarqués de leur Bretagne natale.

Descaves avait été apparemment le premier Français à s'intéresser à ces parages. Pour appâter les autorités, il avait évoqué l'existence d'éventuels gisements de zinc argentifère. En fait, arabisant fervent, il semble s'être surtout intéressé à l'existence dans la vallée d'édifices cultuels très anciens liés à cette confrérie des Béni Smail dont les ramifications s'étendent jusqu'en Afrique noire. L'attestent, écrit-elle, deux carnets conservés aux Archives du Gouvernement général couverts de croquis, dont plusieurs représentent la mosquée du village rasée par le Génie en 1955.

La réaction ne s'était pas fait attendre. Le chef du bureau arabe de T., un certain capitaine Doineau, avait monté une expédition punitive. Devant l'absence de toute piste sérieuse, et pour ne pas s'être dérangé pour rien, il avait mis le feu à plusieurs mechtas et fait fusiller un nombre d'habitants qui, précise l'archiviste, *ne figure pas dans le dossier.*

Heureusement que des événements de ce genre ne pourraient plus se produire de nos jours, conclut-elle dans le mot manuscrit joint au résumé dactylographié qu'elle a pris la peine d'établir à partir du dossier Descaves.

Il n'est pas impossible que j'aie au départ un peu sous-estimé la personnalité de Florence Carliez...

Convocation à T. suite à l'incident survenu l'autre jour avec cette petite frappe de Manolo.

Le colonel Tauriac m'a fait attendre un long moment dans l'antichambre, puis il m'a laissé plusieurs minutes poireauter au garde-à-vous devant son bureau tandis qu'il feignait de s'absorber dans la lecture d'un document dont sa main valide tournait lentement les pages.

Soudain, il a levé les yeux et m'a désigné un siège. J'ai eu droit à un point complet des avancées de la pacification dans le département. Quand il parle de ce qui est *son* sujet, il est littéralement habité. Il a besoin d'un public, et c'était mon tour aujourd'hui. Soucieux tout de même de justifier ma descente à T., il est parvenu à me poser deux ou trois questions sur l'évolution de la situation dans mon secteur depuis son passage.

Sur le seuil de la porte, il m'a fixé d'un œil amusé. Assez drôlement, il m'a prié d'éviter à l'avenir de *jouer au petit soldat* :

— Quand ce n'est pas indispensable, naturellement ! a-t-il ajouté.

Il était trop tard pour remonter. L'incident Manolo m'a fourni l'occasion d'une visite imprévue au *Petit Parisien*. Nadia était disponible.

Après l'amour, elle m'a relaté sa vie, à suivre, comme elle dit, *les armées de la République* : Saigon, Fez, Bizerte et maintenant T.

— J'adore les sous-lieutenants, m'a-t-elle assuré.

Comme j'objectais un certain colonel à œil de verre que j'avais vu sortir de sa chambre lors de mon dernier passage, elle a rétorqué :

— Carbonnier ? Mais c'est un vieil ami. Je l'ai connu sous-lieutenant à Saigon !

En descendant du haut plateau, les gibecières pleines, nous sommes tombés sur le cadavre d'un adolescent au pied d'une falaise. Il gisait désarticulé au milieu d'un amoncellement de rochers. En approchant, nous avons découvert qu'il n'avait plus de visage, ni de viscères.

— Les hyènes, a laissé tomber le toubib d'une voix très professionnelle. La nuit dernière. Le cadavre est encore frais.

Dans une sorte de musette, le malheureux avait encore des morceaux informes de cette pâte de figues qu'on donne comme nourriture aux bergers qui partent dans le djebel.

Nous avons embarqué dans une toile de tente ce qui restait du gamin. Au village, personne n'a reconnu ce cadavre en bouillie. Pourtant les notables ont fait sur-le-champ le nécessaire, et ils m'ont remercié avec une chaleur dont ils ne sont guère prodigues à mon endroit.

— En rapportant au village le corps d'un croyant, m'a

assuré Bechir, tu as fait plus pour que les *villageois* te respectent qu'en installant dix fontaines ou en prononçant dix mille discours.

Par ses côtés *bergerie* du temps des Lumières, ce mot *villageois* qu'emploie systématiquement Bechir me met toujours en joie.

À propos des hyènes, on m'a assuré qu'elles avaient totalement disparu de la région à la fin du siècle dernier. Avec la création des *zones interdites*, elles ont fait leur réapparition, remontant sans doute des steppes présahariennes. Elles sont en train de se multiplier d'une manière préoccupante pour les troupeaux ou ce qu'il en reste. Pas seulement sur les hauts plateaux, puisque, me dit-on, il en traînerait même du côté de la ferme Ligny.

Les chats sauvages, les éperviers et jusqu'aux malheureuses mangoustes dont plus personne n'avait aperçu les traces depuis des générations ont aussi repris leur place à ce que Delcourt nomme en ricanant *le grand banquet de la vie*.

6

Le mess des officiers est installé au rez-de-chaussée de ce qui fut le palais du gouverneur à l'époque turque. Lors de mes premières descentes à T., j'avais avant tout besoin de prendre du champ par rapport à l'institution qui a eu la générosité de m'accueillir en son sein. Mais je me suis lassé des garnis crasseux où l'état de mes finances m'obligeait à descendre. Chaque fois désormais qu'il y a une chambre libre au mess, je m'y installe.

C'est ici également que je prends la plupart de mes repas. Les rencontres valent souvent le déplacement. Toutes les armes, tous les grades sont représentés, et les officiers de carrière sont bien obligés d'y côtoyer les bataillons serrés de sous-lieutenants du contingent depuis qu'il a été décidé d'en épingler un sur chaque piton algérien. À l'heure du dîner, la grande salle à manger à colonnades est un raccourci saisissant de l'histoire de France récente. À côté de ceux qui ont fait l'Indochine, on trouve des vétérans de 39-45, d'anciens résistants et même quelques colonels qui, au dire de leurs petits camarades, n'ont pas hésité dans leur jeune âge à faire don de leur personne au Maréchal.

Comme partout, la principale activité ici, la bouffe mise à part, est de faire le paon : les exploits dans le djebel, les campagnes d'hier et d'avant-hier, les décorations, les avancements. Les filles aussi, bien sûr, celles des bordels locaux et celles qui attendent sagement le retour du héros à Cahors ou avenue Mozart. On n'en oublie pas pour autant les morts. Les nôtres, pas besoin de le dire ! Tombés glorieusement ou descendus pour pas un rond, les avis divergent là-dessus.

Au hasard des tables, on croise des va-t-en-guerre à tout crin et des défaitistes de comédie, des quasi-objecteurs de conscience et des tueurs patentés.

À entendre les récits des uns et les autres, dans cette guerre qui n'a pas même le droit de s'appeler comme ça, chacun livre un combat qui n'a pas grand-chose à voir avec celui de son voisin. Selon les missions qu'il est censé remplir, les lieux où il se trouve, les hommes avec qui ou contre qui il se bat, pour ne pas parler des valeurs dont il juge la République porteuse. Écrire demain sur ces années de furie sera encore plus compliqué que les vivre, prétendait l'autre jour un malin. Et autrement emmerdant, ajoutait-il.

Par chance, tous autant que nous sommes, nous avons une cible commune : l'arrière. L'arrière qui vit comme si de rien n'était, grandes bouffes, bals du samedi soir, week-ends de ski, baises quotidiennes et le reste. L'arrière avec ses politiciens qui ont laissé aller les événements à vau-l'eau dans les colonies, puis en Algérie, naviguant à vue sans jamais avoir le courage de prendre les décisions qu'il fallait dans un sens ou dans l'autre.

Reste que c'est l'action du général de Gaulle et ses initiatives successives depuis trois ans pour sortir du bourbier le dossier algérien qui font l'objet des discussions les plus acharnées. À chacune de mes permissions, je constate que les divisions entre nous s'approfondissent. Pour les partisans les plus résolus de l'Algérie française, l'homme du *Je vous ai compris* de mai 1958 n'est désormais plus seulement un faux jeton, c'est un traître. Pour d'autres qui le haïssaient depuis sa rentrée fracassante sur la scène à la faveur du putsch de 58, il apparaît comme le dirigeant machiavélique dont le pays avait besoin pour en finir avec un colonialisme condamné. Drôle de chassé-croisé !

Cela dit, les gens éprouvent de moins en moins l'envie d'en débattre en ce lieu. Une méfiance diffuse s'est installée. Comme si l'on était à la veille d'un grand règlement de comptes où chacun devra choisir son camp.

Une salle de cinéma comme à Maubeuge ou à Épinal. Avec encore moins d'Arabes parmi les spectateurs puisque le FLN interdit la fréquentation des cinémas comme là-haut il refuse à Ali le droit de jouer à la pétanque sur la place du marché.

Pour qui débarque tout droit de ses montagnes, ces familles qui lèchent leurs esquimaux en parlant de la friture du soir apparaissent d'un exotisme débridé.

Plus exotiques encore : Pierre Fresnay et Yvonne Printemps s'envoyant des vannes mondaines dans une salle de jeu de la Côte d'Azur.

En sortant, le restaurant basque de la rue de Paris. Seul le béret du patron y est authentique. Après ces repas au mess au climat de plus en plus lourd, j'avais besoin de me payer un dîner en tête à tête avec moi-même.

Au *Petit Parisien*, Nadia n'était pas disponible, *un gros bonnet d'Alger pour toute une journée*, m'a confié la patronne. Gentiment Leila a fait l'intérim. Des trois filles qui m'inspirent dans cet endroit, elle est la seule à avoir le type oriental. Sa chevelure est magnifique, et on ne peut rester indifférent à son regard tantôt sombre et mystérieux, tantôt doux et presque enfantin. Elle est née au Liban, et c'est elle qui a le plus de conversation et d'humour.

— Demande-moi directement la prochaine fois, a-t-elle suggéré au moment où nous nous séparions. Je m'arrangerais pour me rendre disponible.

Dans l'escalier, j'ai croisé le colonel Carbonnier qui grimpait au pas de charge. Je n'ai pas eu le cœur de lui annoncer la mauvaise nouvelle.

À midi, le capitaine Lachenal m'a raconté le déroulement du drame de la ferme Ligny. Prévenu par l'instituteur Pinelli qui, de la fenêtre de ce qui est aujourd'hui ma chambre, avait vu les flammes danser en bas du *mur de la Folle*, les gendarmes ont trouvé dans les décombres fumants les corps du père, de la mère et de leurs deux enfants, douze et dix ans. Accrochés aux platanes de la cour, plusieurs panonceaux proclamaient en français : *Algérie Arabe*.

Très vite, l'enquête établit que le coupable était l'un des employés de Ligny, un certain Bensaïd. Depuis des années, il acheminait chaque soir les bidons de lait jusqu'à la route goudronnée en contrebas où attendait un camion de la coopérative de T. À plusieurs reprises, ce Bensaïd avait parlé au nom de ses camarades pour obtenir des augmentations de salaires. Un meneur, quoi, mais travailleur et gentil avec les enfants de la maison. Il avait bien caché son jeu. Ou simplement sauté les plombs.

Les gendarmes avaient découvert qu'il appartenait à la tribu qui, de toute éternité, avait possédé ce flanc de montagne riche en sources et particulièrement favorable à l'élevage. Faute de titres de propriété, ses terres avaient été attribuées au grand-père Ligny qu'on était allé chercher dans le Puy-de-Dôme afin d'assurer l'approvisionnement de T. en lait. Qu'on puisse ainsi donner au meurtre un mobile non politique arrangeait au plus haut point les autorités à un moment où la consigne était de nier tout embrasement prémédité du pays.

Au printemps 1955, les rebelles n'étaient pas encore solidement implantés dans la vallée. Aidés par des dénonciations anonymes, les gendarmes mirent rapidement la main sur le coupable, caché chez un parent. Le procès s'ouvrit très vite. Bensaïd fut quasiment le dernier de la région à avoir droit à un procès en bonne et due forme en cour d'assises. Il bénéficia aussi d'une décapitation selon les règles dans la cour de la prison Barberousse à Alger.

C'est à la suite de cette affaire horrible que le capitaine Noguès avait été nommé dans la vallée, avec carte blanche pour éradiquer la vermine.

Soulagement de me retrouver *chez moi*. Distribution de boîtes de lait en poudre au centre de regroupement numéro 2, de patronymes au centre de regroupement numéro 1, de bonnes paroles partout, de quoi remplir et justifier une existence.

Après le dîner, je me suis décidé à parler à Delcourt des trois morts du Chenoua qui en ce moment viennent un peu trop souvent me tirer par les pieds en pleine nuit. Sans commentaire, il m'a donné les somnifères que je ne sollicitais pas.

Delcourt ne m'avait pas parlé de la copine qu'il avait à T. où il descend tous les mois refaire ses stocks de médicaments. J'avais remarqué quand même que la photo de la fiancée bas-normande, si convenable sous tous les rapports, avait disparu de sa table de nuit.

Avant de descendre ce matin, sur un ton qu'il voulait assuré, il m'a annoncé qu'il ne remonterait pas seul. Elle s'appelle Dora, a-t-il condescendu à préciser.

Je lui ai rappelé qu'on était en guerre, que les balles

n'étaient pas seulement une invention des journalistes, que son irresponsabilité subite me souciait. Et incidemment que c'était moi le patron.

Il a rougi comme un enfant pris le doigt dans la confiture.

— Je t'en prie, mon lieutenant, a-t-il sorti d'une voix plaintive. Juste une fois ! Je l'ai dans la peau. Tu comprendras dès que tu la verras. Elle va beaucoup te plaire. Belle, intelligente, brillante.

Comme il sentait que j'étais près de céder, il a ajouté :

— Elle est médecin à l'hôpital de T. De là où elle est, elle peut beaucoup nous aider. Des médicaments, des pansements, du matériel… Et puis elle est pied-noir. Une pied-noir avec qui on peut parler en face.

— Juste une fois, hein ! ai-je prévenu.

Il a fait semblant d'acquiescer et a pris le large sans demander son reste.

De superbes yeux gris perle, une bouche immense, un long corps de nageuse, Dora est conforme, en mieux, à ce qu'avait annoncé le toubib. À deux ou trois reprises, comme nous parlions de la situation du moment, sa voix un peu rauque s'est colorée de l'accent pied-noir comme pour nous défier.

Pour le principe, j'ai obligé le toubib, après le dîner, à ne pas se retirer sur-le-champ comme il tentait de le faire. Il n'a pu éviter d'aller chercher sa meilleure bouteille de calvados, puis de nous raconter l'une de ces histoires à glacer les sangs dont il a le secret.

Dora s'est abandonnée à cette cavalcade en plein bocage. Elle paraissait heureuse de découvrir cette face cachée de son amant. Elle m'a expliqué qu'ils s'étaient connus à Caen où elle était venue terminer sa médecine en raison de la situation à la fac d'Alger. C'est par hasard qu'ils s'étaient retrouvés à T. où elle venait d'être nommée.

— Parce que, ici, c'est mon pays, a-t-elle tenu à me signifier. Quoi qu'il arrive !

Ma première expédition au réservoir d'Aïn Sefra. La fameuse *nouvelle citerne.*

Dix millions de litres d'eau y sont stockés, ce qui règle en principe le problème qui de toute éternité a été le plus grave de la vallée. Un problème si fondamental d'ailleurs que la citerne est l'un des rares endroits stratégiques du coin qu'il est inutile de protéger.

— Faire sauter les ponts sur les routes n'est pas très populaire, m'avait-on dit à la préfecture avant que je prenne mon poste. Mais celui qui détruirait Aïn Sefra prendrait un risque incalculable face à la population.

Deux ou trois fois par an, les techniciens du service de l'hydraulique de T. viennent vérifier que tout fonctionne bien là-haut. Cinq types pas trop rassurés que j'ai mission d'escorter avec une dizaine de harkis et pas mal de matériel.

À partir des ruines du village du haut, il faut monter quatre bonnes heures à travers les épines et les pierriers.

À mi-pente, une section du régiment qui surveille la frontière nous a rejoints pour nous couvrir pendant le reste de l'expédition puisque le commandant Belhocine et ses sbires sont terrés quelque part là-haut. Sans prévenir, le lieutenant Lefèvre s'était joint à ce détachement. Comme d'habitude terriblement élégant dans son treillis élimé, avec son écharpe blanche virevoltant dans le vent.

— J'avais besoin de marcher enfin en pleine nature ! m'a-t-il expliqué. Il y a des jours où je n'en peux plus de vivre sur cette ligne Maginot du pauvre. Vingt-quatre heures sur vingt-quatre à attendre un ennemi qu'on ne voit jamais, sauf mort !

Tout naturellement, il a pris la tête de l'expédition, et il nous a infligé un rythme d'enfer à travers les éboulis qui s'étagent sur les flancs du massif des Trois Pitons.

La *nouvelle citerne* est plutôt du genre lac de retenue. Utilisant une anfractuosité naturelle qui s'ouvre dans la paroi rocheuse, elle est cernée par un mur de béton. Juste au-dessus, un belvédère a été aménagé pour permettre de profiter de la vue grandiose qui s'ouvre sur la vallée et les sommets alentour. Les promeneurs attendus par les autorités touristiques, selon les brochures de l'époque dont j'ai encore un plein carton au poste, ont oublié de venir dans la mesure où cette petite merveille a été inaugurée en 55, quatre ou cinq mois après le déclenchement de l'insurrection. Le coin était en train de devenir un sanctuaire pour ceux d'en face.

Toutes les opérations aéroportées alors montées pour les en déloger se sont soldées par de telles pertes que le commandement a préféré mettre les pouces. Avec la mise en service du barrage électrifié à la frontière, les rebelles ont perdu leur capacité d'intervention à partir des Trois Pitons. Reste qu'il vaut mieux se tenir sur ses gardes.

— Ce serait formidable si soudain, d'une des grottes qui s'ouvrent dans la falaise, des mecs commençaient à nous canarder, a lancé le lieutenant Lefèvre. Enfin une bataille à la loyale, avec pour eux, en plus, l'avantage de la position.

Son visage s'est soudain éclairé :

— Bon, on va faire comme si !

Quelques ordres brefs ont claqué, et, comme s'ils avaient fait ça toute leur vie, ses hommes ont pris position autour du réservoir et sur le belvédère.

Il a inspecté minutieusement le dispositif, donné des conseils, engueulé deux ou trois de ses hommes.

— Pas trop mal, a-t-il enfin hurlé du haut du belvédère. Mais au départ il fallait vous bouger plus vite le cul. Les *fells* avaient le temps de tous vous descendre ! Bon, maintenant, repos pour tout le monde ! En attendant que les branleurs qui sont avec nous aient fini de nettoyer leurs filtres et de verser leurs poudres de perlimpinpin.

Sur le mur du réservoir et les parois rocheuses avoisinantes, de grandes inscriptions avaient été peintes en lettres rouges maladroites : *FLN vaincra, Algérie Libre*, et le reste. Pendant que les techniciens s'affairaient, sous la direction de Mouraoui les harkis armés de longs pinceaux ont recouvert les slogans des autres pour écrire les nôtres : *Tous Français de Dunkerque à Tamanrasset, La France est votre patrie…*

Dès demain, d'autres mains armées de pinceaux et de pots de peinture minuscules hissés à dos d'hommes se réapproprieront les lieux. Sous l'œil indulgent des quelques aigles royaux qui s'obstinent à planer malgré le vacarme de la guerre.

IV

L'OASIS

1

Ce dimanche-là, le toubib et le sergent Burguet étaient partis tirer leurs lapins dans le djebel. Nous avions avancé des prétextes plausibles pour ne pas les suivre, des copies à corriger pour Bechir, un obscur compte rendu d'activités en retard pour moi. Après un déjeuner en tête à tête, Bechir m'a accompagné jusqu'à ma chambre.

— J'ai à te parler, a-t-il commencé, un peu embarrassé. Je peux entrer ?

Au milieu des fringues, des revues et des bouquins, je lui ai dégagé une place.

— Je voulais te dire quelque chose d'important. Tu es capable de me faire confiance et de garder rien que pour toi mes propos ?

Je lui ai donné les assurances qu'il sollicitait.

— Tu me crois si je te jure que je n'ai aucun contact avec *ceux d'en face*, comme tu dis ?

Agacé, je lui ai donné ma parole que je le croyais et que j'oublierais sur-le-champ ce qu'il allait me confier.

— Bon ! Eh bien voilà : on m'a affirmé, et j'ai toutes raisons de le croire, que le commandant Belhocine a donné l'ordre de ne rien faire contre toi. Il t'a observé. Deux ou trois fois, les jours de marché, il t'a croisé. Il t'a même écouté une fois quand tu expliquais aux villageois les travaux d'adduction d'eau qui allaient démarrer. Il pense que tu es sincère et qu'il vaut mieux pour tout le monde que tu continues ici. Que tu restes jusqu'à la quille, quoi !

Je ne sais trop quelle gueule je faisais car il a cru bon, pour me rassurer, de me confier que Belhocine avait pris la même décision à l'égard de Marc Floriot quelques mois avant son départ. Puis il a ajouté :

— On a répété à Belhocine ce que tu avais dit aux notables, le jour où j'ai fait ton traducteur. Tu te souviens : c'est en Suisse que se décide désormais l'avenir de l'Algérie, plus dans les djebels ! Si j'ai bien compris, l'argument l'a frappé.

Sur la déclaration fiscale qu'elle m'a absurdement adressée pour que j'y appose ma signature, ma mère a calligraphié sur la ligne Profession : *Veuve de Guerre*. Avec ses deux majuscules rituelles, cette expression m'agresse depuis mon enfance. C'est le noyau dur de sa personnalité, tout ce qu'elle possède sur cette terre, tout ce qui la raccroche à la vie.

Dans la lettre d'accompagnement, sur dix lignes, elle m'exhorte comme d'habitude à ne pas me faire descendre. *Je t'en supplie, mon Jean-François*, se laisse-t-elle même aller à dire, et, bien sûr, elle reparle de mes épaulettes rouge sang et du croissant sur mon képi.

Je n'ai toujours pas trouvé l'équivalent écrit de cet imperceptible haussement d'épaules qui, depuis tout gamin, a été ma réponse à ce genre de propos.

J'ai confiance dans l'authenticité des propos de Bechir, aussi incroyables qu'ils apparaissent. Mais j'ai besoin de comprendre le cheminement des messages dans cette histoire : qui a dit quoi à qui, et pour quoi ?

Que Bechir n'ait aucun contact direct avec le commandant Belhocine, je le crois volontiers. Mais qui sont alors les intermédiaires ? J'élimine Kader, celui au village qui de loin me connaît le mieux et le seul sans doute qui me veut du bien. Il a sûrement croisé Belhocine dans le passé. Ils sont du même village. Globalement il est de son côté. Mais il a trop d'indépendance d'esprit, trop de scepticisme aussi sur les choses de ce monde pour que ceux d'en face lui fassent tout à fait confiance. Ahmed Hamiche ? Impossible à croire tant il me hait et tient à me le signifier chaque fois que nous nous croisons.

Alors Ali le camionneur, le principal financier du Front dans la vallée selon la Sécurité militaire ? Je me suis laissé dire que jadis, pour avoir la paix, il arrosait le capitaine Noguès. Moi au moins, je ne lui coûte rien et je ne le dérange pas dans ses combines. Il a donc toutes les raisons de me garder… Mais il a apparemment une très mauvaise relation avec Bechir. Que ce soit ce dernier qui me transmette le message colle mal. Bechir le hait pour ce qu'il faisait à Marseille, du trafic de femmes, pas de cigarettes comme je croyais au début. Surtout il ne cesse de dénoncer la manière qu'il a aujourd'hui, avec ses deux camions en position de monopole, d'exploiter la misère de ses concitoyens. Alors qui ?

Difficile de toute façon de voir l'intérêt qu'a le commandant Belhocine à m'adresser ce message. Que la raison lui commande de ne pas me descendre, je le comprends ! Pour me succéder, les tueurs ne manquent pas dans l'Armée française. Mais pourquoi m'octroyer ainsi un sauf-conduit en bonne et due forme ? Ce que je sais du personnage rend absurde l'hypothèse d'un clin d'œil de sa part en ma direction pour la seule raison que j'ai l'air de comprendre plus ou moins les raisons du combat qu'il mène.

Le toubib se passionne pour la flore locale. Quand il m'entraîne le dimanche dans ses expéditions sur les hauts plateaux, seule une plante entrevue entre deux rochers parvient à le détourner de sa rage carnassière.

— Une centaurée bleue, a-t-il hurlé ce matin.

La compagnie de perdreaux dont notre joyeuse bande s'était approchée avec des ruses de Sioux pouvait s'envoler sans se faire de bile, le *Nemrod du bocage*, comme je l'appelle, n'en avait plus rien à foutre. Déjà il était accroupi, son fusil posé n'importe où, en train de caresser précautionneusement la touffe indéchiffrable où perçaient quelques petites fleurs d'un bleu pisseux.

Chacun s'est arrêté là où il était, les harkis le visage résigné, Mouraoui le regard mauvais. Pas mécontent de cette diversion, je me suis assis sur la première pierre venue à observer son manège.

— Incroyable, répétait-il sans nous fournir la moindre explication.

Enfin il s'est décidé à tirer une sarclette de son sac. Précautionneusement il a déraciné la plante et l'a glissée dans un de ces sacs en papier kraft qu'il transporte toujours avec lui. Le tout a disparu dans sa gibecière, entre un lapin et un perdreau.

— On repart, a-t-il lancé.

Ce n'est, en général, que quand nous rebroussons chemin qu'il daigne me donner des éclaircissements sur ses trouvailles. À propos de cette fameuse centaurée bleue qu'il a déterrée ce matin, il m'a affirmé qu'elle était rarissime :

— Habituellement les centaurées, celles de l'espèce dite chausse-trappe qui prédomine là-haut, ont des fleurs pourpres. Elles peuvent virer au rose parfois, mais bleues ! Jamais je n'ai trouvé mention de l'existence d'une telle variété.

Le temps de redescendre, et j'avais eu droit à un cours complet sur les diverses variétés de centaurées et les plantes qui leur sont apparentées sur le pourtour méditerranéen, avec pour chacune un aperçu de leurs propriétés vulnéraires, antalgiques, diurétiques et le reste.

— N'oublie pas que dans mon bocage natal, on est tous un peu sorcier ! a-t-il conclu comme nous arrivions au poste.

Et d'un pas résolu il s'est dirigé vers l'infirmerie où il s'est installé un petit laboratoire personnel avec des tubes, des flacons multicolores et un microscope qu'il a acheté en métropole au cours de sa dernière permission.

2

Pour la première fois, Belkacem Mouraoui a accepté de me parler de l'époque Noguès, dont il est pratiquement le dernier survivant, de notre côté s'entend. Six mois seulement il avait servi sous ses ordres, ce qui expliquait qu'il n'ait pas été expédié comme les autres dans une unité à l'autre bout de l'Oranie, mais cette période l'a évidemment marqué. C'est lui qui a abordé le sujet :

— Vous parlez toujours de *ceux d'en face*, mon lieutenant. Moi, je préfère parler des fellaghas. *Coupeurs de routes*, ça veut dire ce que ça veut dire. Coupeurs de routes et du reste aussi, oui ! Le capitaine Noguès, lui, parlait des *fells*. Vous savez, je n'aime pas parler du capitaine. Il a fait ici plein de choses que je préfère oublier. Mais lui au moins, il répétait sans arrêt que la France ne quitterait jamais cette terre. Il expliquait qu'elle s'était installée ici des années avant que le drapeau bleu blanc rouge flotte sur le Mont-Blanc ! À force de l'entendre répéter ça, les gens du village finissaient par y croire malgré la propagande des *fells*. Et chaque fois qu'on en tuait, des *fells*, il nous expliquait, le capitaine, que c'étaient des criminels. Ils voulaient les places des Français pour eux, pas pour la population. Si nous ne les liquidions pas tous, un jour ou l'autre, ils nous tueraient, nous les harkis avec nos familles.

J'ai essayé d'expliquer à Mouraoui que je disais *ceux d'en face* parce que, dans la tête des Français, le mot fellagha avait une coloration raciste. Mais je perdais ma salive. Pour quelqu'un comme lui qui, pour des tas de raisons, est ancré à la vie et à la mort du côté de la France, Noguès avait un côté rassurant qu'il n'a trouvé par la suite ni chez Floriot, ni chez moi.

Centre de regroupement numéro 2, une cahute en bois qu'on appelle sans vergogne la *Maison commune*. Nouvelle séance de baptêmes de SNP. À quelques pas, mes habituels anges gardiens, fusil suspendu n'importe comment à l'épaule, bayent aux corneilles. Mouraoui fait l'interprète, un rôle, en l'espèce, pas trop accaparant puisque je sers dans mon arabe de cuisine, à chacun de ceux à qui je remets une nouvelle carte d'identité, les mêmes formules stéréotypées.

SNP Fatma bent Ahmed s'appelle désormais Bedjaoui Fatma. Son voile est solidement ajusté. D'elle, on n'aperçoit qu'un œil de braise et, sur la portion du front dégagée, un semis de points bleus qui indique, m'a expliqué Mouraoui d'un air dédaigneux, la tribu à laquelle elle appartient. Assise sur une chaise branlante en face de moi, elle a observé que, si je ne m'étais risqué à la dévisager qu'un très bref instant, je prenais, en revanche, tout mon temps pour observer sa photo avant de lui remettre sa carte. Cette constatation lui a arraché un petit rire haut perché qui m'a chatouillé profond.

Aïcha, Djamila, Fatma, Karima, Leila… L'érotisme de ces prénoms scintille très fort au moment où l'Administration, dépouillant les intéressées de leur abominable SNP, leur accole le patronyme flambant neuf avec lequel elles devront s'habituer à vivre.

Pas besoin de le préciser : Bedjaoui Fatma est veuve. Son mari ? Tué dans le djebel, a dit Mouraoui sans ciller.

Delcourt avait utilisé mon escorte pour venir au camp poursuivre la campagne de vaccination anti-tuberculose qu'il a entreprise dans la vallée. Sa copine Dora l'accompagnait. Épanouie et drôle, à croquer de surcroît, un surcroît qui ne me concerne pas, elle change la vie de notre garçonnière chaque fois qu'elle atterrit ici, même si Delcourt n'est pas précisément du genre prêteur.

Non sans mal, j'ai obtenu du colonel Tauriac qu'elle utilise ses congés pour monter trois ou quatre jours par mois épauler Delcourt qui, effectivement, ne chôme pas. Elle appartient à une famille installée dans l'Algérois depuis les tout débuts de la colonisation. C'est l'une de ces Européennes qui font croire que la fameuse *intégration* n'est peut-être pas une utopie. Mais elle connaît, elle, assez ses compatriotes pour savoir, et le dire quand elle a un peu bu, qu'ils sont pour la plupart hors d'état de faire la révolution copernicienne nécessaire.

— Il faudra bien traduire dans les faits l'égalité dont on se gargarise. Sauf dans deux ou trois villes comme Alger ou Oran, le pouvoir politique devra donc passer à des élus arabes. Ça, la majorité des Européens ne le supportera pas. Sur un million, nous serons trois cent mille à rester. Les jeunes qui ne sont pas encore installés dans le système, les vraiment très pauvres et les terriblement vieux qui n'auront pas les moyens de s'en aller. Trente pour cent au total en étant optimiste. Pourtant, je suis convaincue que ceux d'en face, comme vous dites, se conduiront bien. Ils voudront nous montrer comment nous aurions dû nous comporter avec eux.

Tout en sirotant le thé avec les notables du camp, j'ai attendu un long moment que Delcourt et sa petite bande aient achevé de badigeonner et percer les bras des enfants amenés par les mères. Belle à en crever sous ses étoffes génialement drapées, SNP Fatma, alias Bedjaoui Fatma, faisait la queue avec ses trois petits. Pas un instant elle n'a tourné la tête dans ma direction. Quand les gamins en ont eu fini avec leur vaccination, elle les a entraînés sans prendre la poignée de bonbons prévue par le toubib pour ceux qui amènent leur progéniture à ces séances.

Au dîner, Dora nous est rentrée dans le chou parce que nous utilisions l'expression *pieds-noirs*. Pour elle, ceux que nous nommons ainsi sont des *Algériens*, un point c'est tout. Les autres, ce sont les *Arabes*. Un beau nom après tout, le nom d'une langue superbe et d'une civilisation qui le fut.

— S'ils nous piquent un jour nos terres, lance-t-elle, ils pourront au moins soutenir qu'autrefois, elles avaient été à eux, même si c'étaient des steppes ou des marécages. Mais l'*Algérie*, c'est nous qui l'avons inventée. Inventée et baptisée. Avant, il y avait une mosaïque de tribus indépendantes et une poignée de fonctionnaires turcs basés à Oran, Alger ou Constantine, rien d'autre ! Que tous ses habitants actuels puissent revendiquer d'être les fils de l'Algérie, d'accord. Mais que des intellos ou des politiques en viennent maintenant à déclarer que nous ne sommes pas, nous, des Algériens, c'est un peu fort de café ! Fort de kawa même !

Depuis qu'elle se sait enfin un lecteur, même s'il vit à des années-lumière dans sa vallée de nulle part, Florence Carliez met les bouchées doubles. Des dossiers qui sommeillent sur ses étagères, elle tire à mon intention des fiches qu'elle qualifie d'*édifiantes*.

Ainsi de l'affaire de *la femme sans tête de T.*, qui, dit-elle, défraya la chronique locale à la fin des années 1920. Le corps jeune et joli retrouvé décapité dans une oliveraie de la périphérie est-il celui d'une Française ou bien d'une Arabe ? Au départ, dans les quotidiens locaux dont elle a retrouvé les coupures, cette question ontologique relègue au second plan celle de la recherche du meurtrier. Dès qu'il est établi que la victime est une indigène, l'affaire disparaît de l'actualité, à tel point qu'en feuilletant sur plusieurs mois la collection de *L'Écho d'Oran*, l'archiviste jure ne pas avoir trouvé une ligne sur l'évolution de l'enquête.

Cette Florence Carliez, dont je ne sais rien, avance ses pions avec une assez stupéfiante maîtrise. Visiblement, elle a la conviction que le passé peut éclairer aujourd'hui, et un peu plus sans doute.

Quand le soleil s'incruste dans chaque pierre, se glisse au profond de chaque maison, les berges de l'oued, là du moins où elles sont cernées de végétation, sont les seules à tirer leur épingle du jeu. Espace miraculeux où les gens du village, hormis les gamins, traînent rarement. Sans doute l'interminable couloir qui sillonne ainsi au fond des gorges a-t-il été peuplé ces dernières années de trop de ces *dormeurs du val* chers à Bechir.

Celui-ci, du reste, refuse obstinément de nous accompagner, le toubib et moi, quand nous décidons, en fin d'après-midi, d'aller nous tremper dans le bassin qui s'ouvre dans la rivière un peu en amont du village. Le fait que nous nous fassions chaque fois escorter par une dizaine de harkis qui à tour de rôle guettent et barbotent ajoute encore, j'imagine, aux préventions de notre petit camarade.

Nous le retrouvons en train de corriger ses copies dans le réduit qui fait office de salle à manger, la seule pièce du poste où une pale poussive brasse l'air. Tout frais dans sa chemisette blanche toujours immaculée, il ne cache pas son amusement devant nos visages couverts de sueur.

Remonter de l'oued en plein soleil n'est pas précisément une partie de plaisir.

— Une bonne douche et on n'y verra plus rien, nous lance-t-il chaque fois d'une voix moqueuse. Je vous ai laissé de l'eau dans le réservoir.

Notre seule et minable revanche, c'est, la chose faite, de boire sous ses yeux une bière bien glacée en lui livrant au fur et à mesure des indications sur le bonheur que nous y prenons.

Pendant un bon moment, Mado la Française a oublié de déposer ses roses au pied de la *vieille citerne*. Son beau-frère avait dû trouver les arguments qu'il fallait. Malheureusement elle a repris depuis quelques jours, et Mouraoui redevient fou.

Me voyant vraiment dans la merde, le toubib qui la soigne régulièrement pour je ne sais quelle phlébite m'a proposé de prendre l'affaire en main. Brillant stratège, il lui a suggéré de bouturer ses rosiers rouge sang au pied du perron de l'infirmerie et en divers autres endroits du village, dont, bien sûr, la minuscule placette devant l'ancienne citerne. Au terme de plusieurs discussions, elle a accepté et elle s'est engagée en contrepartie à cesser ses manigances matinales.

— Je t'ai sorti une sacrée épine du pied, au sens propre du terme, m'a-t-il dit. Je compte sur toi pour ma commande d'antibiotiques.

Sorcier peut-être, mais maquignon sûrement, le Bas-Normand !

Impossible de pousser la porte d'une maison du village sans tomber sur une usine en train de turbiner. Cordages, paniers, nattes, poterie, coupes et jattes creusées à même le bois, plateaux en cuivre martelé… chacun y va de son talent. Survivance de l'autarcie immémoriale, mais aussi le moyen d'acheter à T. les produits indispensables.

Les camions d'Ali Resbane descendent toujours bourrés, des nattes surtout, qu'on achète jusqu'à Oran et Mostaganem. Ces nattes aux couleurs éclatantes sont ornées de motifs qu'on retrouve sur les pierres tombales millénaires déterrées de loin en loin au hasard des labours.

— Mes camions remontent à moitié vides, gémit Ali en exhibant sa dentition en or. Les gens n'ont plus de fric maintenant. Et avec le maintien des zones interdites, mon lieutenant, et la frontière verrouillée, ça va de pire en pire.

Chacun a ses petits plaisirs. Lui, c'est de m'instiller jour après jour de minuscules doses de découragement. Prudemment, pour que je ne lui renvoie pas dans les gencives ma contre-attaque favorite : « En tout cas pour vous, Ali, ç'a l'air d'aller de mieux en mieux, je me trompe, non ? »

Au milieu de la journée, le sirocco s'est levé d'un coup, franchissant le col pour balayer la vallée. Les particules de sable écorchent la peau comme une râpe. Bechir a renvoyé les enfants de l'école. Le village s'est calfeutré. Au poste, chacun économise son souffle.

L'obscurité tombée, les hyènes ont hurlé pour le principe. Très vite, cependant, elles ont abandonné à une poignée de leurs congénères plus excitées que les autres le soin de percer de loin en loin la nuit de leurs appels au meurtre.

Pas un seul coup de canon de l'autre côté des cimes. Le barrage est lui aussi pétrifié.

Troisième jour de suffocation toutes persiennes closes. Mes heures passent à descendre la pile de *séries noires* rapportées l'autre jour de T. Aucun de nous n'éprouve l'envie de parler tant chaque respiration coûte d'effort. De loin en loin, nous nous réunissons pour mastiquer mécaniquement les rations de l'Intendance en échangeant des monosyllabes avant de retourner dans nos chambres. Seul Burguet assume ses fonctions comme si de rien n'était. Il multiplie les rondes pour vérifier qu'au milieu des nuages de sable qui nous entourent, les harkis montent bien la garde.

— Les *fells* sont capables de profiter des circonstances pour venir nous les couper, répète-t-il.

Il n'a peut-être pas tort. J'ai l'impression que ses neurones fonctionnent mieux en l'absence d'oxygène.

Ce n'est pas mon cas, hélas. J'étais tellement dans le trentième-sixième dessous que j'en suis arrivé cette nuit, en pleine insomnie, à lire la lettre reçue de ma mère voilà plus d'une semaine. Je m'étais promis de ne pas l'ouvrir tant cette prose doucereuse me fait mal. Comme prévu, ce n'était que des *mon Jean-François, j'ai peur, je ne ferme plus l'œil* et autres douceurs pour me donner du courage.

Comment n'ai-je pas été capable de prendre une fois pour toutes mon parti de la nullité de ma pauvre mère ? Au soir de ma communion, j'avais cru y parvenir. Comme elle n'avait cessé de me répéter que le Sacrement allait me faire entrer dans l'âge de raison, je m'étais enfin donné le droit de la qualifier d'idiote. *In petto*, bien sûr. Par la suite, au gré des circonstances, je lui ai collé sur le front quelques autres vocables déplaisants, de sotte et bigote à tête de linotte. Reste qu'elle continue à me faire mal avec sa connerie larmoyante. Et ici, je n'ai pas besoin de ça !

Après la Somme et deux ou trois autres escarmouches divertissantes en 14-18, Kader s'est vu octroyer par la République le droit de s'inscrire dans une école normale d'instituteurs. Il a enseigné dans une école de la Mitidja tout en suivant des cours pour adultes à Blida. Peu à peu, il a acquis ce qu'il appelle un certain bagage culturel. Il a lu énormément, Voltaire, Diderot, tous les grands romans du dix-neuvième siècle et pas seulement français. Pendant la guerre suivante, il a repiqué, adjudant-chef cette fois, gagné encore un paquet de citations avant d'être blessé et démobilisé. Et puis en 45, il y a eu les massacres de Sétif. Des tués par milliers pour délit de faciès. Écœuré, il a demandé à être muté dans une école du bled, au sud d'Orléansville. À quoi bon, a-t-il compris après plusieurs incidents avec les autorités locales. *Avant que l'âge de la retraite ait sonné*, comme il dit, il a regagné la vallée de son enfance.

— Je voulais cultiver mon jardin, j'avais lu mes classiques ! Je n'ai d'ailleurs pas si mal réussi : mes roses et mes pastèques faisaient l'admiration des voisins. Mais en 56, changement de programme : à grands coups de bottes, on nous a fait gicler de notre village. Pour s'assurer qu'on n'y reviendrait pas, on a même fait passer un bulldozer, qui a détruit maison après maison, et jusqu'à la mosquée du septième siècle. Le septième siècle de l'Hégire, c'est vrai, mais tout de même !

Il s'est arrêté, pas content de s'être ainsi plaint devant moi.

— Depuis cinq ans, a-t-il repris d'une voix un peu lasse, je vis dans un gourbi en parpaings, avec comme interlocuteurs principaux les courges et les poireaux que j'ai plantés pour survivre ! Bien sûr, je pourrais vous dire dans un beau sourire que j'ai avancé sur le chemin de la sagesse : non content de le cultiver, je l'habite maintenant, mon jardin. Mais ces derniers temps, question humour j'ai beaucoup perdu.

Il m'a regardé pensivement.

— Je préfère ne plus trop parler de la situation. Vous me comprenez, mon lieutenant, j'en suis sûr ?

Pour la première fois, il m'a donné du *mon lieutenant*.

— Oui, maréchal des logis Kader ! ai-je rétorqué.

Nous avons éclaté d'un rire presque apaisé.

Enfin grimpé à la ferme Ligny. Depuis le temps que je la scrute avec mes jumelles à partir de la fenêtre de ma chambre !

Le chemin empierré qui prend sur la route de T. est inaccessible depuis que le pont a été emporté par une crue. Il nous a fallu monter tout droit ou presque à partir de l'oued. Quarante bonnes minutes. À peine arrivés, Mouraoui et les harkis se sont installés un peu à l'écart, sous l'un de ces platanes que plantaient les colons en prenant possession des terres qui leur étaient concédées. Ils ont allumé un grand feu pour faire rôtir les lapins tirés pendant notre marche. À l'évidence, ils n'aiment pas cet endroit marqué par la mort, la mort d'enfants de surcroît.

Ceux d'en face ne doivent pas s'y trouver trop bien non plus. Contrairement à leur habitude, ils semblent, en effet, avoir respecté l'interdiction d'accès de ce versant de la vallée situé sous le vertigineux *mur de la Folle*. Sur ce qui reste des écuries et des hangars, aucune de ces inscriptions *FLN vaincra* et autres *Algérie Algérienne* qui fleurissent en général dans les endroits officiellement prohibés. Et pas la moindre trace d'un refuge provisoire qui aurait été aménagé dans un recoin.

En cinq ans, les ronces ont envahi les ruines calcinées, rendant difficilement déchiffrable le plan du bâtiment. Le volet que je vois dans mes jumelles battre au vent au premier étage tout à fait sur la droite ne tient plus que par un gond. Depuis le début, ses oscillations solitaires me rendent mal à l'aise. Sans préméditer mon coup, j'ai soudain sorti mon pistolet et tiré sur les gonds. À la troisième ou quatrième balle, ce qui restait du volet s'est écrasé au sol.

Interloqué, Mouraoui s'est précipité. J'ai inventé que le volet risquait un jour de tomber sur quelqu'un.

— Sur qui ? a-t-il interrogé avant de comprendre qu'il valait mieux me laisser seul.

Là où étaient les étables, un amas de poutrelles et de tôles tordues par le feu témoigne de l'importance de la ferme. Sous un tas de tuiles brisées, j'ai distingué les restes d'une patinette rouge.

Cerné d'une balustrade en béton ajouré, le belvédère aménagé sur un terre-plein au-dessus de la maison d'habitation est resté intact. Il offre une vue sidérante sur le lac de retenue de l'usine électrique et au-delà sur les plaines agricoles qui entourent T. Dans le *Guide bleu*, il est même écrit que par grand beau temps, on peut d'ici apercevoir la Méditerranée.

Sur l'autre rive de l'oued, très en contrebas, le damier de notre village paraît sorti du crayon d'un dessinateur magnifiquement doué. Avec les jumelles, j'ai observé devant l'infirmerie du poste les gens qui attendent que le toubib veuille bien jouer du stéthoscope à leur profit. À un moment, j'ai vu une ombre minuscule sortir du bâtiment, et évaluer, d'un regard que j'imagine furibard, la longueur de la queue.

— Je ne suis pas une pute, bordel ! a-t-il dû grommeler, les mots que je l'entends jour après jour prononcer dans ce genre de circonstances.

Des mots d'autant plus intempestifs dans sa bouche de jeune homme bien élevé que, je le lui rappelle volontiers, il est le seul parmi nous à avoir une maîtresse. Une maîtresse qui vient une ou deux fois par mois au village lui donner un coup de main, *à l'œil* ainsi qu'il tient toujours à le préciser.

Avoir vu de si loin le petit Delcourt si proche m'a décidé à lui confier ce que Bechir m'avait indiqué sur les dispositions du commandant Belhocine à mon endroit.

Il a manifesté l'étonnement qui s'imposait, mais je ne sais pourquoi, j'ai eu l'impression qu'il savait déjà.

Je lui ai dit que ça cadrait bien avec la conviction que j'avais, moi désormais, que toute nouvelle mort, chez eux comme chez nous, était une mort pour des prunes.

— Fais gaffe ! a-t-il tranché. À ceux d'en face comme tu les appelles, des fois qu'ils n'auraient pas été mis au courant des décisions de leur patron vénéré. Et à nos petits chefs à T. Pas sûr qu'ils apprécieraient ces combinaisons locales ! Tu t'imagines le bordel, si chacun s'amusait à faire la paix là où il se trouve !

Kader est revenu sur mon expédition à la ferme Ligny. Il m'a expliqué que tout le monde au village avait observé notre lente progression dans les pierriers au-dessus de l'oued, puis notre marche dans les pâturages qui les surplombent.

— Personne ici n'a approuvé ce qui s'est passé là-haut, m'a-t-il assuré. Chaque fois qu'ils lèvent les yeux vers le *mur de la Folle*, les gens ressentent un malaise. On l'aimait bien, en fin de compte, Paul Ligny, le petit-fils du premier colon, et sa petite famille, des gens ouverts et humains. Restait dans la mémoire collective qu'au départ, sa famille nous avait volé les plus belles terres d'un coin où il n'y en a pas beaucoup. De toute manière, on ne les voyait pas souvent au village. Ils empruntaient le chemin qui, de chez eux, rejoint directement la route en bas de la vallée. De temps à autre, pourtant, les gamins descendaient au village, en général avec leur mère. Les jours de fête, le 12 janvier, en tout cas, toute la famille était là.

Il s'est arrêté un moment :

— Depuis le début des événements, on ne célèbre plus nos fêtes locales. Y compris Yennayer, le premier jour de l'année berbère, pourtant ! Yennayer plonge ses racines dans un passé immémorial, bien avant les Numides, les Romains ou les Arabes. On dit qu'elle commémore la victoire d'un roi berbère sur le pharaon Ramsès je ne sais plus combien. Voici un bon bout de temps puisque, cette année, c'est Yennayer 2910 qu'on aurait dû célébrer.

La nuit de Yennayer, au son des tambourins, le grand lion Ayrad fait le tour des maisons du village escorté de comédiens revêtus de peaux d'animaux. C'est un moment très beau, très joyeux. *C'était* plutôt, et personne ne sait quand la joie et la beauté pourront de nouveau être inscrites à notre ordre du jour !

J'ai cherché à lui faire raconter le déroulement de la cérémonie, mais Kader n'avait pas le cœur à faire dans l'ethnographie.

— Les gamins Ligny, a-t-il repris, adoraient ces fêtes. Ils connaissaient toutes les chansons qu'on reprend en chœur en allant de maison en maison, et toujours le lion s'arrangeait pour les laisser s'agripper à sa crinière.

Son ton a changé soudain :

— Bon, on arrête de pleurnicher ! Je voudrais profiter de notre conversation pour vous confier quelque chose d'important. D'important pour autant que la vérité historique ait le moindre intérêt. À peine les Ligny massacrés, les gendarmes de T. ont arrêté un ouvrier de la ferme, un certain Bensaïd, Bensaïd Mohamed. Comme par hasard, on n'a retrouvé aucun de ses complices. Il était le coupable idéal. On l'a aidé à avouer tout ce qu'on voulait, aux enquêteurs, puis devant les jurés. Sans perdre de temps, on lui a tranché la tête à Alger dans la cour de cette prison Barberousse qui, vous le savez, a le privilège d'abriter la seule guillotine en fonction sur le sol algérien.

« Des deux côtés de la Méditerranée, les journaux ont profité de cette histoire pour disserter longuement sur l'ignominie de ces musulmans qui coupaient la main qui les avait nourris. Il était originaire de mon village, ce pauvre

Bensaïd. Je l'ai un peu connu. C'était un fort en gueule. À plusieurs reprises, il avait monté les ouvriers de la ferme contre les pratiques parfois expéditives de Ligny. De là à être l'assassin ! Au matin du drame, il s'était contenté de s'enfuir dans la montagne, épouvanté, et il s'est si peu caché que les gendarmes l'ont alpagué quelques jours plus tard.

Il a baissé la voix :

— Pour moi, l'hypothèse la plus plausible, c'est que le coup a été fait par Lattache. Lattache Ahmed, un ancien cantonnier plusieurs fois condamné pour violences. Un fou pathologique. Dès le début des *événements*, en électron libre, avec deux ou trois voyous de son acabit, il a assassiné au nom de Dieu et du Djihad. Je ne sais combien il a trucidé de malheureux anciens combattants qui avaient le malheur d'être restés depuis Verdun au garde-à-vous devant le drapeau français. Bien sûr, aussi, il en a profité pour exécuter une série de gens qu'il avait dans le collimateur pour des raisons personnelles, des voisins qui le gênaient, par exemple.

« Pour des raisons qui m'échappent, il ne s'est jamais vanté d'avoir assassiné les Ligny. Peu après le meurtre, pourtant, les responsables du maquis, qui jusqu'alors avaient toléré des agissements qui leur permettaient de grossir le bilan encore modeste de leur action, ont décidé de faire descendre un salaud qui commençait à desservir sérieusement la cause de la révolution dans l'esprit de la population.

Kader alors est parti d'un petit rire triste :

— Le capitaine Noguès ne leur en a pas laissé le temps ! Lattache et ses copains sont tombés dans une embuscade pas loin d'ici. Lattache pissait du sang de partout et il avait la gueule en compote, mais Noguès a tenu à le ramener au village. Il a fait réunir toute la population sur la place du marché, les familles des anciens combattants égorgés, et les autres, tous les autres. C'était un matin d'hiver glacial. Sans prononcer un mot, devant cette foule hébétée, il a exécuté le moribond d'une balle dans la tête. Toute la journée, et la nuit, le cadavre est resté étendu sur la place. Au petit matin, les harkis l'ont jeté dans la *vieille citerne*. Il y est toujours, avec les autres ! Avec les autres, lui, ce salaud radical !

Dans le coffre, j'ai trouvé la fiche *Lattache Ahmed*. Une photo inquiétante, mâchoire carrée et yeux de fouine, et le rappel de ses condamnations de droit commun pour voies de fait. Une mention manuscrite barre le bristol : « Tué le 12 janvier 1956 alors qu'il cherchait à s'enfuir. » Tout en bas, d'une petite écriture difficile à lire : « Coupable de nombreux assassinats depuis le début des événements, Lattache a été suspecté dans l'affaire de la ferme Ligny. Mais les aveux de Bensaïd l'ont innocenté sur ce point. »

Une mention sans doute écrite, et soulignée, de la main du capitaine Noguès. Étrange acharnement sur ce Bensaïd, si mal préparé pourtant, de l'avis général, à tuer son prochain.

Chaque fois que j'arpente le village, je ne peux m'empêcher de revoir cette scène très ancienne dans un grand magasin parisien. Une scène qui aurait pu mal tourner ainsi que ma mère me l'a si souvent rappelé sans vouloir admettre qu'après tout, c'était elle, la responsable : à force de me répéter que, sur la tourelle de son char, mon père avait été tué par les Boches, il fallait s'attendre à ce que j'éprouve un jour le besoin de leur faire payer la note !

C'est en furetant dans le dédale des rayons que nous avions buté sur un grand diable de militaire allemand en train de parler avec une vendeuse. Un *Oberleutnant* : même les gamins de cinq ans de mon genre savaient reconnaître les grades des occupants comme aujourd'hui les modèles des voitures. Sans prévenir, je me suis jeté sur lui. De mes poings minuscules, j'ai entrepris de labourer sa lourde vareuse en déversant une bordée de *salauds* bien sentis.

Les acheteurs avaient fait cercle autour de nous, interdits. Tout en essayant de me tirer en arrière, ma mère pleurait déjà son fils mort. L'Allemand a dû la dévisager, si menue dans le costume de grand deuil qu'elle ne se décidait pas à quitter. Il m'avait immobilisé les mains. Soudain il m'a tapoté les joues. *Bon petit Français !* a-t-il énoncé d'une voix pas même sévère, avant, tranquillement, de fendre la foule et s'éloigner.

Bien sûr, la situation ici n'a rien à voir, ne serait-ce que parce que les uniformes de la France éternelle sont présents sur cette terre depuis cinq ou six générations et que beaucoup de ceux qui les ont portés ou les portent sont des fils du pays. Mais j'ai beau me raisonner, dans le regard des enfants que je croise, même de ceux qui rient ou parfois me disent bonjour, j'imagine mon indéracinable fureur à moi du temps où les meurtriers de mon père faisaient flotter leurs drapeaux sur Paris.

Comme dit volontiers le toubib, je ne suis sans doute pas l'homme de la situation pour officier ici. Mais qui le serait, une question à laquelle il n'a d'autre réponse qu'un haussement d'épaules.

Fatigue physique, moral en berne. J'ai laissé Burguet et Delcourt monter dépeupler les garennes.

Pas bougé de ma chambre de tout le dimanche, le regard obstinément perdu dans les ramages verts et jaunes du papier que l'instituteur Pinelli et sa femme avaient choisi pour leur chambre conjugale quand ils avaient été nommés au village. Une affectation qui leur plaisait beaucoup, m'a affirmé l'un de leurs anciens collègues aujourd'hui en poste au collège de T.

Je les ai imaginés tous les deux, plantés dans le rayon spécialisé du *Nouveau Bazar colonial* de la rue de Paris, une raison sociale qui ne s'invente pas, hésitant longuement entre les ramages et les rayures... Ainsi que l'atteste une étiquette encore collée sur l'un des montants, c'est aussi au *Nouveau Bazar colonial* qu'ils ont acheté le lit plaqué noyer sur lequel je dors. Ils ont dû abandonner tout leur mobilier quand on les a évacués en catastrophe du village au lendemain du massacre de la ferme Ligny.

Difficile à accepter que les instituteurs aient été au départ des cibles privilégiés pour les rebelles. Les deux premières victimes de l'insurrection à la Toussaint 54 en étaient. Ils avaient vingt ans et venaient de débarquer en Aurès en provenance de je ne sais quelle Auvergne profonde. Alors qu'il y avait tant de salauds à liquider chez les grands notables coloniaux et les innombrables caïds prévaricateurs. Pas un présage très favorable pour la suite !

— Les types qui les ont descendus étaient des paysans illettrés, me rétorque Bechir, furieux chaque fois que je reviens sur cette affaire. Justement ils n'en avaient pas eu, des instituteurs ! Ce qui n'est pas à verser à l'actif de cette œuvre civilisatrice de la France dont se gargarisent les officiels ! Cent trente ans, ça aurait dû *vous* laisser le temps de faire des choses, non ?

D'habitude, il évite de me fourrer dans le chaudron commun. Mais mes attaques sur ce point le piquent assez au vif pour que, dans sa riposte, il perde toute bienveillance à mon endroit.

J'ai adressé une lettre à ce Pinelli qui a tenu l'école jusqu'au début des événements. Aux bons soins de l'inspection académique d'Amiens d'où apparemment il était originaire. Essayer de savoir par lui comment c'était, la vallée en état de paix.

En grimpant ce dimanche en direction des Trois Pitons, nous avons emprunté un couloir d'éboulis bordé d'arbustes que je connaissais par cœur, sans être foutu d'en retrouver le nom.

— Mais ce sont des buis ! a grondé Delcourt. Quelle honte ! Le buis de ton enfance, nom de Dieu ! Chaque dimanche des Rameaux, tu en as rapporté chez toi une branche bénite par les prêtres pour t'escorter une année entière sur le chemin de la vertu.

J'ai pris conscience soudain que c'était au milieu de ces arbustes que s'étaient écroulés les trois *fells* du Chenoua. L'un après l'autre, chacun à son rythme, comme des marionnettes dont on cisaillait les fils.

Leur dernière vision, ç'avait été, comme Delcourt venait de dire, *le buis de mon enfance.*

Après avoir avalé son verre d'eau et sa demi-datte, le lieutenant Lefèvre, en grande forme aujourd'hui, m'a montré du doigt le promontoire de Sidi Nejib qui saille du haut plateau trois cents mètres au-dessus du poste :

— Avec un mortier pointé depuis là-haut, en moins de deux, le plus toquard des artilleurs vous réduirait en miettes, vous et votre bande de joyeux lurons. Vous avez déjà pensé à ça ?

J'ai reconnu que ça ne faisait pas partie de mes sujets habituels de réflexion. De toute façon, qu'est-ce qu'on pouvait faire ?

— Rien ! Juste y penser de temps en temps ! a-t-il laissé tomber en ajustant son écharpe blanche. Et après avoir compté ses abattis, remercier le Seigneur pour Sa miséricorde.

Devant mon air soucieux, il a éclaté de rire.

— Bon, parce que c'est vous, je vais donner des instructions pour que, dorénavant, on interdise aux mortiers ennemis de franchir le barrage électrifié. Naturellement, depuis là-haut les *fells* pourront toujours vous jeter des rochers, mais pour atteindre votre bureau, il faudrait qu'ils aient l'œil !

Pas mécontent de m'avoir un peu déstabilisé, il a grimpé dans son command-car et d'un grand geste de main amical, il a pris congé.

En pétard, le sergent Burguet m'annonce que T. vient de nous expédier 500 rations alimentaires FSE et 50 rations FSNA, l'inverse de la commande qu'il avait passée.

— Ils n'en loupent pas une, ces planqués de l'Intendance ! Ils se sont encore emmêlés les pieds dans les Souches !

Un jargon pas évident au départ : FSNA, Français de Souche Nord-Africaine, par opposition aux FSE, des Français aussi, mais, eux, de Souche Européenne. Avec le temps, pourtant, et à force de retrouver ce minuscule clivage dans tant et tant de domaines, on finit par s'y retrouver très bien.

D'une certaine façon, cette approche de bûcheron aide à mieux cerner la question algérienne.

Les Deux Souches, bon titre pour une de ces fables de La Fontaine que Bechir affectionne tant.

Quand nous marchons sur les hauts plateaux, je résiste rarement à la tentation d'aller jusqu'à la tache blanche d'un marabout enfoui dans un bosquet de figuiers ou dressé au plein milieu d'un désert de pierres. Même perdus au bout du monde, ces cubes de maçonnerie avec leur coupole en demi-sphère sont toujours impeccablement entretenus, comme si la population avait décidé, envers et contre tout, de veiller sur ces sentinelles de la Foi. Bien sûr, le caporal Mouraoui cherche à me décourager. Il craint un piège, une grenade dégoupillée, une mine… Il ne voit pas en quoi ces *igloos*, comme il dit, en forçant son accent de titi parisien, peuvent m'intéresser.

Ce matin, dressé sur une crête battue par les vents, Sidi Hocine. À ma surprise, une inscription en français au-dessus de l'entrée. *SIDI BELHOCINE*, était-il écrit en majuscules bien régulières, hommage un peu puéril au commandant Belhocine. Et des deux côtés, en plus petit : *FLN VAINCRA !*

— Je vous l'ai déjà dit, mon lieutenant, a éclaté Mouraoui, ces salopards ne respectent rien ! Pas même le grand Sidi Hocine !

Ce qui me fascine, c'est l'incroyable présence humaine qui se manifeste dans les coins les plus reculés de cette contrée interdite de partout.

3

En me rendant au centre de regroupement pompeusement baptisé numéro 1, dans le virage en épingle à cheveux juste au-dessus de la cascade de Bou Hamadi, quatre balles ont été tirées sur ma jeep. Les trois premières sont passées au-dessus de nos têtes, mais la quatrième a troué la carrosserie à vingt centimètres du réservoir.

Mouraoui a eu le réflexe d'accélérer, manquant de nous jeter dans le vide. Contre toutes les règles de sécurité, et comme chaque fois maintenant, nous n'avions pas d'escorte.

— Les salopards, a juste laissé tomber Mouraoui un kilomètre plus loin.

Il a hurlé ces mots de plus en plus fort. Puis entre ses dents, il a maugréé :

— On va leur faire leur fête, à ces salopards !

Je ne sais pas pourquoi il emploie cette expression à tout bout de champ. Une sorte de nostalgie forcenée de la fête chez quelqu'un qui ne l'a sans doute jamais faite quand il survivait dans le gourbi de ses parents du côté des fortifs d'Aubervilliers.

Je lui ai ordonné de la boucler sur cet incident. Mais quand nous sommes revenus au poste en fin de matinée, tout le monde était déjà au courant.

Au dîner, Bechir arborait une sale gueule.

— Je ne comprends pas ce qui s'est passé, a-t-il laissé tomber au moment où nous nous disions bonsoir. Dire que je t'ai annoncé que tu n'avais plus à faire gaffe ! Je me le reprocherai toute ma vie !

Le lendemain, il est revenu sur cette histoire. « Évidemment une bavure », a-t-il affirmé. J'ai abondé dans ce sens en le priant de ne plus reparler d'une affaire pour moi définitivement classée.

— Belhocine a fait descendre le méchant con qui t'a tiré dessus l'autre jour, m'a annoncé Bechir.

Il croyait, je suppose, me faire plaisir. Qu'un type comme Bechir, si plein de finesse et de générosité, puisse en arriver là ! La violence dans laquelle nous sommes immergés nous a tous rendus fous.

Pour la première fois, je me suis interrogé sur le comportement de Bechir. Que ce soit lui qui m'ait annoncé l'exécution du type qui m'a tiré dessus ! Difficile de ne pas penser qu'il entretient avec le commandant Belhocine ou l'un de ses sbires une relation particulière. Il va assez peu traîner au village, mais il parle beaucoup avec les parents de ses élèves, qui peuvent être des relais privilégiés pour passer des messages.

J'ai pris une décision qui me déplaît fort : ne pas demander des comptes à Bechir, juste désormais l'avoir à l'œil. Et une autre qui ne me plaît guère plus : laisser Delcourt à l'écart de mes interrogations.

Des balles qui m'ont été tirées dessus, j'ai préféré ne rien dire à T. Comment faire comprendre à ceux d'en bas la situation bizarre qui prévaut par ici ? Leur faire comprendre et accepter... De toute manière, ce n'est pas l'initiative d'un comparse imbécile qui va remettre en question le face à face patient dans lequel nous nous sommes installés après tant d'années de massacres.

Bien entendu, un quelconque informateur de la Sécurité militaire a mangé le morceau. Quand ils m'ont appelé de T., j'ai nié effrontément, parlant de deux ou trois cartouches malencontreusement tirées par un braconnier sur un vol de perdreaux alors que je passais sur la route.

Une fois de plus, Delcourt m'a pris à part pour m'exhorter à la prudence.

— Dans une guerre, je t'assure, ce n'est pas l'habitude pour un belligérant de faire la paix de son côté avec l'ennemi. Il y a même des noms pour qualifier ça. Alors fais gaffe !

Je lui ai rappelé qu'aucun mot jamais n'avait été échangé entre les parties concernées. Il se trouvait simplement qu'avec Belhocine, par hasard, nous avions pensé la même chose au même moment. Transmission de pensée peut-être, mais ce n'était un délit dans aucun code.

— Si j'étais toi, a-t-il déclaré, encourageant, je commencerais à préparer mon système de défense devant la Cour martiale.

La trêve qui s'est instaurée ici subrepticement m'est apparue tout d'un coup comme une sorte de clin d'œil que, de notre vallée, j'adresse à mon malheureux géniteur.

Mort au champ d'honneur à vingt-trois ans, la phrase m'a toujours gêné par son côté aseptisé. *Carbonisé dans un champ à vingt-trois ans* est moins abstrait. Ou plus parlant encore : *Carbonisé à l'intérieur d'un char à peine époux et père.*

Quelque part, comme dirait le toubib, je dois avoir un compte à régler avec la camarde sous sa forme casquée et bottée.

4

Avoir tué ou ne pas avoir tué… La question affleure aux moments les plus incongrus. Hier soir, par exemple, au *Petit Parisien,* à l'instant précis où j'allais m'abandonner entre les bras, et un peu plus même, de Nadia. Sans prévenir, les trois corps allongés dans la pierraille sous la lumière glauque d'une nuit sans lune se sont imposés, et presque immédiatement le visage ensanglanté de ce type tout menu que nous tirions vers la fosse.

— Ce n'est pas grave, mon lieutenant, a glissé Nadia. Ça arrive à tout le monde.

Sûrement pas au colonel Carbonnier, ai-je pensé soudain, et ça m'a fait éclater d'un rire sonore qui a désarçonné ma compagne.

— Tue vraiment quelqu'un, a ricané Vendroux. Et surtout pas en état de légitime défense ! De sang-froid ! Après ça, ton histoire dans le Chenoua te paraîtra une bluette nulle et non avenue !

Je rencontre ce type au mess chaque fois que je descends à T. Un grand type très maigre au visage énergique, beau mec, sans doute, racé plutôt si ce mot veut dire quelque chose. Vendroux arrive bientôt au bout de ses vingt-huit mois et il travaille à l'état-major. Un boulot de routine absurde. Auparavant il a passé un an dans un commando de chasse. Le fameux commando Béjart dont les *exploits* font la une de tous les quotidiens ici, mais aussi des *Paris-Match* et autres *Jours de France* en métropole. Il a sillonné l'Ouarsenis en tous sens, à *casser du fell*, comme disent ses pareils, pas lui heureusement. Il sait de quoi il s'agit quand on parle de la guerre et de la mort. Ce qu'il ne sait pas, c'est combien de fois, lui, il a tué son prochain. Mais, tient-il à préciser, « jamais je n'ai achevé des blessés ou descendu des prisonniers. Il y avait toujours des volontaires pour ça ». À plusieurs reprises, il a vu mourir des copains à côté de lui, et ces moments terribles l'aident immensément à justifier tout le reste.

Cette expérience de commando l'a assez marqué pour qu'il éprouve le besoin de l'évoquer à tout bout de champ. Avec une sorte de fascination morose, je le laisse un moment raconter ses histoires avant de le forcer à obliquer vers sa passion : la Chine. Il sait tout du pays de ses rêves. Avec impatience, il attend le moment de partir à Taïwan où l'attend un poste de lecteur. En attendant, il prend plaisir à répondre à mes curiosités sur ce monde dont je ne sais rien.

— Un assassin ! me suis-je surpris parfois à songer en le dévisageant tandis qu'il me récitait, très bien, un poème chinois d'il y a mille ans.

Que je ne tire aucune conséquence de cette constatation donne à penser sur l'état de mon âme.

Une fois de plus, Nadia est indisponible, *secret d'État*, rigole la patronne avec l'accent de son Vieux-Port natal. En toutes occasions, cette dernière arbore une permanente d'une blondeur toute germanique, qui jure avec son teint mat et ses rondeurs méditerranéennes. Elle ne manque pas d'allure pourtant, ni même d'attrait sexuel, et certains clients tournent beaucoup autour d'elle. En vain, bien sûr, car, ainsi qu'elle est parfois obligée de le rappeler, les tenancières se doivent d'avoir une morale personnelle irréprochable.

— Son visage a été beaucoup tiré, dit Magda, facilement langue de vipère, mais le résultat n'est pas si mal. Juste la bouche peut-être, qui fait un peu mérou, mais après tout, le mérou est un poisson de la Méditerranée. Vous imaginez la honte si elle avait écopé d'une bouche de hareng !

C'est Magda qui m'a fait oublier mes pannes d'hier. Elle est plus concentrée que Nadia dans son travail. Dès qu'elle diagnostique un cauchemar un peu trop enfoui profond, d'une main experte elle sait le contourner.

Vendroux veut bien reconnaître que le combat n'était pas équitable. Eux, les membres du commando, ils surgissaient du sol, largués par des hélicoptères, armés de fusils-mitrailleurs dernier cri tandis qu'en face ils n'avaient que des vieux Mauser ou éventuellement deux ou trois PM récupérés sur l'ennemi.

— Ça n'empêchait pas leurs balles de tuer les copains, corrige-t-il immédiatement.

Et il repart dans l'évocation de la mort glorieuse du première classe Y., un type formidable toujours à prendre des risques pour protéger les copains.

Je suis fasciné par le beau sourire franc qui ne se décide jamais à quitter ses lèvres, même dans ce genre d'occasions. Un assassin, lui ? Si bien élevé, si bon linguiste, il est par ailleurs un saxophoniste de talent que j'ai entendu se produire un soir au mess devant un parterre ému de jeunes filles appartenant aux meilleures familles locales.

Il me revient que le sergent Burguet s'est ouvert auprès de ses amis à T. de mon comportement « pas très franc de collier ». À mon arrivée, Marc Floriot m'avait dit de me méfier de lui. Tapi dans l'ombre, il attendait l'occasion de rouvrir le cycle de la mort dans la vallée. Ce n'était pas un pervers sadique comme le capitaine Noguès : juste un professionnel qui voulait mériter son pain.

À peine j'avais pris mes fonctions qu'il avait fait mon siège pour que je l'autorise à partir de loin en loin en expédition dans les djebels.

— Pour montrer aux fellaghas et aux habitants par la même occasion, que nous existons encore. Et pour que les harkis gardent la forme. Ils sont en train de s'empâter. Si un jour les rebelles veulent nous faire la peau, il faut que nous soyons physiquement prêts à nous défendre.

Je lui avais donné mon accord pour qu'il parte ainsi en vadrouille une ou deux fois par semaine. Quelque temps plus tard, il me proposa de monter des embuscades la nuit dans l'oued. Il devenait urgent, soutenait-il, de rétablir un climat d'insécurité dans les relations entre le maquis et les habitants. J'avais refusé. Dès lors, il fit ce qu'il fallait pour que ses crapahutages aboutissent à un accrochage. Ce ne lui fut pas très difficile de monter vers les cols un piège où vinrent se prendre deux types qui furent tirés comme à la foire.

Ça faisait exactement un mois que j'étais le patron quand, par une fin d'après-midi grise à souhait, on aperçut le détachement qui rentrait au village. Les deux cadavres étaient ficelés sur des brancards de fortune. Un groupe d'habitants se rassembla devant le poste. Le visage fermé, ils firent comme une sorte de haie silencieuse au milieu de laquelle durent passer Burguet et les harkis. J'attendais dans la cour. Malgré l'envie de dégueuler qui m'avait pris, j'ai réussi à donner l'ordre de déposer les brancards dans l'infirmerie et à prier très calmement Burguet de venir me faire son rapport. À ce moment, les youyous funèbres des femmes ont commencé à éclater dans le village.

Burguet me raconta en trois phrases comment les événements s'étaient déroulés. Même s'ils n'avaient ni armes, ni papiers compromettants, soutint-il, ces types étaient forcément des fellaghas ou des agents de liaison à eux. De toute façon, ils n'avaient pas à se trouver là, en pleine zone interdite.

Son raisonnement était imparable. Aussi imparable que les youyous des femmes qui se prolongèrent une bonne partie de la nuit, et reprirent l'après-midi suivant quand les corps rendus au village furent enterrés dans la partie du cimetière que les gens appellent à voix basse le *carré des martyrs*.

Le soir de cette première mise à mort de mon règne Bechir avait frappé à la porte de ma chambre. Un toc-toc presque imperceptible. Jusqu'alors, j'avais eu avec lui des relations cordiales, mais distantes. Un moment il avait tourné autour du pot avant de me dire à mi-voix pour qu'on ne l'entende pas de l'autre côté de la cloison :

— Mon lieutenant, vous devez interdire au sergent Burguet de jouer les tueurs ! Vous avez les galons pour ça ! On n'en sortira jamais si les petits chefs peuvent foutre en l'air tous les effets positifs de ce qu'ils appellent à Alger la pacification.

J'avais bien aimé cette intervention qui ne manquait pas de courage alors que nous nous connaissions encore si peu. Mais voici que maintenant le souvenir de cette scène s'inscrit comme d'autres au débit du compte de Bechir que j'ai entrepris de dresser ces derniers temps.

L'archiviste a de la suite dans les idées :

Cher Lieutenant,

Je sais enfin qui est l'assassin de la femme sans tête. Mon collègue d'Oran, un type épatant, a remis la main sur les Éphémérides que le sous-préfet de T. adressait chaque mois à la préfecture. Donc : le meurtrier s'appelait Gaston Bourasset. Très banalement il était l'amant et le protecteur de la victime, une prostituée originaire de Biskra à l'autre bout du pays, d'où l'absence de toute plainte familiale pour disparition. C'est une dénonciation anonyme qui a permis de faire la lumière, mais cinq ans après le crime.

Ce patronyme de Bourasset est plutôt rare. C'était celui des deux Communards installés au pied de votre vallée sur lesquels vous m'aviez demandé des renseignements. Il est probable que ce Gaston était un de leurs descendants. En tout cas, il exerçait la triste profession de proxénète et dirigeait une maison qui existe toujours, m'a-t-on expliqué, la Parisienne *ou le* Parisien, *un nom comme ça, ça vous dira peut-être quelque chose. Comme par hasard, on lui a laissé le temps de prendre le large avant de se lancer à sa recherche. J'imagine qu'il tenait pas mal de notables de la ville par la barbichette, si l'on peut dire.*

Affaire classée donc. La victime s'appelait Baya. Un beau prénom, non ? On m'a dit que ça signifiait : la sublime. C'est ainsi que s'appelle cette peintre kabyle qui, au lendemain de la guerre, a été à Paris la coqueluche des surréalistes. Breton avait écrit la préface de son catalogue. Elle avait seize ans, et puis elle est repartie s'enterrer dans son village. À la maison, j'ai trois tableaux d'elle, des gouaches superbes. Un jour où vous passerez à T., venez les voir. Vous aimerez, j'en suis sûre.

Votre attentionnée

Florence Carliez

Après avoir pris son courrier à l'agence postale, Kader est venu directement à moi :

— Dans le dernier numéro de *Préhistoire*, j'ai lu un article qui m'a traumatisé. Dans une grotte en Yougoslavie, au milieu d'ossements d'animaux, on vient de trouver une cargaison de restes humains. Des stries de grattoirs et des traces de mâchonnements démontrent que ce sont des *produits de boucherie*, écrit l'auteur non sans préciser que, pourtant, il y avait de quoi manger pendant ces millénaires-là.

« Déjà anthropophages, ces saligauds ! a-t-il énoncé. Il ne manquait plus que ça ! Si les ancêtres aussi nous lâchent, où allons-nous ?

Il m'a regardé, visiblement traumatisé :

— Tout s'enchaîne comme à la manœuvre.

Il semblait si mal que je n'ai pas eu la cruauté de lui conseiller d'aller chercher des consolations du côté de ses amis Rousseau et Voltaire.

Dora, la copine de Delcourt, est restée une semaine entière avec nous. Grand et généreux, le toubib a bien voulu nous la prêter un peu plus que d'habitude. Au fil des dîners, de cette voix chaude et joyeuse qui la rend si attirante, elle nous a raconté son enfance dans la bourgade de la Mitidja où son père est médecin. Elle avait la tête pleine de réveillons après la messe de minuit, d'Aïd et de Yom Kippour partagés et de joyeux mariages chez les voisins. Et, bien sûr, d'après-midi au hammam et de longs dimanches à la plage, le tout assaisonné de senteurs de poivrons grillant sur les braises des kanouns.

À force de l'entendre égrener ses souvenirs ensoleillés, Bechir s'est décidé à évoquer à son tour des moments où il avait fait un peu plus que croiser les Européens. Des mariages aussi et des fêtes religieuses où l'on conviait le voisinage et où l'on discourait des heures ensemble en se bourrant de paella et de couscous.

— C'est comme ça que j'ai appris à connaître le couscous juif, a-t-il précisé. Ne soyons pas chauvins : avec ses raisins secs et toutes les sauces qu'on met dedans, il est le champion toutes catégories des couscous.

Tel n'était pas l'avis de Dora qui s'est lancée dans un vibrant plaidoyer en faveur de celui que préparait Fatma, la cuisinière de ses parents, une femme de Blida qui l'avait élevée.

Nous nous sommes vite sentis des étrangers face à des aborigènes qui se racontaient leurs salades. Et heureux de cette complicité soudain née entre deux êtres qui jusqu'alors n'avaient fait qu'échanger des phrases convenues. Ce que j'ai dit bêtement. Mal m'en a pris.

— Le sentiment d'être un étranger, a dit Bechir d'une voix soudain changée, un étranger dans mon propre pays, je le connais par cœur, figure-toi ! Chaque Noël, par exemple, jusqu'aux événements, nous allions réveillonner chez des voisins espagnols, la maison juste à côté, des gens charmants. Mais il y avait toujours un moment où nous comprenions qu'il était temps de rentrer. Une phrase, un regard, une plaisanterie pas méchante. Nous n'appartenions pas au même monde. Mon père se levait d'un coup, remerciait poliment et nous entraînait.

Dora a attendu que Bechir soit descendu passer le week-end à Oran pour parler de la situation politique. Il fallait que ça sorte, qu'elle interpelle les métropolitains, ceux qu'elle avait sous la main, et elle y a été bille en tête.

— La question que nous posent les Français depuis le début, a-t-elle commencé, est toujours la même : comment pouviez-vous ne pas les voir, tous ces musulmans, misérables pour l'immense majorité, marginalisés pour ceux qui ont la chance de posséder des terres ou d'exercer des métiers convenables ? Comment n'imaginiez-vous pas qu'un jour, ça exploserait ?

« Une bonne question ! Difficile, pourtant, de ne pas la retourner à l'envoyeur. Comment, vous, les *patos* comme nous vous appelons en représailles depuis que vous nous avez baptisés *pieds-noirs*, pouvez-vous passer votre vie entière sans échanger un mot ou même un regard avec les mineurs du Nord ou les paysans du Cantal ? Des gens qui peinent dans des conditions terribles pour produire le charbon, le blé et tout ce dont vous avez besoin pour vivre confortablement.

Elle nous a défiés du regard :

— J'ai dit : pour vivre confortablement. Mais j'allais dire, et je me suis retenue, *pour vivre comme des pachas* dans ce pays qui vous paraît incarner toutes les vertus civiques.

Nous avons fait semblant avec Delcourt de trouver deux ou trois arguments pour la contrer. Mais nous lui avons laissé le soin de lancer la meilleure riposte :

— En France, allez-vous me dire, le fils du mineur de fond pourra devenir ingénieur et son petit-fils directeur de la mine. Pas en Algérie ! Comme vous avez un fond d'honnêteté, vous reconnaîtrez qu'il ne s'agit que d'une possibilité théorique, mais vous affirmerez que ça suffit à faire la différence. Et vous n'aurez même pas mauvaise conscience en le disant !

Delcourt et moi, nous avons clamé que nous avions une terrible mauvaise conscience en le disant, et même en ne le disant pas. Mais déjà elle avait repris :

— Je sais ce que vous allez maintenant me lancer à la figure : ici, les Arabes sont chez eux ! Je voudrais, moi, qu'on m'explique en quoi cinq générations, ça donne moins de droits que cinquante ? Nous sommes, nous, les enfants de cette terre, un point, c'est tout ! Nous n'avons plus la moindre attache en France. Ma grand-mère maternelle a été la dernière à avoir encore de vagues relations épistolaires avec des cousins dans la Drôme. Vous imaginez ce qu'il en est pour les Espagnols ou les Maltais ! Et ne parlons pas des juifs : certains vivaient déjà dans ce pays à l'époque d'Hannibal.

Elle a continué ainsi une bonne partie de la soirée. Nous l'avons écoutée sans pratiquement ouvrir la bouche. Elle avait un si effroyable besoin de vider son cœur ! Comme nous, elle savait que, de toute manière, ces arguties n'avaient plus d'importance par rapport à ce qui allait bientôt survenir.

En passant, j'ai noté qu'il y a quelques semaines, elle avait évalué à trente pour cent le pourcentage des Européens qui resteraient. Cette fois-ci, elle a parlé de vingt pour cent, *en étant optimiste*.

V

GRAINS DE SABLE

1

Encore une nuit entière ponctuée de canonnades de l'autre côté des crêtes. En milieu de matinée, trois véhicules ont déboulé à pleine vitesse par la route de la vallée. Dans un grand fracas de freins, ils ont stoppé dans la cour du poste, manquant écraser les gens qui faisaient la queue à la porte de l'infirmerie.

Furieux, j'ai mis le nez à la fenêtre du bureau. À dix mètres, j'ai aperçu un command-car du régiment qui tient la frontière. Le capitaine Perrot était au volant, les mâchoires serrées, l'œil vide. Deux jeeps l'escortaient. Je suis sorti pour l'accueillir. Il n'est pas descendu, se bornant à tendre un bras vers l'arrière de la voiture.

Un brancard y était accroché. Dessus, on avait attaché par des sangles le corps du lieutenant Lefèvre. Il s'était encore arrêté ici la semaine dernière à la tête de son convoi de camions. Son invariable sourire plaqué sur le visage, il avait bu son verre d'eau citronnée et savouré sa moitié de datte. Ces derniers temps, ses commentaires sur l'actualité s'étaient faits rares. Lassitude, méfiance à mon endroit maintenant qu'il me connaissait un peu mieux. À moins, plutôt, qu'il n'eût pris la décision avec ses camarades de vider l'abcès non plus par des mots : par des actes comme en mai 1958.

Sur la couverture qui le recouvrait jusqu'au cou, quelqu'un avait déposé l'écharpe blanche qui l'escortait partout. Son écharpe de méhariste.

— Une balle dans le cœur, a laissé tomber Perrot. Sur le barrage.

Sans ajouter un mot, il a fait marche arrière et a manœuvré pour reprendre la route. Avant de partir, il s'est penché vers moi :

— En plein cœur ! Il n'a pas souffert !

Dans un nuage de poussière, le convoi a redémarré.

Le sergent Burguet avait pu parler un instant avec l'un des sous-officiers de l'escorte. Il m'a expliqué que Perrot s'était mis en tête de faire faire à son adjoint le tour de tous les endroits par où il était passé depuis son arrivée dans ce coin pourri. Avant d'entreprendre de venger sa mort.

Plus pensé que j'aurais souhaité au lieutenant Lefèvre, à ses treillis hors d'âge et à son écharpe immaculée. À ses enthousiasmes et à ses flamboyantes illusions.

Le pauvre n'aura même pas connu cette marée humaine qu'il attendait d'un pied si ferme, sur laquelle il aurait fait tirer ses canons jusqu'au dernier obus avant de charger à la baïonnette, comme à Sidi Brahim.

Mouraoui n'a pu s'empêcher de m'expliquer que, quand les Français avaient ramené du djebel le cadavre de son frère, ils l'avaient installé exactement pareil, ligoté sur un brancard qu'ils avaient accroché à l'arrière d'un command-car.

— Le commandement voulait que tous les villages du coin sachent que Miloud, l'un des chefs du maquis local, était mort et que tous ses copains finiraient comme lui. Manque de bol, je me trouvais justement en permission chez ma mère. Vous imaginez : son fils cadet tué par les paras et promené sur une bagnole à travers tout le pays, son mari égorgé trois ans plus tôt par les *fells*, avec pour la consoler, qui ça : moi, que tous ses voisins appelaient le traître parce que je portais l'uniforme français !

Il m'a alors parlé de son frère Miloud, le benjamin des neuf enfants Mouraoui, le seul à ne pas être né à Aubervilliers.

— Et pourtant, selon mon père, c'était *le plus français de la smala*. Celui de ses enfants dont il était le plus fier. Les yeux très clairs, une petite moustache genre Fernand Ledoux dans *Le Port du vice*. Il avait été plus longtemps à l'école que nous tous, et il parlait un français superbe. Pas avec mon accent parigot, vous voyez ce que je veux dire, mon lieutenant !

Il a ri un instant.

— Il avait un boulot à la mairie d'Orléansville, quelque chose au service de la voirie. Il a fallu que ce soit lui qui parte chez les *fells* ! Chez ceux d'en face comme vous dites, mon lieutenant ! Ceux qui avaient égorgé son propre père comme on égorge un mouton le jour de l'Aïd, simplement parce qu'il voulait qu'on l'appelle *le Français* !

Je lui ai demandé s'il comprenait pourquoi Miloud avait rejoint les *fells*.

— À cause de moi, a-t-il jeté sans la moindre hésitation. Il n'a pas supporté que je m'engage dans l'Armée française au lendemain de la mort de notre père. Les saloperies que les gens se sont mis à dire sur moi l'ont rendu fou. « Ton frère a vendu son peuple », lui répétait son meilleur copain, une petite frappe qui, lui, est resté tranquillement à faire le fonctionnaire à la mairie d'Orléansville tout en envoyant les autres se faire tuer dans les maquis.

Sa voix est devenue haineuse :

— *Ton frère a vendu son peuple* ! Le salopard ! Vous imaginez ça : mon peuple ! Mais mon peuple à moi, c'est la

France, pas ce ramassis de va-nu-pieds qui écument les djebels !

Froid d'enfer. Toute la nuit, il a neigé. Du mirador où nous sommes montés ce matin avec Bechir pour observer les pitons tout blancs, nous avons observé un moment la citerne recouverte d'une mince pellicule de givre. Nos regards se sont croisés. *Les morts, les pauvres morts...*, a commencé Bechir. Trop de morts dans la tête ! Contrairement à mon habitude, je n'ai pas fait écho à ses souvenirs de collégien boulimique.

Ali le camionneur est passé me voir au bureau. Il m'a offert son meilleur sourire avant de me dire :

— Avec ce froid d'enfer, je voulais vous aider à vous réchauffer.

Il m'a alors tendu, soigneusement enveloppée dans du papier journal, une bouteille d'alcool. De l'alcool préparé à partir des figues d'un verger qu'il possède juste au-dessus du village.

— Des figues distillées à la barbe des gabelous, a-t-il énoncé, mais aussi à celle des moudjahidin. Ce sont, comme vous savez, les deux ennemis héréditaires des alambics. Vous m'en direz des nouvelles ! C'est autre chose que les grappas que font bouillir tous ces peigne-culs de colons italiens installés dans la plaine du côté de Sainte-Clotilde.

Et comme je faisais mine de refuser son cadeau, il a souri de plus belle :

— Je prendrais votre refus pour un acte inadmissible de racisme à l'égard des alambics islamiques ! Particulièrement impardonnable puisque ce sont les Arabes qui ont donné au monde et l'appareil et le mot !

Pour me venger, j'ai ouvert la bouteille sur-le-champ et l'ai obligé à trinquer avec moi dans l'un de ces petits verres à thé qui traînent partout dans mon bureau. Il a bu sans barguigner avant de jeter un coup d'œil ostensible vers la fenêtre comme s'il voulait s'assurer que personne ne l'avait vu.

Non seulement il n'a rien à craindre de ceux d'en face, mais je suis de plus en plus convaincu qu'il joue dans leurs rangs un rôle nettement plus important que celui de simple bailleur de fonds.

Au camp du 33e régiment d'artillerie pour assister à la cérémonie organisée à la mémoire du lieutenant Lefèvre. Képi et décorations sur le cercueil, sonnerie aux morts et le reste. Le tout sous un vent glacial qui nous pénétrait de partout. La voix brisée, Perrot a réussi à sortir quelques phrases brutes de coffrage sur Lefèvre, leur combat ensemble, leur amitié sans faille.

— Si seulement sa mort servait à quelque chose ! nous a-t-il dit avant que nous reprenions la route. Mais ces messieurs de Paris semblent en avoir décidé autrement. Ils nous mentent depuis le début. Heureusement tout finit par se payer, la trahison comme le reste.

Suite à une remarque entendue lors de mon passage dans les bureaux à T., j'ai fait dire l'autre jour à Ahmed Hamiche de se tenir à carreau.

— Qu'il vienne me le dire lui-même ! a-t-il rétorqué à mon messager avec son insolence coutumière.

Ce que j'ai fait ce matin en me présentant seul chez lui. Devant le thé de rigueur, il a écouté sans broncher. Puis il m'a dit qu'il savait ce qu'il avait à faire. Avant les formules finales, il m'a tout de même remercié d'avoir pris la peine de passer.

Pendant que nous parlions, j'ai entrevu un spectacle qui ne m'était pas destiné. Dans la pénombre d'une pièce, derrière un rideau entrouvert, sur le pied d'une femme invisible une poseuse de henné calligraphiait les volutes immémoriales.

Depuis toujours, m'a expliqué l'un des harkis originaires de la vallée, des caravanes venant du Sud marocain apportaient les couffins de feuilles séchées de henné. On les pilait dans les mortiers en cuivre que toutes les familles possèdent. Depuis que la frontière est bouclée, on en est réduit à utiliser un henné en poudre importé d'Inde, de bien moins bonne qualité. Et les bâtonnets de bois traditionnels ont dû être remplacés par de banales tiges en plastique vendues dans les souks.

Avoir vu de loin poser sur un pied ce réseau de lignes ocre que j'observe sur les mains de beaucoup des femmes qui viennent au bureau m'a incroyablement excité. Delacroix, Fromentin et autres chantres des odalisques n'ont peint, me semble-t-il, que des chairs nues, mais ils ont dû vibrer eux aussi devant ces dentelles vivantes…

De toute façon, jusqu'à la fin du dix-neuvième siècle, la femme arabe a fait bander l'homme du Nord. Les photos jaunies que le brocanteur de la rue Lamoricière montre à ses clients fidèles en témoignent. Le colonialisme, et le racisme, son prolongement obligé, ont tout foutu en l'air, même l'érotisme. Jusqu'au *Petit Parisien* où les femmes viennent d'au-delà de la mer ou cachent soigneusement leur origine. Seule Leila n'a pas honte, mais elle est née *à Beyrouth voilà trois mille ans*, ainsi qu'elle répond quand un malotru lui demande son âge.

Avant de partir pour Paris, j'ai demandé à Kader si je pouvais lui rapporter quelque chose, un livre, par exemple. Il m'a juste demandé d'aller saluer de sa part Voltaire et Rousseau dans la crypte du Panthéon où, sûrement, je n'étais jamais descendu. J'ai avoué et promis de m'amender.

Échange de bons procédés, je l'ai interrogé sur le sens des dessins tracés au henné sur les bras ou les jambes des femmes de la vallée. De ce qu'il m'a dit, j'ai surtout retenu que, dans ces lacis savants, se mêlent de façon inextricable des signes venus de toute l'histoire de la région au cours des millénaires : symboles géométriques berbères, icônes puniques, étoiles de David, croix chrétiennes et, bien sûr, croissants islamiques en tous genres.

— C'est comme ça que se sont formées toutes les langues du monde, a résumé Kader. Et tous les peuples.

Aperçu en coup de vent devant la porte de son bureau, le colonel Tauriac m'a simplement lancé :

— Dites-leur bien, à ceux que vous rencontrerez à Paris, que nous faisons ce que nous pouvons, mais qu'il serait temps qu'ils s'intéressent enfin à nous. Nous n'allons pas être capables de continuer longtemps à faire le grand écart dans notre coin.

Et de sa main valide, il m'a donné une grande bourrade dans le dos.

2

De ces trois semaines de permission en France, rien à retenir sinon que l'arrière se porte comme un charme. Les gens, simplement, sont un peu agacés que ceux qui font leur service militaire aient l'indélicatesse de les déranger un instant dans leurs petites affaires.

Un peu dures à avaler, les paroles embarrassées des copines qui en peu de temps m'ont eu l'air d'avoir beaucoup appris de la vie, et des épouses en manque qui ont tissé ailleurs leurs toiles fragiles. Je serais mal placé pour faire des reproches… Avec le naturel acquis au *Petit Parisien*, je me suis payé sans états d'âme une fille qui faisait le tapin du côté des Halles. Puis une autre et une autre…

Ma mère a fait un effort pour éviter de brandir ses plaies sous mes yeux. Elle avait même acheté pour moi un transistor dernier cri.

Globalement, on était content de me revoir. De me revoir entier et apparemment toujours égal à moi-même, à l'exception d'un hâle que chacun a jugé très seyant. Par politesse, on m'a posé quelques questions sur la situation en Algérie. Ce fameux *dernier quart d'heure* promis par les chefs militaires depuis des années allait-il enfin arriver ? J'ai senti le vague soupçon que peut-être nous, les appelés, nous ne faisions pas tout ce qu'il fallait pour que la victoire soit au rendez-vous. Sur toutes ces violences dont on parlait, les camps, la torture, les corvées de bois et le reste, on m'a expliqué qu'elles étaient fortement exagérées par certains journaux, *toujours les mêmes, au demeurant*. J'ai compris que, de mon opinion, on n'avait pas grand-chose à foutre. À un vieil ami de la famille rescapé de Verdun qui commençait à me casser un peu trop les roubignoles, j'ai résumé : s'il n'y a pas de fumée sans feu et si on ne fait pas d'omelette sans casser des œufs, il reste qu'on n'attrape pas les mouches sans faire couler des rivières de vinaigre sous les ponts. Il a trouvé ça très juste.

Plus élégant que jamais dans un de ces cols roulés noirs dont il a le secret, Pierre Laborde, le seul d'entre nous à avoir réussi grâce à je ne sais quel énorme piston à faire prolonger son sursis, revenait des sports d'hiver en Suisse. Sur le chemin du retour, il avait fait un crochet par Lausanne pour rencontrer Magnan, le seul déserteur de toute notre promotion de *Physique-chimie*. Un sur deux cent cinquante !

Nous nous sommes rappelé les interminables discussions que nous avions eues avec lui tout au long de nos trois ans de scolarité. De plus en plus virulentes au fur et à mesure que se rapprochait la perspective du départ au service.

— Je ne suis pas un apôtre de la non-violence, nous répétait Magnan. En principe au moins, je n'aurais pas de problème à tuer celui qui m'agresse. Mais celui qu'on me fait agresser, celui-là, non, je ne le tuerai pas !

Pour lui, la désertion face à la guerre en Algérie était une évidence. Quand nous cherchions à le convaincre qu'on n'avait pas le droit de se séparer de sa tribu natale, qu'il fallait se trouver en soldat citoyen à l'intérieur de l'armée pour en freiner les excès, et autres sempiternels arguments, il nous traitait de *dangereux utopistes*. Une fois embarqués, prévenait-il, vous serez entraînés comme tout le monde dans l'irrésistible engrenage de la violence.

Nous n'arrivions pas à croire que, le moment venu, il tiendrait le cap. À peine nos diplômes remis, pourtant, dans le cadre d'une enquête menée par *L'Express* sur les jeunes et l'Algérie, il a exprimé sans fard sa position. Il avait tenu, en plus, à ce que le journal mentionne ses nom et qualités. Il a dû quitter la France en catastrophe pour ne pas se retrouver dans un bataillon disciplinaire à casser les cailloux ou à attendre une de ces balles perdues que certains gradés distribuent libéralement aux mauvais coucheurs.

Il survit tant bien que mal sur les rives du Léman, m'a raconté Gordes, en donnant des cours de maths. Mais le moral n'y est pas. Bon nombre des Français ou des Suisses qu'il croise lui crachent leur mépris. Déserteur ? Vous n'avez pas honte, un costaud comme vous ! Et son pacifisme à tout crin lui vaut aussi les reproches de ceux de ses pareils qui ont décidé, eux, d'aider la résistance algérienne. Bref, il vit de plus en plus replié sur lui-même, mal dans sa peau, convaincu pourtant d'avoir fait le seul choix possible.

Quai de Montebello, dans la boîte d'un bouquiniste, jauni, pas même coupé, un mince volume : *Ma Citerne*. Je n'ai pu m'empêcher de l'acheter, conscient pourtant que je ferais mieux d'éviter tout ce qui risque de me ramener là-bas. Deux ou trois jours, j'ai tourné autour du livre avant de me décider à l'ouvrir.

Cent pages durant, l'auteur, apparemment un petit notable vivant sur ses terres au pied des Cévennes, suit à la trace *la vie qui s'écoule* à partir d'une citerne qu'il possède dans les collines. En sa compagnie, on commence par arroser les amandiers et les abricotiers, on paresse ensuite entre les vignes avant de terminer en rigoles autour des platanes sous lesquels, assis devant son mas, il lit son *cher*

Virgile. Dans les dernières lignes, il explique, pour s'en ébaudir, que cette citerne nourricière, qui appartient à sa famille depuis des générations, se trouve située au lieu-dit « Le Templier pendu ». Comme quoi, conclut-il, finaud, *la Mort est la source de la Vie.*

Durant les trois jours passés à Colmar, j'ai surtout bouffé, bu et fermé ma gueule. Cette famille paternelle m'insupporte de plus en plus. D'autant que ma trop jolie cousine Marie-Do s'est obstinément refusée à participer sous la forme que je souhaitais à la mobilisation patriotique du moment.

Dans son appartement meublé en Guillaume II très strict, l'oncle François y a été de ses habituelles leçons. Il y a ajouté, parce que je suis grand maintenant, une exhortation à prendre les plus extrêmes précautions s'il m'arrivait de fréquenter des filles, *tu sais, j'imagine, de quelles filles je veux parler.*

Au moment du départ, j'ai juré craché que, quoi qu'il arrive, je tiendrai le coup *jusqu'au bout comme mes aînés.* Et, sans un mot de protestation, j'ai fourré dans ma valise les deux bouteilles qu'il me tendait : l'une de prune, l'autre de framboise. *Les deux mamelles de l'Alsace,* rigole le toubib.

Sur les pourtours, quelques-uns se battent courageusement pour dénoncer ce qui se passe et tenter de faire bouger les esprits. Paradoxalement, c'est avec ceux-là que j'ai eu le plus d'accrochages. À plusieurs reprises, j'ai piqué une colère parce que tel ou tel plaquait sur ce qui se passe en Algérie les schémas tirés de l'occupation nazie. Qu'on soutienne devant moi que les harkis sont l'équivalent des salauds de la Milice sous Pétain ! J'ai fini par renoncer à expliquer que la plupart de mes gars, les pauvres, n'avaient rien choisi, qu'il leur fallait survivre entre une armée enfermée dans son délire d'Algérie française, des chefs de maquis claquemurés dans leur violence aveugle, avec comme toile de fond la misère, la misère physiologique sans cesse aggravée par la prolongation des combats.

J'en suis venu à fuir tout dialogue. On ne parlait pas de la même chose !

— Jean-François ne va pas bien du tout, ai-je entendu ma mère dire à mi-voix au téléphone. Il refuse de parler de l'Algérie et de la guerre. Plus rien ne l'intéresse.

Tous ces gens qui disent qu'à leur retour, les appelés sont incapables de parler tant ils sont traumatisés me foutent en pétard. Que ce soit le cas de certains qui ont tué, torturé, exécuté, sûrement ! Mais la plupart de ceux qui ont *pacifié* ce beau pays sont parfaitement capables de dire ce qu'ils ont vécu, c'est-à-dire le plus souvent rien sinon le spectacle de la misère et du deuil omniprésents, et les minutes qui n'en finissent pas de s'écouler. La vérité, c'est que ceux de l'arrière ne veulent pas entendre parler de cette guerre lointaine et compliquée, coûteuse et honteuse. Prière, donc, aux acteurs de fermer leur gueule ! Et ceux-ci la bouclent très vite, heureux finalement de s'éloigner du bourbier où ils ont pataugé deux ans et demi sans comprendre ce qui leur arrivait.

J'en suis arrivé à ressentir l'envie de repartir. Au moins, là-bas, avec ceux d'en face et avec leurs copains dans la vallée, on sait pourquoi on n'a rien à se dire.

Croisée la veille de mon départ, une amie de ma mère qui m'a connu petit et m'aime bien, j'en suis sûr, a eu le mot de la fin :

— Seize mois déjà ! Comme le temps passe vite !

Durant ce séjour à Paris, une seule rencontre marquante. Un grand type émacié, le nez aquilin, le teint méditerranéen, était installé à la table à côté de la mienne au *Dupont latin*. De temps à autre, il regardait sa montre, préoccupé. Visiblement il attendait quelqu'un qui ne venait pas. Nos regards se sont croisés parce qu'au même moment, nous lisions tous les deux dans *L'Express* le même article. Nous avons échangé quelques phrases sur la façon dont ce journal, seul de son espèce ou à peu près, essayait tant bien que mal de rendre compte de la situation en Algérie.

Quand il a su que je faisais mon service, et du côté de T. en plus, il n'a pas résisté à l'envie de me faire parler. Je lui ai raconté ce qui me semblait le plus nouveau dans la situation. L'immense lassitude, cette espèce d'engourdissement qui s'était emparé des deux côtés. À l'évidence, il connaissait bien la région et il voulait tout savoir.

À un moment, nous nous sommes présentés par nos prénoms. Abdelmalek, pour ce qui le concernait, un faux nez sans doute. Il a eu assez confiance en moi pour m'expliquer comment il voyait globalement la relation franco-algérienne.

— Au début de la colonisation, a-t-il commencé, vos généraux et vos fonctionnaires ont bien aimé les Arabes qu'ils rencontraient, Abd el-Kader et les autres. Ils étaient grands, *superbes et généreux*, dans leurs burnous impeccables. Beaux joueurs, de surcroît, ayant l'élégance d'admettre que vous veniez de leur mettre la pâtée... C'étaient des cavaliers émérites, des chasseurs infatigables, des amateurs de fêtes, de femmes, de poésie et même parfois d'alcool. Des gens un peu à la traîne de l'Histoire, c'est vrai, mais tout à fait fréquentables !

« Trois générations plus tard, la réalité avait changé du tout au tout. Les Arabes étaient devenus des bicots. À force de distribuer mille hectares de terres par-ci, cinq mille par-là, aux Européens venus chercher fortune, vous nous avez poussés, nous les indigènes, vers les pourtours. Vers ces montagnes que nos chèvres s'acharnent à peler, ainsi que vos compatriotes l'expliquent si volontiers. Ou bien vers la France pour exercer les métiers que les Bretons ne veulent plus faire.

« En contrepoint, nos élites à nous, soucieuses de conserver leur langue, leur culture et leur religion, avaient peu à peu pris le chemin de l'exil : Istanbul, Damas, Jérusalem... Sans trop d'états d'âme, souvent pensionnés par la France généreuse ravie de les voir disparaître du paysage. Pas terrible pour un pays d'affronter l'avenir quand ceux qui savent lire et écrire ont pris la tangente !

« Un processus pas bien original s'est enclenché : le cercle vicieux de la pauvreté et de la résignation. Avec, en prime, le repliement sur les valeurs les plus mortifères de la tradition ! D'une telle situation, on peut toujours rêver de sortir de façon pacifique. Mais les intérêts de ceux qui détiennent l'argent et le pouvoir sont tels que toute velléité de réformes dignes de ce nom se heurte à un mur. La preuve en a été administrée mille fois depuis que les hommes vivent en société. Et en Algérie depuis les premières tentatives à l'époque du Front populaire. C'est dur à admettre, mais pour sortir d'une situation verrouillée comme ça, il n'y a pas d'autre solution que la violence !

Il m'a dévisagé de ses grands yeux fiévreux.

— Pas d'autre solution, vous le savez bien, vous aussi !

Une nouvelle fois, il a consulté sa montre, inquiet maintenant. Soudain il s'est dressé, m'a souhaité un rapide *bonne chance* avant de disparaître par la rue des Écoles.

Un quart d'heure plus tard, un type au faciès arabe prononcé a pénétré dans le café. Un petit homme rabougri, fringué n'importe comment, le visage terreux de trouille. Du seuil, son regard a fait lentement le tour des clients, avant de s'éclairer soudain quand il a été sûr que celui qu'il devait rencontrer avait filé.

De l'autre côté de la vitre, dans la rue, deux flics en civil ne le perdaient pas de vue. Sans se presser, il est ressorti. Sous l'œil indifférent des passants, ses anges gardiens lui ont remis les menottes avant de l'entraîner vers une voiture stationnée de l'autre côté de la rue. Comme dans les films. Une scène efficace, mais dans une production mal scénarisée. Une production où, pas plus que les autres, je n'ai demandé à jouer ni même accepté de faire de la figuration.

3

Ce n'est qu'en reprenant mon poste dans la vallée que je me suis ressouvenu du bidasse rencontré au départ à la gare maritime d'Oran, un grand garçon osseux à la tignasse blonde. Assis à même le carrelage de la salle d'attente, il chialait silencieusement, et à en juger par le réseau de traces noires qui quadrillait son visage ingrat, ce devait être depuis un bout de temps. Je n'aime pas jouer les saint-bernards, mais au bout d'un moment je n'ai pu m'empêcher d'aller lui offrir une tasse du thé vert très fort que le toubib soi-même m'avait préparé dans un thermos.

Pour le principe, il a refusé avant de se laisser faire violence. Sans trop se faire prier, il m'a raconté son histoire. Visiblement il n'avait pas l'habitude de causer, et son français mâtiné de mots provençaux était par moments difficile à saisir. Seconde classe dans une unité qui crapahutait quelque part sur les hauts plateaux au sud de l'Ouarsenis, il avait appris trois jours plus tôt la mort subite de son père, un maçon de village. Non sans mal, il avait obtenu une permission de sept jours pour rentrer chez lui, en Haute-Provence. Il en avait déjà bouffé deux pour arriver à Oran. À peine arrivé, il faudrait qu'il reprenne la route dans l'autre sens.

En le faisant parler de sa vie dans le bled, j'ai compris

qu'il n'avait pas la moindre idée des raisons de sa présence ici. Le service militaire était un passage obligé un point c'est tout. Qu'on l'accomplisse dans les Ardennes comme son père ou en Algérie comme lui, qu'on se batte contre des Allemands ou contre des *fells*, ce n'était pas son problème. Dans le coin où il était, il y avait eu plusieurs opérations très dures, des ratissages, des arrestations. Pas mal de morts qu'il avait vus de ses yeux, et deux ou trois au moins dont il était l'auteur. Un jour, notamment, dans un village d'où étaient partis des coups de feu.

Il m'a regardé pour savoir s'il devait continuer. Je l'ai encouragé à raconter ses saloperies, et il s'est exécuté sans faire dans la dentelle.

— J'ai fait ce que mes chefs m'ont ordonné, répétait-il avec son accent provençal éraillé. J'ai tiré pour sauver ma peau et pour protéger les copains.

Tout en déballant ses histoires, il a bouffé jusqu'au dernier les sandwichs bien trop copieux qu'on m'avait préparés. Il avait les dents plantées n'importe comment dans une bouche trop large pour le visage anguleux dont les dieux l'avaient doté.

Quand j'ai arrêté de lui poser des questions, il s'est tu. Les pleurs sont revenus, plus drus encore qu'auparavant. Je lui ai donné quelques tapes amicales sur l'épaule avant de m'éloigner.

Quand a sonné l'heure de l'embarquement, il a ramassé son petit ballot. Sans tourner la tête, toujours secoué de hoquets, il s'est dirigé d'un pas mécanique vers la porte marquée *Hommes de Troupe*, direction le pont du *Ville de Bougie*. Je l'ai observé un instant avant de saisir ma valise pour gagner la porte *Officiers*, en me demandant si la cabine à quatre couchettes à laquelle j'avais droit serait entièrement occupée… La guerre à deux vitesses ! Comme la vie, aurait dit le toubib en haussant les épaules.

En débarquant à Marseille au petit matin, grâce à sa

tignasse blonde, je l'ai aperçu très loin, déjà sur le quai, qui avançait perdu dans la foule des bidasses. Il lui restait quatre jours pour aller jusqu'à chez lui et retourner faire la guerre.

Dans ma chambre m'attendait une lettre de Marc Floriot. Il m'escorte souvent depuis que j'ai pris mes quartiers ici. Même si j'ai parfois l'idée qu'il n'a été qu'une apparition au bord de la route, Jésus aux disciples d'Emmaüs ou quelque chose de ce genre. De sa petite écriture d'enfant sage, il m'explique qu'il se prépare à reprendre ses études chez les Dominicains.

> *(…) Quand tu m'as vu, je venais de passer deux ans à essayer de limiter la casse et de panser les blessures dans cet endroit qu'on devait bien, hélas, appeler au sens propre une* vallée de larmes. *Dans ma présomption imbécile, je me suis convaincu qu'à peine parti, tout allait reprendre comme avant. C'est alors que tu as débarqué. J'ai vécu ton arrivée et la relation que nous avons nouée comme un signe que m'envoyait Dieu. Des mois et des mois, je me suis débattu. Je n'en voulais pas, de ce signe ! Mais la grâce – n'hésite pas à utiliser un mot qui te convient mieux ! – m'a fait toucher les épaules.*

En *post-scriptum*, il a ajouté, en plus petits caractères encore :

> *Ne te fais pas de bile : tu n'es pour rien responsable de ce qui m'arrive ! La grâce est comme la foudre : elle emprunte les chemins qu'elle trouve… Merci mille fois quand même, et que Dieu, ou qui tu veux, te bénisse !*

En fin de journée, en repoussant Mouraoui qui insistait pour m'accompagner, j'ai été marcher tout seul dans le village, comme si j'avais besoin de reprendre mes marques. Les gens m'ont salué gentiment, comme d'une autre planète. Pendant mon absence, le chantier des seguias avait progressé. De loin, j'ai observé la baraque en parpaings de Kader, sans me décider à aller frapper à la porte.

Au moment où je rentrais, l'un des plus vieux notables, dont je ne sais jamais s'il joue ou non les gâteux, m'a entraîné vers la mosquée pour me montrer fièrement qu'elle avait été recrépie. Mon peu d'arabe ne s'est pas amélioré et je n'ai rien compris aux explications qui tombaient de sa bouche édentée.

Pour le dîner, Bechir s'était fendu en mon honneur d'un tajine aux agrumes. Delcourt avait sorti de ses inépuisables réserves un margaux d'une année gagnante. Pris par l'ambiance, le sergent Burguet a même été chercher dans sa chambre après le dessert la boîte de cigares à laquelle il tient presque autant qu'à sa pétoire suédoise.

Les sanglots des hyènes ont retenti toute la nuit, encerclant le village.

En revenant au bercail, j'ai senti, plus fort que jamais, le besoin de connaître enfin l'envers du décor. Depuis le début ou presque, j'attends le jour où il deviendra possible de savoir qui sont, ou qui étaient, les vrais responsables du Front au village et dans les camps de regroupement. Quelle fonction exacte, par exemple, Ali le camionneur occupe dans l'organisation, ou bien qui est le principal espion de ceux d'en face au sein de la SAS... ? Mais j'ai aussi des interrogations plus intimes. Quelle est en particulier la nature de la relation qu'entretient Kader avec les gens du maquis, dont il connaît personnellement plusieurs ? Et plus scabreux encore, qu'en est-il de Bechir ? Quels sont ses liens avec les gens qui comptent au village et avec ceux qui dirigent la rébellion dans la vallée ?

— Il te faudra attendre encore un peu, a énoncé le toubib à qui je m'ouvrais de mon prurit. Et comme par hasard, quand ce moment arrivera, tu n'en auras plus rien à foutre.

J'ai rendu compte à Kader de ma rencontre, par son entremise, avec Voltaire ou ce qu'il en reste, ainsi que du contact imprévu que j'avais eu avec un certain Abdelmalek, si clair et convaincant. C'était aussi l'occasion de l'informer que Marc Floriot lui transmettait ses amitiés. J'ai découvert que les deux hommes étaient restés en contact épistolaire.

Comme nous parlions, le soleil soudain s'est pointé plein sud au ras de la ligne de crêtes. Un spectacle d'une beauté à couper le souffle.

Je ne sais ce qui s'est alors produit dans l'esprit de Kader, mais il a éprouvé le besoin de m'introduire dans l'intimité de ce Marc qui l'avait tant marqué.

— Quand il était chez nous, il ne vous l'a peut-être pas dit, Floriot a noué une relation exceptionnelle avec Mohamed Bouabid. Bien dommage que vous ne l'ayez pas connu, ce Mohamed Bouabid. C'était une figure emblématique de notre vallée. Un petit homme parcheminé au regard lumineux. Il est mort, très âgé, quelques mois seulement avant le départ de Floriot. Mais déjà il était très malade, grabataire et à demi aveugle. Enfermé dans la prière et la méditation, il ne parlait quasiment plus avec personne. Et tout à coup, il a su qu'il fallait qu'il rencontre ce militaire étranger dont on lui répétait qu'il avait profondément modifié la situation dans la vallée.

Kader s'est arrêté un instant :

— Quelqu'un lui avait peut-être dit que Floriot avait décidé de consacrer sa vie à Dieu, je n'en sais rien. Toujours est-il que Bouabid a demandé à le voir.

« Ce Bouabid appartenait à l'une de ces très anciennes confréries religieuses qui étendent leur influence dans tout le Maghreb et jusque de l'autre côté du Sahara. Il avait une connaissance incroyable des textes de l'Islam, ceux des grands mystiques surtout. Sa spiritualité a tout de suite impressionné notre ami Marc, qui, du coup, a mis les bouchées doubles pour progresser en arabe classique. Ils avaient du mal à se comprendre, bien sûr. Mais Marc gribouillait tout le temps des notes sur ses petits carnets à spirale. Dans sa chambre, il possédait de gros dictionnaires, des livres aussi, et il revenait voir Bouabid avec des demandes d'éclaircissement et des foules de questions.

« Je ne sais trop ce qu'ils se sont dit durant les mois où ils ont dialogué. En tout cas, Floriot m'a affirmé que sa relation avec Bouabid avait énormément compté. Un jour, Bouabid a compris qu'il était temps de rendre son âme au Créateur. Avant de mourir, il a fait venir Floriot et il lui a offert un chapelet qu'il avait rapporté de La Mecque. Un de ces chapelets, vous savez, formés de quatre-vingt-dix-neuf boules d'ambre.

Comme visiblement je ne savais pas, Kader a précisé :

— Quatre-vingt-dix-neuf boules d'ambre sur lesquelles égrener les quatre-vingt-dix-neuf noms de Dieu.

Il m'a observé en train de réagir, sans doute trop mollement, avant de constater :

— Vous, tout ça, ce n'est pas votre truc !

Je n'ai pas cherché à nier.

— J'ai du mal moi aussi à me sentir à l'aise dans ces choses, a-t-il souri. C'est mon côté voltairien. Et pourtant je crois. Je crois et pas seulement parce que c'est absurde, ainsi que le dit je ne sais lequel des Pères de l'Église. *Votre* Église, où l'obscurantisme a eu aussi, comme chez nous, ses cohortes de fidèles.

Une nouvelle fois, il m'est revenu que le caporal Mouraoui lorgne beaucoup trop du côté d'Aïcha Hamiche, une nièce d'Ahmed et la fille d'un *martyr de la révolution* tué par le capitaine Noguès en personne. Cette fois-ci, il aurait adressé une demande en mariage via un circuit compliqué de notables à qui il a rendu des services. Qu'Ahmed Hamiche se résigne à franchir pour la première fois le seuil de mon bureau témoigne de sa fureur incommensurable.

En sa qualité de dernier mâle survivant de la famille, m'a-t-il déclaré d'entrée de jeu, il ne pouvait, à son grand regret, se payer le luxe de la violence pour régler cette affaire. À moi d'exiger de Mouraoui qu'il renonce une fois pour toutes à ses prétentions indécentes ! On ne pouvait imaginer un instant qu'un membre de la famille Hamiche puisse s'allier à quelqu'un qui était à ce point du côté des Français. Il fallait que le scandale cesse avant que survienne un dérapage dont les conséquences pourraient être très graves pour les différents protagonistes, mais aussi pour le village et les autorités françaises !

Sur ces fortes phrases, Ahmed est sorti de mon bureau d'une façon un peu trop théâtrale à mon goût.

Mouraoui a l'habitude devant moi de mettre le petit doigt sur la couture de pantalon. En l'espèce, il a plaidé sa cause tout feu tout flamme. Voilà dix ans qu'il avait perdu sa femme. Pour ménager leur fille Safia, il ne s'était pas remarié. Mais Safia est désormais pensionnaire au lycée de T., et lui il n'en pouvait plus de cette vie de célibataire, surtout depuis…

Il n'a pas fini sa phrase, mais la gorge ouverte de la pauvre Zohra était suffisamment présente dans ma mémoire pour qu'il n'ait pas besoin d'aller plus loin.

— J'ai envie d'épouser cette Aïcha, et, contrairement à ce que prétend ce salopard d'Ahmed, elle veut faire sa vie avec moi. Elle va avoir trente ans. Le fiancé qu'elle avait est décédé en France de je ne sais quelle maladie il y a des années. Avec tous les morts qui se sont accumulés dans sa famille, personne ne s'est mis à la recherche d'un nouveau mari pour elle. Elle dépérit sur pied, et moi aussi. Vous trouvez ça normal, mon lieutenant ?

Il m'a regardé, le visage soudain transfiguré :

— Je l'ai aperçue pour la première fois un jour de lessive dans l'oued. Nous faisions une patrouille avec le sergent Burguet, qui profite de toutes les occasions possibles pour se souvenir que nous avons mission de maintenir l'ordre auprès des femmes aussi. Toutes les femmes se sont détournées, sauf elle, qui nous a défiés du regard. Elle est grande, bien en chair, une chevelure abondante et luisante, et une bouche je ne vous en dis pas plus, mon lieutenant !

Il s'est arrêté pour vérifier que je l'écoutais bien.

— Il faut vraiment que ce soit vous, mon lieutenant, pour que je vous dise des choses aussi intimes. Et que je sois né à Aubervilliers, un endroit où on a moins peur des mots que dans ce bled de merde ! Mais je veux aussi que vous compreniez la situation : avec Aïcha, il s'est passé quelque chose d'important. Même si nous ne nous sommes jamais parlé ! Je l'ai dans la peau, ça, vous l'avez compris. Mais elle aussi, elle ne pense qu'à moi. Toujours elle s'arrange pour passer à proximité quand je suis en faction, les jours de marché ou devant le poste, et ses yeux brillants ne mentent pas.

Soudain il eut l'air accablé.

— Je ne sais plus quoi faire. On en a causé avec Safia, ma fille, dont je vous montre régulièrement les bulletins scolaires. C'est la seule personne au monde avec qui je peux parler de mes problèmes. Ça lui a rappelé une pièce de théâtre anglaise qu'elle a étudiée au lycée. L'histoire de deux familles qui interdisent à leurs enfants de faire leur vie ensemble, et finalement les amoureux se tuent. Safia m'a dit de ne pas me dégonfler. Il fallait que j'enlève Aïcha et que je disparaisse avec elle avant que ça se termine mal.

« Vous ne trouvez pas ça dégueulasse, l'attitude des Hamiche ? Cette affaire ne concerne qu'Aïcha et moi ! Son oncle Ahmed n'a même pas été foutu de lui dégotter un mari. Il ferait mieux de s'occuper de ses oignons ! Lui, il en a une, une femme, et des tas de gosses ! Qu'il s'occupe d'eux et nous laisse vivre notre vie !

Au terme de l'entretien, Mouraoui m'a juré qu'il ne renoncerait jamais à Aïcha. Tout au plus m'a-t-il promis de ne pas brusquer les choses.

Succession de rêves érotiques autour du trio du *Petit Parisien*. On m'avait bandé les yeux, et malgré tous mes efforts, je n'arrivais pas à reconnaître à qui appartenait le cou de pied dont je caressais le satin, le repli ombreux que je dévorais à pleine bouche et quelques autres attributs tout aussi puissamment féminins. Mes ignorances successives les faisaient glousser toutes les trois.

L'arrivée inopinée de la patronne les a fait s'enfuir. Celle-ci m'a sommé de lui décrire la couleur respective des yeux de mes trois chéries. Et comme je balbutiais des mots sans suite : « Vous voyagez comme une malle, mon lieutenant », répétait-elle d'un ton de plus en plus sévère. « Vous les prenez pour des choses, mes pauvres petites ! » Finalement, elle a appelé le cerbère qui sert de portier et de videur. Au moment où j'atterrissais sur l'asphalte, je me suis réveillé, furieux, mais trempé.

Ma tendresse coupable pour le caporal Mouraoui malgré ses côtés bravache. Parce qu'il est l'incarnation de l'inextricable où nous pataugeons tous ici.

Arraché à sa montagne pelée pour faire la guerre en Europe, exploité à mort, au sens propre, dans les tranchées, puis sur les chantiers, son père a vécu en France le mépris, l'humiliation et la misère. De retour chez lui flanqué de je ne sais combien de lardons, il a basculé du côté de ses maîtres pour ne pas avouer qu'il avait tout loupé. Pour ne pas perdre la face, il a joué la comédie de l'intégration réussie dans la capitale des colonisateurs, et cette farce, il l'a fait jouer à tous les siens ! Il a obligé ses enfants à oublier la honte du gourbi dans les fortifs, les sarcasmes des camarades à l'école, les coups de pèlerine des flics quand ils se risquaient à aller faire un tour à Paris.

Mouraoui, un jour, m'avait plus ou moins avoué tout ça. Il m'avait aussi expliqué qu'à son arrivée au pays, il parlait très mal l'arabe, un arabe bourré de tournures et de mots français. Tout le village se foutait de leur gueule. Le père avait alors décidé qu'on parlerait le français et rien que le français à la maison. À force de fréquenter les mômes de leur âge, bien sûr, les enfants avaient maîtrisé l'arabe, mais une sourde hostilité était demeurée avec les voisins. Lui surtout, l'aîné, qui avait vécu en France jusqu'à l'âge de treize ans, il s'était toujours senti un étranger chez lui :

— Chez moi ? Difficile à dire où c'est chez moi. En tout cas pas dans l'Ouarsenis, pas ici dans cette vallée de merde ! À Aubervilliers ou à Paris ? Même pas. Dans l'Algérie française, ça sûrement.

À la question : c'est quoi l'Algérie française ?, Mouraoui répond simplement :

— C'est l'endroit où je peux être et Algérien et Français !

Mal parti, le pauvre Mouraoui ! Heureusement il est lucide :

— Nous ne sommes pas nombreux à vouloir y vivre, dans l'Algérie française. Les colons maintenant font semblant, mais ils n'ont pas changé. Ils ne veulent rien partager avec les Arabes ! Et les Arabes, eux, ils ne savent pas ce qu'ils sont sinon qu'ils ne sont pas des Français.

Mais je m'en fous ! J'aime bien les îles désertes. Quand elle était petite, je lisais *Robinson* à ma fille pour l'endormir.

La seule fierté de ce type, c'est cette Safia. Il se saigne aux quatre veines pour qu'elle soit pensionnaire au lycée de T. Une gamine apparemment très brillante, qu'il couve d'un amour démesuré.

Safia, mais aussi désormais cette Aïcha avec qui il n'a jamais parlé autrement qu'avec les yeux. Aïcha qui a un tel besoin de tendresse et de vie que, dans sa petite balance personnelle, même son père tué par les Français ne fait plus le poids.

L'archiviste revient une fois encore sur le crime de la *femme sans tête* qui visiblement la fascine. Pour ma gouverne, comme elle dit, elle m'adresse le fac-similé d'un article paru dans *L'Écho d'Oran* du 5 mai 1930 :

Il y a cinq ans, dans une oliveraie aux portes de T., on découvrait le corps décapité d'une jeune et jolie femme. Cette macabre découverte avait d'autant plus ému l'opinion que l'enquête sembla longtemps piétiner. Oran se décida à envoyer sur place le fameux commissaire Antonioni. Lui et ses limiers établirent que la victime était une certaine Baya, une prostituée originaire d'un douar de la région de Biskra, sans pouvoir pourtant démasquer le coupable. Une lettre de dénonciation reçue par le procureur de la ville vient enfin, bien tardivement, de permettre l'identification du meurtrier. Il s'agit de Gaston B., le propriétaire d'une maison galante bien connue de T. À l'époque, il avait été mis hors de cause par les policiers à qui il avait fourni un alibi en béton.

On ne peut que se féliciter que la Justice passe, même s'il semble que l'intéressé, prévenu on ne sait comment, soit en fuite. Difficile, pourtant, de ne pas déplorer que cette histoire refasse surface le jour même où le Président de la République débarque en Algérie pour participer aux grandioses cérémo-

nies du centième anniversaire de la colonie. La coïncidence est pour le moins fâcheuse. La vérité, c'est que ce fait divers nauséabond aurait dû être depuis longtemps classé.

Jusque dans son dénouement, écrit l'archiviste, cette affaire me paraît emblématique de l'histoire de l'Algérie coloniale. Et elle conclut, lapidaire :

Retrouvera-t-on, le moment venu, la tête de la malheureuse victime ? Pour qui verrait dans ce fait divers une sorte d'allégorie de la colonisation, la réponse n'est pas sans importance. Où s'est-elle nichée, cette malheureuse tête coupée voilà tant d'années ?

Si elle ne m'avait pas adressé des photocopies d'extraits de la presse du moment, j'aurais juré que Florence Carliez avait inventé de toutes pièces cette histoire.

Comme chaque vendredi soir, Mouraoui m'a apporté la liste des gardes de nuit du week-end. En prenant congé dans l'entrebâillement de la porte de mon bureau, il a esquissé un mince sourire :

— Aïcha, a-t-il murmuré.

De petites lumières brillaient au fond de ses yeux sombres.

Bedjaoui ex-SNP Fatma, Mado la Française, Kader et ses bons sauvages, Mouraoui et son Aïcha... Dans cette vallée du bout du monde, des instants d'humanité percent de loin en loin la carapace de l'horreur quotidienne, grosses bulles affleurant pour ébaucher un signe minuscule et disparaître aussi vite.

4

En lorgnant à mon habitude vers la ferme Ligny, un être humain ! Sac tyrolien sur les épaules, il donnait l'impression de visiter les lieux, du pas tranquille qu'il aurait eu en arpentant le jardin des Tuileries. Ce n'était sûrement pas quelqu'un d'en face, et je ne voyais pas l'un des nôtres égaré là-haut ! Hypnotisé, j'ai suivi ses mouvements. Sans se presser, il a grimpé jusqu'au belvédère. De là, il a admiré la vue sur le barrage et la plaine de T. En esthète qui sait prendre son temps, puis il a porté à ses yeux une paire de jumelles qu'il a soudain braquée vers le poste. Comme pris en faute, je me suis reculé précipitamment.

Très excité, Mouraoui a surgi. Il était monté au pas de course de la place du marché qu'il surveillait comme chaque jeudi avec quatre ou cinq harkis. Avec son accent parigot des grands jours, il m'a informé que tous les regards étaient tournés vers la ferme Ligny, cherchant à déchiffrer ce qui s'y tramait. À l'œil nu, pourtant, la silhouette là-haut était quasiment imperceptible. Comme j'en avais eu plusieurs fois l'intuition, quelqu'un au village surveillait en permanence les environs avec des jumelles, prêt à réceptionner d'éventuels messages de ceux d'en face. Cette fois-ci, le spectacle était si imprévu que le guetteur n'avait pas résisté au besoin de faire part de sa découverte.

L'émotion ambiante démontrait, s'il en était besoin, que les villageois n'avaient pas passé par profits et pertes le drame survenu il y a six ans. Depuis, pourtant, du sang avait coulé sous les ponts des oueds !

— C'est un *fell*, mon lieutenant, répétait Mouraoui. Il nous nargue, ce salaud. Il a sûrement des petits camarades planqués pas loin. S'installer comme ça à la ferme Ligny ! Les ordures. Ils ne respectent rien, pas même la mort des mômes !

Comme de juste, Mouraoui voulait sur-le-champ former une patrouille et grimper pour déloger les intrus. J'ai été obligé de lui mettre mes jumelles sur les yeux pour qu'il se convainque qu'il n'y avait qu'un seul visiteur et que, selon toute apparence, il n'était pas armé.

Bientôt, du reste, la silhouette a disparu, avalée par le verger de la ferme devenu une sorte de jungle impénétrable.

Le capitaine Perrot ne sort pas de son projet de venger Lefèvre. La nuit, il est accaparé par la surveillance de la frontière. C'est donc en plein jour qu'il sillonne les djebels en compagnie de sa garde rapprochée. Avec l'espoir de tomber sur l'ennemi.

En général, il rentre bredouille. Les habitants ont compris depuis longtemps qu'avec les militaires dingues du genre Perrot et, dans le ciel, les avions maraudeurs, il valait mieux, le jour, éviter les zones interdites. De loin en loin, pourtant, il tombe sur un berger plus ou moins demeuré qui fait paître trois chèvres au fond d'un thalweg. Sur-le-champ, il le transforme en charogne cernée par les pierres.

Par la fenêtre de ma chambre, j'ai aperçu devant l'école Bechir en train de deviser avec Ali le camionneur. Rien que de très banal puisqu'Ali, en homme d'une complaisance digne de tous les éloges, se charge de faire des courses pour nous tous à T. où il descend chaque jour. Mais je croyais que Bechir le haïssait trop, en sa qualité d'ancien proxénète à Marseille et ici d'exploiteur du peuple, pour lui parler ainsi de façon décontractée et même deux ou trois fois éclater de rire. De nouveau, ont pointé des interrogations sur la personnalité réelle de Bechir.

Les services de renseignements de T. que j'avais alertés à propos de l'inconnu qui se promenait dans la ferme Ligny m'ont informé qu'il s'agissait d'un frère de Madame Ligny. Installé en Amérique, il s'était enfin décidé à venir régler sur place les problèmes successoraux en suspens depuis le drame. Sans rien dire à personne, il avait profité de son séjour pour louer une voiture et monter en pleine zone interdite faire un tour dans la propriété ou ce qu'il en reste, un endroit où il avait passé des vacances gamin. Quand ils avaient appris sa coupable imprudence, quelqu'un des services était passé le voir à l'hôtel. L'autre avait ricané ou peu s'en faut. De toute manière, il avait terminé les dernières formalités et était sur le point de repartir pour son pays d'adoption.

J'ai demandé au colonel Tauriac de m'accorder d'urgence une permission pour descendre à T.

Déjeuner avec John Mignard dans la salle à manger à bout de course de l'*Hôtel de Paris*. Un grand gaillard au bronzage parfait, pas encore la quarantaine, grillant l'une après l'autre ses cigarettes au pain d'épice. Il est devenu totalement américain, y compris quand il parle sa langue maternelle en en malaxant les voyelles avec un accent droit sorti des Montagnes Rocheuses.

Mignard a vécu son enfance à Oran, mais il passait régulièrement ses vacances dans la ferme de ses cousins Ligny, avec sa sœur Elisa qui a fini par épouser Paul Ligny et en est morte. À vingt ans, il avait décidé de quitter cette Algérie où, m'a-t-il dit, *je ne me sentais pas chez moi.* Tant qu'à faire de prendre le large, il s'est installé à San Francisco où il a créé une entreprise qui marche bien.

Jamais jusqu'ici il n'était retourné en Algérie, mais il avait gardé des relations suivies avec sa sœur et son beau-frère. Ceux-ci étaient même venus lui rendre visite avec leurs enfants peu avant les événements. Il leur avait parlé à cette occasion du départ en cours des Français du Maroc et de Tunisie, et il les avait fortement incités à quitter leur coin perdu avant qu'il soit trop tard. Il y avait plein de possibilités en Californie et il les aiderait à s'installer. Les autres n'avaient rien voulu entendre :

— Ils y étaient accrochés, à leur coin perdu. *Une montagne de cocagne*, répétait Paul. *Des rendements laitiers comme en Auvergne, un potager où tout pousse !* Et ma petite sœur chérie surenchérissait : *Un climat incroyablement tonique et, ce qui ne gâte rien, la plus belle vue du monde.* Même sur ce point, elle avait tort : de mon ranch dans les Rocheuses, vous verrez si vous venez me voir, le spectacle est encore plus magnifique.

La mine grave soudain, il me dévisagea :

— Les enfants, eux, auraient bien voulu venir. Ils détestaient ces va-et-vient continuels avec leur internat à Oran, et ils avaient adoré la côte Ouest. Mais ils ne faisaient pas le poids quand leur père y allait de ses mâles déclarations sur la responsabilité qui lui incombait envers les cinquante salariés qu'il employait.

Il éclata d'un rire sec :

— On a vu ce qu'ils en pensaient, les cinquante salariés ! Ma seule satisfaction, c'est qu'il ne reste rien des bâtiments et de tout ce qu'il y avait dedans. En cinq ans, tout est redevenu tel que c'était quand le grand-père Ligny avait débarqué de son Auvergne.

— Sauf les rosiers rouges du potager, ai-je fait remarquer. Ils ont fait des petits partout dans la vallée.

— Génial ! La famille n'aura donc pas passé soixante ans tout à fait pour rien dans le coin ! Reste qu'en fouillant partout dans ce lieu où j'ai quand même vécu toutes mes vacances jusqu'à l'âge de quinze ans, je n'ai pas été foutu de trouver un seul souvenir à emporter.

J'ai préféré ne pas lui parler de la patinette écrasée sous un monceau de tuiles cassées.

Au moment où je prenais congé, il n'a pu s'empêcher d'y aller d'un dégagement sur les deux petits :

— Ils étaient adorables, vous savez !

De son portefeuille, il a sorti une photo écornée. Effectivement, les deux garçons, sept ou huit ans sans doute sur le cliché, avaient de bonnes bouilles d'enfants sans histoires.

Alors que je prenais mon petit-déjeuner au mess, j'ai eu la surprise de voir se pointer John Mignard. Après une tasse de café, il m'a entraîné sous les palmiers du jardin.

— Je m'envole ce soir pour la Californie, a-t-il commencé, et je compte bien ne jamais revenir. Je n'ai plus la moindre attache ici en dehors des souvenirs horribles que vous imaginez. Hier j'ai eu l'impression que vous vous sentiez concerné par ce qui s'est passé à la ferme Ligny. Avant de prendre le large, je voulais vous faire part d'une question que je me pose depuis le drame.

Il a éprouvé le besoin de se concentrer avant de poursuivre.

— Bon, voilà : je n'arrive pas à comprendre comment le premier colon victime du FLN dans la région ait été un homme connu de tous pour être un *libéral*. Un libéral qui n'avait pas la langue dans sa poche, et qui, tout jeune encore, au grand dam de beaucoup de ses compatriotes, avait courageusement pris ses responsabilités pour que justice soit faite.

Il m'a alors raconté qu'en mai 1945, après les événements de Sétif et de Guelma où deux cents Européens avaient été massacrés et quinze à vingt mille personnes tuées en représailles par l'armée et des milices improvisées de colons, des ratonnades avaient été évitées de justesse à T. grâce à l'action du maire et de l'un de ses jeunes adjoints qui n'était autre que Paul Ligny. Des excités avaient réussi tout de même à faire la peau à plusieurs responsables du parti de Messali Hadj. Les coupables avaient été arrêtés et, contrairement à ce qui se passait habituellement dans ce genre de circonstances, ils avaient été déférés devant la cour d'assises d'Oran qui les avait condamnés à de lourdes peines. Dans cette affaire, la déposition implacable de Ligny avait été décisive. Cette attitude lui avait valu la fureur de beaucoup de colons, mais aussi des menaces de mort à répétition.

Devant cette marée nauséeuse de haine, Ligny et sa femme avaient décidé de quitter T. pour reprendre la gestion de la ferme familiale dans la vallée. Là-haut, ils s'estimaient en sécurité, entourés de leurs salariés et des gens des villages voisins avec qui ils avaient d'excellentes relations.

Lui, John, n'avait que dix-neuf ans à cette époque. Il n'avait pas été directement mêlé à cette affaire, mais il en avait suivi les péripéties et ç'avait été pour lui une raison supplémentaire pour quitter sans retour son Algérie natale.

— Comme je vous l'ai dit hier, j'ai vite compris que je n'étais pas chez moi ici. Paul, lui, pensait qu'avec le temps, les deux communautés trouveraient les moyens de bâtir une Algérie fraternelle. Une utopie absurde, la suite l'a assez démontré. Reste mon interrogation : ceux d'en face, comme vous les appelez, savaient qui étaient les Ligny !

Pourquoi alors ont-ils commis ou en tout cas revendiqué ce meurtre impardonnable ?

Il m'a regardé droit dans les yeux :

— J'ai questionné à droite et à gauche, sans résultat ! Pour moi, cette affaire demeure un mystère. Si vous apprenez quelque chose, soyez assez gentil pour me le faire savoir. Vous avez mon adresse à San Francisco, où de toute façon vous serez toujours le bienvenu.

5

Nos deux véhicules sont en panne depuis quarante-huit heures sans que le harki supposé avoir des connaissances en mécanique ait été foutu jusqu'ici de les remettre en état.

Le cuisinier a dû servir les rations fournies par l'Intendance en principe à l'usage exclusif des opérations. Il avait artistiquement empilé le contenu des éternelles boîtes de corned-beef sur l'unique plat en inox que nous possédons. Bechir, lui, avait une petite assiette en faïence rien que pour lui.

Delcourt nous a sorti un numéro assez drôle sur le gouffre culturel qui sépare le monde des rations FSE de celui des rations FSNA. Adorateurs de bestiaux matraqués contre sectateurs de bestiaux égorgés.

— Et le cochon, toubib, qu'est-ce que vous en faites ? a protesté Bechir avec un sourire.

L'occasion pour Delcourt, en paysan ou plutôt en exploiteur de paysans qu'il est, de nous expliquer une nouvelle fois, mais avec encore plus de détails, comment on égorge les porcs dans les fermes de son bocage.

— Incroyable, a-t-il conclu, sévère, à l'intention de Bechir : quand nous prenons la peine d'égorger pour faire comme vous, vous refusez de manger l'animal qui bénéficie de ce traitement privilégié. Comme par hasard ! Décidément, l'Algérie française est mal barrée.

— Je ne vous le fais pas dire, toubib, a énoncé Bechir.

Le sergent Burguet s'est décidé à lever le nez de son assiette.

— Je me permets, mon lieutenant, de vous faire part de ma ferme opposition à ce genre de plaisanteries. La situation est suffisamment difficile sur le terrain et à Alger pour ne pas en rajouter.

J'ai condamné Delcourt à aller chercher dans ses trésors la meilleure bouteille de calvados qu'il possédait. Un bon moyen pour donner satisfaction à Burguet sans punir Bechir.

Vêtu d'un vieux sarrau gris qu'elle a dû porter dans son usine textile à Roubaix ou à Tourcoing, la vieille Mado était en train de jouer les jardinières devant l'infirmerie.

Delcourt m'a appelé pour me montrer les arbustes qu'elle a déjà mis en terre des deux côtés de la porte. Quand je l'ai saluée, elle n'a pas même daigné lever les yeux vers moi. Dès qu'elle a cru que j'avais le dos tourné, elle a décoché à son médecin adoré un énorme sourire édenté qui disait : « On l'a bien eu, hein, ce salaud ! »

Bechir a cogné à ma porte tard dans la nuit. Il avait le visage défait comme s'il avait beaucoup pleuré. Du coin de fauteuil où il s'était assis, il m'a jeté :

— J'en ai plein le dos ! Plein le dos de ce bled, plein le dos de cette guerre, plein le dos de vous tous, ceux d'en face et ceux d'ici !

Il s'est penché vers moi :

— Et plein le dos de toi, mon lieutenant, il faut que tu le saches, ou plutôt que vous le sachiez. Fini les simagrées du tutoiement ! J'ai compris que vous vous méfiez de moi maintenant. Si, si, ne soyez pas hypocrite en plus ! Vous m'espionnez pour savoir si je fricote avec eux ! Ça, ça m'a blessé plus que je ne pourrais jamais le dire.

Il a éclaté en pleurs, et est sorti sans se retourner.

Ce brutal vouvoiement et la violence contenue de sa voix m'ont empêché de dormir.

Je suis passé à l'infirmerie en milieu de matinée, le moment où Delcourt ferme sa porte au nez des patients histoire de se payer un café et de griller une cigarette.

— Tu es un vrai dégueulasse, m'a-t-il jeté après que je lui ai raconté la scène d'hier soir. Ne pas faire confiance à Bechir !

Il s'est resservi une tasse de café, a allumé une seconde cigarette.

— Il faut que tu saches quelque chose que j'ai appris il n'y a pas si longtemps et que j'ai préféré jusqu'ici garder pour moi. Quand tu es arrivé, figure-toi, ceux d'en face ont décidé de te descendre un jour où tu serais dans la nature avec deux ou trois harkis. Pas un exploit très difficile avec un tireur de ton genre et des harkis du troisième âge. Ils avaient absolument besoin de se procurer des armes. Et puis, après l'accalmie de l'époque Floriot, il fallait qu'ils se fassent prendre à nouveau au sérieux dans les villages et chez leurs grands chefs à Oujda et à Tunis.

Il m'a dévisagé pour voir la contenance que je faisais.

— Bechir a fait le nécessaire pour qu'ils arrêtent leurs conneries. Par des canaux qui sont connus par tout plein de gens ici, depuis Hamiche ou Ali le camionneur jusqu'à ton grand copain Kader. Il savait à peine qui tu étais et pourtant il a pris le risque de se porter garant pour toi. Que tu puisses le suspecter, lui, ça me fout dans une fureur noire !

Sa voix s'est radoucie.

— Tu sais, Bechir a de petits problèmes de santé, pas si petits que ça d'ailleurs, une bonne occasion pour causer. Je crois que je commence à bien le connaître. C'est un type formidable.

Ses petits yeux madrés de paysan du bocage se sont plissés comme quand il s'apprête à sortir une vanne :

— Bon ! On tourne la page ! D'accord ? Quand tu as débarqué, Bechir s'est porté garant de toi devant ceux d'en face, eh bien maintenant c'est moi qui me porte garant de lui devant toi. Ça te va ?

J'ai acquiescé, et au dîner, Bechir a bien voulu me tutoyer comme si rien ne s'était passé.

Retour aux Trois Pitons pour les travaux d'entretien de la *nouvelle citerne*. Sur la falaise, en grosses lettres rouges, un slogan nouveau : *Tous Arabes de Bagdad à Tamanrasset*. Un détournement de l'inscription calligraphiée par les harkis lors de notre dernier passage : *Tous Français de Dunkerque à Tamanrasset*.

J'ai suggéré à Mouraoui de remplacer uniquement le mot « Arabes ». *Tous Français de Bagdad à Tamanrasset* ne manquerait pas d'allure. J'ai compris qu'il ne trouvait pas ça très drôle. À juste titre, bien sûr. On en est donc revenu au texte initial. Aux aigles royaux qui continuent à planer vaillamment au-dessus de ce paysage grandiose de défendre le statu quo s'ils s'en sentent le courage.

Kader est passé à l'agence postale chercher son courrier. J'en ai profité pour aller le saluer.

— Les nuits sont longues en ce moment, a-t-il dit. Je n'ai plus vraiment plaisir à lire mes revues. La *Préhistoire* elle-même commence à m'horripiler. Comme par un fait exprès, je ne tombe plus que sur des histoires affreuses, des squelettes torturés en Chine, des fosses remplies d'enfants sacrifiés…

« Bon, ça m'oblige à retrouver au fond de ma mémoire des poèmes ou des contes que je croyais perdus corps et biens. Tenez, cette nuit, m'est revenu un proverbe que sortait mon père quand nous nous laissions aller à nous apitoyer sur notre sort : *L'égorgé rigole de l'écorché.* Moins délicat que La Rochefoucauld, mais tout aussi subtil, vous ne trouvez pas ?

Il m'a dévisagé pour savoir ce que j'en pensais. J'ai acquiescé, et il a laissé filtrer sa satisfaction.

— Bon, c'est la petite note d'espoir que je voulais distiller dans l'air frais du matin afin d'éclairer nos journées respectives.

Sans un au revoir, il a ramassé son paquet de magazines et repris le chemin de sa cahute.

6

Écrite avec l'application du bon élève, la dernière lettre que j'ai reçue de mon copain Jean-Paul Martineau se terminait par cette phrase déchirante : *Je ne sais pas comment je vais continuer à vivre dans cet état.*

La Providence, sous la forme de quelques centaines de grammes de TNT, l'a libéré de cette interrogation. Comme chaque matin, il inspectait la frontière avec la Tunisie pour constater les éventuels passages de la nuit. La mine n'a pas raté son command-car. On l'a transporté à l'hôpital de Constantine, les deux jambes cisaillées. Huit jours durant, il est resté entre la vie et la mort. La Vie et la Mort. Je suis prêt à parier qu'il a décidé de faire gagner la seconde tellement il était à bout.

Son père, heureusement, ne se doute de rien. Il m'annonce la nouvelle sans lyrisme déplacé, avec des phrases simples qui m'ont fait pleurer. Incidemment, il m'indique que, par un tragique concours de circonstances, Jean-Paul avait négligé ce matin-là de garnir de morceaux de pneus le plancher de son véhicule, ce qui expliquait sans doute la gravité des blessures reçues.

On nous l'avait pourtant assez seriné à Cherchell, que, quand il y avait des mines dans le paysage, c'était le moyen le plus efficace pour que la tôle de la carrosserie ne vous découpe pas les jambes comme un ouvre-boîtes ! Martineau ne l'avait sûrement pas oublié. Seulement voilà : il n'était pas à bout, il était au-delà du bout.

J'ai beaucoup pensé à la mère de Martineau. L'une de ses obsessions, selon Jean-Paul, c'était de donner à chacun de ses enfants exactement la même ration d'amour. Ça n'était pas de tout repos avant. Ça va devenir coton.

Ces réflexions m'ont renvoyé à ma mère. Fille de mort pour la France, femme de mort pour la France, elle est bien préparée, elle, à faire une mère de mort pour la France. Le triplé gagnant auquel, parfois, je me dis qu'elle aspire, histoire de ne plus vivre dans l'attente crucifiante d'une mauvaise nouvelle de plus.

7

Longue conversation avec Kader. L'un comme l'autre, même si cinquante ans nous séparent, nous éprouvons, je crois, le même épuisement. Chaque jour un peu plus, nous avons l'idée que cette façon que nous avons, chacun à notre place, d'essayer de mettre des grains de sable dans les engrenages ne sert à rien.

Je ne sais pourquoi, mais il a bien voulu enfin répondre aux questions que je lui avais plusieurs fois posées sur son rapport à la culture arabe.

— En arabe classique, je suis un autodidacte complet. Tout gamin, j'avais été à l'école coranique de mon village. La répétition indéfinie de sourates auxquelles on ne comprend rien, a de quoi vous dégoûter de la religion et de la langue, surtout quand, après, on se retrouve à l'école française et qu'on y prend son pied. Ce n'est que trente-cinq ans plus tard, après les massacres de Sétif, que j'ai éprouvé l'envie de me mettre pour de bon à l'arabe. Je venais à ma demande de quitter mon poste doré à Alger pour aller dans une école du bled. Malheureusement, là où j'avais échoué, il n'y avait pas un seul lettré digne de ce nom. Le type qui tenait l'école coranique était un âne pas même bâté.

« Il m'a donc fallu entreprendre tout seul le boulot, avec

les bouquins épars que j'avais pu dégotter chez deux ou trois bouquinistes d'Orléansville, la ville la plus proche. À la fin des cours, je m'asseyais à un pupitre au fond de la salle de classe où j'avais enseigné toute la journée. Parfois j'allais au tableau pour écrire des bouts de textes qui me paraissaient importants. Pour ne pas me sentir seul ! Mieux valait penser à effacer mes gribouillis avant la classe du matin ! Je ne sais qui un jour m'a dénoncé, mais j'ai dû jurer cracher devant l'inspecteur que je n'enseignais pas subrepticement à mes élèves des rudiments de cette langue interdite de cité.

« Au bout de trois ou quatre ans, j'ai commencé à me débrouiller… L'arabe classique, il faut le dire, est une langue sublime. Les poètes que j'ai alors découverts m'ont quasiment détourné du grand Hugo pour qui j'aurais auparavant donné ma vie, et même peut-être mon âme si je peux formuler ce blasphème abominable…

« Bon ! Rassurez-vous ! Je n'ai pas trouvé en arabe un autre Voltaire ou bien un Tolstoï. Que je le veuille ou pas, j'ai un pied des deux côtés. Ce qui m'a valu souvent de me faire envoyer à la figure par des compatriotes le vieux proverbe arabe : *On ne peut pas mettre deux sabres dans le même fourreau.* Mais trêve de souvenirs ! Lisez le vieil Abd el-Moussa et vous m'en direz des nouvelles ! Même en traduction, on y ressent la violence de l'amour et de la vie !

J'ai promis de me mettre en chasse des bouquins de ce type dont le nom même ne me dit rien.

Profitant du climat de confiance instauré entre nous, j'ai voulu lui faire le point de mes interrogations personnelles face à la guerre. Kader a été très clair :

— Je ne rechigne pas, en général, à aider les autres à *porter leur croix*, comme vous dites. Mais le rapport des Français à l'Algérie, à leur Algérie et à la mienne, c'est leur affaire. Leur affaire à eux !

Il a conclu, lointain tout à coup :

— Voyez ça *entre vous* !

Le charnier découvert au-dessus de Fort National fait encore la une de *L'Écho d'Oran*. Deux cents cadavres, juste une *mechta* comme tant d'autres dans la montagne kabyle. Par tirs croisés de communiqués repris par les agences du monde entier, le FLN et l'Armée française continuent à s'en disputer âprement la non-paternité.

Au *Petit Parisien*, les filles ont un vrai plaisir à jouer avec mon képi. Il faut dire que son bleu pastel est d'une exquise féminité. Quand le salon est vide, la plus délurée des filles présentes, à la force des baisers, me l'arrache des mains et l'envoie comme un ballon à l'une de ses camarades qui à son tour le renvoie d'un geste gracieux. « Arrêtez de faire des passes, les filles ! » lance immanquablement une maligne, et la remarque fait toujours glousser alentour.

La patronne n'aime pas ce désordre :

— Vous voulez me mettre la honte, les filles ! Arrêtez vos bêtises et vite !

Avant qu'elle ait réussi à ramener l'ordre, il y a toujours une délurée pour exhiber un petit bout de jupon ou de soutien-gorge d'un bleu presque pareil à mon malheureux képi. En haussant les épaules, la patronne m'entraîne jusqu'au comptoir et elle me sert le verre de martini auquel j'ai droit. En fait, elle profite de toutes les occasions pour trinquer avec les clients avant qu'ils en viennent à ce qu'elle appelle de sa voix rauque *les choses sérieuses*.

Aujourd'hui, Nadia, celle qui me fait décidément le plus d'effet avec sa chevelure rousse qui sent la vanille, m'a fait la faveur d'ouvrir l'armoire à glace qui lui est affectée dans la chambre où elle officie. Sur la planche du haut se trouve la collection de képis qu'elle a amassés au fil de ses campagnes. Des képis de lieutenants pour l'essentiel, des noirs, des bleu nuit, des rouges et même des verts de je ne sais quelle arme. Elle m'en a fait toucher la texture en égrenant des noms d'une voix émue. Le pauvre, commentait-elle parfois en murmurant très bas des noms de batailles oubliées.

— En général, les types me donnent leur képi au moment où ils changent d'affectation. Un cadeau de départ en quelque sorte !

Et se jetant soudain dans mes bras :

— Je suis sûre que tu vas faire ça avec moi, toi aussi, mon lieutenant ! Le moment venu, bien sûr, mais il arrive toujours très vite, ce moment-là !

Les yeux soudain embués, elle m'a entraîné vers le lit.

Réponse circonstanciée de Pinelli à la bouteille à la mer que je lui avais adressée. Il dirige maintenant une école primaire dans la banlieue d'Amiens. C'est donc huit ans qu'il a passés ici, de la rentrée 47 jusqu'au 23 mai 1955, précise-t-il. Pratiquement son premier poste. Il en était encore dans son département à faire des remplacements quand il était tombé sur une circulaire demandant des volontaires pour l'Algérie. Tout de suite il avait posé sa candidature, et jamais il n'avait regretté ce coup de cœur.

Au début, les conditions de vie étaient dures : pas d'électricité ni de téléphone, bien sûr, une piste en terre depuis le bas de la vallée, un ravitaillement chaotique. Son prédécesseur n'avait pas tenu le coup. Comme il le dit dans son jargon, il avait eu beaucoup d'élèves *sympathiques et consciencieux*, mais aussi quelques *excellents sujets* pour qui il avait obtenu des bourses au collège de T. L'un d'eux était le plus jeune fils de la famille Hamiche, Ahmed, un garçon intelligent et très attachant, qui avait été jusqu'au BEPC avant de trouver un poste au service comptable de la sous-préfecture. C'est en apprenant en avril 55 qu'Ahmed avait rejoint le maquis qu'il avait compris que les événements se déroulant depuis la Toussaint 54 étaient graves.

Dans la nuit du 21 au 22 mai 1955, d'une fenêtre de son appartement au-dessus de l'école, avec sa femme il avait assisté à l'incendie de la ferme Ligny. Il s'était barricadé comme il avait pu pour la nuit. Le lendemain matin, à l'aube, il avait fourré sa femme et leurs trois enfants dans sa voiture et était descendu ventre à terre jusqu'à T. Dans l'après-midi, il était remonté seul avec les gendarmes. Ceux-ci avaient procédé à un premier constat du drame, puis réclamé des renforts avant de s'enfermer à ses côtés pour la nuit.

Le lendemain, on lui avait laissé faire sa classe. Sa dernière classe, comme chez Daudet ! Jamais il n'oublierait comment les mômes s'étaient arrangés, ce jour-là, pour qu'il n'y ait pas un moment d'inattention, pas une conversation dans un coin. Avant de donner le signal de la fin, sur le tableau noir, il avait écrit : *Aimez-vous les uns les autres !* Jamais il n'avait compris pourquoi, à lui, un laïque impénitent, c'était cette phrase-là qui était venue, une phrase évidemment incompréhensible pour les enfants, même si ceux qui savaient écrire l'avaient soigneusement calligraphiée dans leur cahier.

Toute la journée, les gendarmes avaient interrogé les gens dans les villages. Ils étaient revenus dormir à l'école. Le lendemain aux aurores, il était redescendu à T. dans leur camionnette en emportant les quelques affaires qu'il avait pu rassembler.

Un mois plus tard, il était nommé à Amiens. Après huit années magnifiques, ce séjour algérien s'était ainsi terminé de façon consternante : le massacre des Ligny quasiment sous ses yeux et l'abandon de ses élèves. « J'ai dû partir comme un voleur », concluait-il.

Dans un post-scriptum, Pinelli me demande des nouvelles de ceux de ses élèves dont il a gardé le souvenir, une quinzaine de noms, ceux, j'imagine, à qui il avait obtenu des bourses. Selon l'employé qui me sert tant bien que mal de secrétaire, la plupart sont morts ou ont disparu dans la nature.

Cet après-midi, nous avons accompagné, le toubib et moi, la patrouille de harkis qui, chaque jour, accueille sur les bords de l'oued les villageois, retour des potagers, et leur rappelle que la France est installée ici, chez elle, pour toujours.

Soudain, tout contre la koubba de Sidi Ahmed, Delcourt s'est rué vers un figuier piqueté de boules violettes. Sans plus nous prêter la moindre attention, il s'est mis à investiguer à pleines paumes les fruits quasiment mûrs. Je lui ai fait remarquer que le plus débauché des clients d'un bordel n'oserait pas se montrer aussi impudique avec les mamelles d'une fille.

— Mais nous sommes dans l'univers de l'obscénité la plus délirante ! a-t-il rétorqué. Les singes bonobos sont des enfants de chœur comparés aux figuiers.

Il m'a mis quasiment le nez sur une grosse figue aux indéniables contours de testicules. D'un geste très doux, il a ensuite ouvert le fruit et m'a fait admirer la beauté de la vulve qui s'était formée. Puis, en s'armant d'une brindille, il a entrepris de m'expliquer la mécanique des pénétrations par les moucherons minuscules qui, d'abord œufs, puis larves, enfin adultes reproducteurs, se livrent à de multiples et indispensables allers-retours entre les diverses cavités des futures figues. Je n'ai pas compris grand-chose à son exposé sinon que l'odeur à la fois moite et légèrement acidulée que dégageaient les muqueuses rosacées du fruit n'était sûrement pas due au hasard.

Son explication achevée, Delcourt a mordu à belles dents dans la pulpe qui avait hébergé les cabrioles dont il venait de me faire la description.

— Fameux, a-t-il tranché. Goûte !

Difficile de ne pas avoir l'appétit coupé par ses histoires ! Mais j'ai avalé tout de même la portion de fruit qu'il me fourrait dans la bouche.

— Tu vas voir, m'a-t-il promis, tu vas finir par devenir un grand garçon à force de fréquenter cette vallée.

Par un petit mot de dix lignes, l'archiviste attire mon attention sur un détail sur lequel elle vient de tomber, un détail *minuscule, mais significatif* dans l'affaire de la ferme Ligny, dont elle a compris à quel point elle revient dans mes pensées. Toute la presse avait expliqué que les quatre victimes avaient été égorgées, et telle avait été la version reprise devant la cour d'assises. Or l'avant-projet de procès-verbal de l'enquête, que Florence Carliez vient de retrouver, parlait de *mort par arme à feu*.

> *Ça ne modifie pas la réalité accablante du crime, conclut-elle. J'ai du mal pourtant à accepter qu'on ait modifié un élément si substantiel de l'enquête des gendarmes. Quelqu'un quelque part a considéré qu'il fallait en rajouter dans l'horreur pour provoquer une indignation suffisante chez les honnêtes gens, en Algérie comme en métropole.*

8

Le capitaine Perrot perd de plus en plus la tête. Il lui arrive maintenant d'emmener son équipe de tueurs dans notre vallée. J'ai fait dire aux notables de bien veiller à ce que nul ne monte renifler l'air natal dans l'un des villages ou des hameaux évacués.

Ce matin, malheureusement, la joyeuse bande a eu *un contact*, comme ils disent dans leur jargon. On a entendu les coups de feu loin vers les hauts plateaux, puis une demi-heure plus tard, Perrot a débarqué au poste avec un type salement amoché sur le siège arrière de sa jeep.

— Il se planquait dans le village du haut, m'a-t-il expliqué. Quand il nous a entendus, il a détalé. Mais il n'a pas pu filer très loin ! C'est un type de chez Belhocine, j'en suis sûr. Un agent de liaison. Il avait des tracts dans une poche. Je l'ai interrogé, mais jusqu'ici il l'a bouclé. Que votre toubib lui refasse une beauté avant qu'on recommence à lui poser deux ou trois questions.

Le blessé avait pris une balle dans la jambe, mais il avait surtout des coups de crosse dans la gueule, et il pissait le sang de partout. Je l'ai fait installer à l'infirmerie. Appelé en catastrophe, Delcourt a entrepris ce qu'il pouvait sur la table d'opération. Perrot était resté à ses côtés. Le type se tordait de douleur. Tu vas le dire ! hurlait Perrot. Tu vas le dire enfin, où elle est, cette cache !

À un moment, Delcourt, si calme et bien élevé d'habitude, a brandi ses mains pleines de sang sous le nez du capitaine :

— Bon, ça suffit ! Ici le patron, c'est moi ! Dehors maintenant !

C'était dit avec une telle violence que Perrot a obtempéré. Sur le pas de la porte, tout de même, il s'est retourné :

— Ne forcez pas votre talent, docteur ! a-t-il ricané. De toute manière, faites-moi confiance. Quoi que vous fassiez, ce salaud n'ira pas loin, je vous le jure !

Heureusement le salaud en question a eu la bonne idée de claquer sur la table d'opération.

VI

RETOUR DE FLAMME

1

Ils ont tué Mouraoui. J'emploie le pluriel par une lâche facilité, histoire de prononcer le plus tard possible le nom du coupable. La réalité est pourtant simple : le commandant Belhocine a tué Mouraoui. De sa main. Au mépris de la parole donnée !

Depuis mon arrivée dans la vallée ou presque, une convention tacite nous liait. Nous ne nous sommes jamais parlé, même par émissaires interposés. Pourtant, un pacte de non-agression avait été passé. Ce pacte, sans un mot d'avertissement, Belhocine a pris la responsabilité de le faire voler en éclats.

Jamais je ne l'ai rencontré, ce type, ni même aperçu. De lui, je ne connais que la mauvaise photo d'identité qui figure sur sa fiche de police, une de ces photos de casier judiciaire qui montrent des voyous tous pareils sous leur crâne tondu. Plusieurs fois, Bechir m'a expliqué que nous nous étions croisés au village, certains jours de marché où il prenait le risque de débarquer du djebel pour montrer à la population qu'il n'avait pas peur des Français.

Enveloppé dans sa djellaba couleur de muraille, il ressemblait à tous les autres. Et comme tous les autres, tous les autres à travers la planète, dès que sa fureur ou ses intérêts l'ont exigé, il a piétiné la parole donnée.

Dans le virage d'Aïn Raissa, le car a été stoppé par cinq de ses hommes qui sont montés à bord. De l'extérieur, Belhocine a ordonné à Mouraoui de le suivre. Ce que ce dernier a fait crânement en écartant les types qui voulaient le saisir par les épaules. À vingt mètres de là, Belhocine s'est retourné et il lui a tiré une balle dans la tête. Il a pris la peine de revenir jusqu'au car. Aux passagers toujours tenus en respect par ses sbires, il a jeté :

— Ainsi meurent les traîtres !

Puis il a disparu avec ses hommes dans les épineux qui bordent la route à cet endroit.

Tout s'est passé en cinq minutes.

Pour la première fois, je me suis senti en phase avec Burguet. Dans l'heure qui a suivi l'assassinat, nous avons préparé une opération de ratissage du côté d'Aïn Moussaoud, l'endroit où l'on avait peut-être une chance de coincer Belhocine.

Burguet est parti avec la moitié des harkis, les plus baroudeurs. Il passera la nuit là-haut, et plus longtemps si nécessaire. Avec quartier libre pour abattre les meurtriers.

J'ai parlé avec les supplétifs restés au poste avec moi. Ils n'arrivent pas à comprendre que je ne les laisse pas faire deux ou trois cartons dans le village. Même les plus pacifiques voulaient se payer tout de go Ahmed Hamiche. Aucun doute pour eux, c'est lui qui a manigancé la mort de leur caporal-chef. Pas grand doute non plus pour moi, et une envie pas si différente de la leur. Mais que recommence dans la vallée le processus de la citerne, ça, non !

L'horrible *soif de vengeance*. Une soif, pas une faim ! Comme toujours, la langue sait de quoi elle parle.

Étrange que cette citerne, qui gâche mes jours depuis que je vis ici, m'aide à garder la tête un peu froide dans ces circonstances.

Au village, chacun s'est terré, redoutant une opération de représailles comme il y en a eu tant dans le passé.

J'ai averti le conseil des anciens que jusqu'à nouvel ordre les villages et les centres de regroupement étaient bouclés. Des unités militaires allaient intervenir en plusieurs points du djebel. Il fallait que la population se tienne à l'écart des zones d'opération. Le temps qu'il faudrait pour châtier les assassins.

Ce mot *assassin*, jamais je ne l'avais employé devant les gens du village. Ma bouche l'a prononcé sans fourcher.

Pourquoi Mouraoui avait-il fait la connerie de monter dans le car bétaillère qui descend chaque matin à T. ? Jamais jusqu'ici il n'avait commis une telle imprudence.

Soudain je me suis souvenu qu'il m'avait annoncé, il y a longtemps déjà, qu'il devait absolument être à T. aux côtés de sa fille le jour de son anniversaire. Or, pour je ne sais quelle raison, le convoi hebdomadaire du régiment de la frontière, qu'il aurait dû emprunter, avait été reporté de vingt-quatre heures. Mouraoui s'était alors résolu à emprunter le seul mode de transport disponible ce jour-là. Pour une fois, avait-il dû se dire…

J'ai tenu à distance Bechir tout au long de ces heures difficiles.

Dès qu'il avait appris la nouvelle, pourtant, abandonnant

sa classe, il était accouru. Il devinait dans quel état j'étais. Sèchement, je l'avais prié de repasser plus tard, quand j'aurais fini de mettre au point notre réponse à ce que j'ai appelé, en le fixant droit dans les yeux, *la déclaration de guerre des fells*.

En fin d'après-midi, nous nous sommes enfin parlé. Bêtement, il a tenté de me démontrer que Belhocine n'avait pas voulu compromettre de façon irrémédiable son pacte avec moi.

— Il a exécuté Mouraoui comme un homme, il ne l'a pas égorgé ainsi qu'il fait dans ce genre de circonstances. C'est un signe qu'il t'a adressé !

J'ai explosé. Ce genre de signes, il pouvait se les garder, son ami Belhocine !

Bechir a violemment rougi :

— Belhocine n'est pas mon ami ! Tu n'as pas le droit de dire ça !

D'une voix aussi glaciale que possible, je l'ai prié de me laisser seul.

Avant de me coucher, pourtant, je me suis décidé à frapper à sa porte. Pour marquer sa fureur, il avait remplacé son éternelle Édith Piaf par Oum Khaltoum.

Il faut dire qu'il avait presque autant de raisons que moi d'être bouleversé par cette histoire. Depuis nos premières conversations, c'est lui qui avait joué obstinément le rôle du messager discret entre ce qu'il appelle *les deux rives*. Un messager un peu spécial puisque, apparemment, aucune des deux rives ne lui avait confié le moindre message à passer…

Après nous être parlé de façon méchante durant cinq minutes, nous nous sommes calmés.

— Mouraoui en avait trop fait ces dernières semaines, m'a-t-il répété. Plusieurs fois, je l'avais averti de se méfier. Les villageois lui en voulaient à mort depuis cette histoire avec Aïcha. Se mettre en tête, lui, le caporal-chef de la harka, d'épouser la fille d'un des frères Hamiche ! Un *martyr*, comme on dit ici, un combattant que les Français ont liquidé comme le dernier des chiens ! Mais Belkacem était devenu sourd à tout avertissement, et il ne cessait de revenir à la charge.

En nous séparant, nous avons échangé un regard triste. La mort de Mouraoui, nous le devinions, avait creusé entre nous un fossé qui n'était pas près d'être comblé. Et pourtant nous étions d'accord sur l'essentiel, les imprudences de Mouraoui, l'irresponsabilité de ceux d'en face, la certitude que désormais toute mort nouvelle n'aurait pas la moindre influence sur l'issue des événements.

Retour des harkis. Harassés et bredouilles. Burguet très calme et professionnel.

— Ces salopards ont fait l'erreur de sortir du bois, dit-il. L'état-major va enfin s'intéresser à notre coin de djebel et nous envoyer les paras. *Ceux d'en face*, comme vous les appelez, mon lieutenant, vont en prendre plein la gueule !

Dans l'après-midi, enterrement de Belkacem dans le coin du cimetière que les notables du village ont bien voulu lui concéder, derrière un rideau de cactus étiques, pas très loin de la malheureuse Zohra. Seuls étaient présents sa fille et les quelques anciens combattants plus ou moins gâteux qui n'ont pas encore été descendus.

Le caporal-chef né à Aubervilliers et grandi dans l'Ouarsenis a eu droit de ma part à l'éloge funèbre dû à un vaillant petit soldat mort au service de la France. Puis les honneurs militaires lui ont été rendus par ses compagnons harkis. L'un d'entre eux portait, accrochée sur une planchette recouverte d'un tissu noir, la « Valeur militaire » que le lieutenant Lefèvre lui avait agrafée sur la poitrine par une belle matinée de printemps. Pour clore la cérémonie, le sergent Burguet a fait décharger les pistolets-mitrailleurs vers le ciel.

Durant toute la cérémonie, pas un bruit ne montait du village. Les gens voulaient qu'on sache toute la haine qu'ils portaient au défunt. Sitôt la pétarade finale intervenue, la vie a repris. Dès demain, la route vers T. va être rouverte.

En rentrant, je me suis enfermé dans ma chambre.

Abattement, amertume, fureur.

À la nuit tombée, Safia, la fille de Mouraoui, s'est glissée jusqu'au poste et a demandé à me voir. Elle avait mis un voile pour se faire aussi discrète que possible. La sentinelle l'a installée dans la cuisine avant de venir me prévenir.

Devant moi, sans la moindre gêne, Safia a retiré son voile. Je l'avais aperçue de loin quand j'allais prendre le thé chez son père. Depuis la mort de sa mère, elle veillait sur Belkacem. Elle venait de sortir de l'adolescence. Une peau piquetée d'acné et des sourcils trop fournis déparaient à peine un visage à l'ovale parfait. Ses yeux sombres étaient magnifiques, d'autant plus irrésistibles qu'ils avaient beaucoup pleuré. Du haut de ses dix-sept ans, d'entrée de jeu elle m'a apostrophé :

— Mon lieutenant, qu'est-ce que vous comptez faire pour mon père ?

J'ai essayé de tergiverser en parlant de l'information judiciaire déjà ouverte à T. et de la pension que toucherait la famille. Elle m'a coupé sèchement :

— Belkacem s'est battu pour vous. Il avait choisi son camp. C'est à vous de le venger maintenant !

Comme son père me l'avait fièrement expliqué, elle parlait un français impeccable. Depuis toute petite, il ne lui avait parlé que dans cette langue. Il lui avait obtenu une bourse pour qu'elle continue ses études au lycée de T., la seule fille de la vallée, la seule de ces montagnes sans doute. Plusieurs fois, il m'avait fait lire ses bulletins scolaires bardés de remarques dithyrambiques.

— C'était mon père, a repris Safia, d'une voix qu'elle ne parvenait pas à rendre aussi déplaisante qu'elle l'aurait voulu. Ils l'ont descendu, comme des lâches qu'ils sont. Il faut qu'ils payent !

Avant de partir, elle a remis son voile d'un geste négligent :

— Au lycée cette année, on nous a fait étudier *Antigone*, la pièce d'Anouilh. Moi aussi, je veux enterrer comme il faut ! Et je le ferai !

Je ne voyais plus que ses yeux brillants qui me fixaient, bien décidés à aller jusqu'au bout.

2

Depuis l'assassinat de Mouraoui, Kader avait préféré rester chez lui avec ses courgettes et son Voltaire. En fin d'après-midi, il est enfin passé sous prétexte de retirer l'une des revues auxquelles il est abonné.

— Dieu sait que je n'aimais pas ce Mouraoui, m'a-t-il glissé à mi-voix. Mais je suis de tout cœur avec vous dans ces moments difficiles.

Il a esquissé un petit sourire :

— Comme nous disions dans les tranchées pleines de cadavres, tout va très bien, mon lieutenant !

Indifférente à nos petits soucis, l'archiviste a couvert à mon intention, de sa petite écriture d'enfant sage, trois feuillets sur ce qu'elle appelle *l'affaire de la malle postale de T.*

— Vous voulez des histoires de ce bout de pays ? dit-elle. En voici !

Le vendredi 12 septembre 1856, explique-t-elle, vers trois heures du matin, la diligence qui venait de quitter T. pour Oran fut attaquée par une quinzaine de cavaliers enveloppés dans leurs burnous. Un personnage très important de l'administration locale mise en place par les Français fut assassiné avec son interprète.

Après avoir privilégié la thèse du brigandage, l'enquête aboutit à une conclusion insensée : le meurtre avait été commandité par le chef du bureau arabe de T. Ce capitaine Doineau était le supérieur hiérarchique de la victime. Au fil des témoignages, il apparut qu'il administrait sa circonscription comme un satrape prévaricateur et assassin. L'accusé et ses complices furent déférés à la Justice.

> *Et que pensez-vous qu'il arriva ?* interroge l'archiviste. *La suite au prochain numéro ! Pas de raison après tout, dans cette contrée arabo-musulmane, de ne pas jouer les Schéhérazade ! Bien à vous.*

Un *Post-scriptum* prolonge la lettre :

> *Ne trouvez-vous pas que tous les ingrédients sont présents pour tirer de cette aventure un palpitant western ? Hélas, je crains que les Sioux d'ici n'aient pas la même envie que leurs camarades du Middle West de jouer devant les caméras. De toute manière, les autorités militaires ne donneraient pas les autorisations nécessaires à l'équipe de tournage, vous comprendrez pourquoi si vous avez la patience de suivre le scénario jusqu'au bout.*

J'aime bien, décidément, le ton décalé dont elle use dans sa correspondance, et je le lui ai écrit en lui posant deux ou trois questions sur le métier bizarre qu'elle s'est choisi. Lors d'un de mes séjours à T., il faut que je me décide à aller voir à quoi elle ressemble.

Kader est repassé ce matin au poste. Sans avoir d'alibi cette fois ! Je l'ai fait asseoir dans l'un des fauteuils en osier que j'ai installés sous l'auvent qui flanque la porte menant à mon bureau. Un endroit qu'on ne peut pas voir de dehors.

D'entrée de jeu, il a mis la conversation sur le commandant Belhocine. Savoir plus précisément qui il était m'aiderait peut-être à mieux comprendre la situation et à faire ce que je pensais le moins mal pour tout le monde. Il ne cherchait pas à excuser l'acte commis. C'était une impardonnable folie, mais il fallait tout faire pour que cet acte ne relance pas la spirale meurtrière.

Il se trouvait que Kader avait été ami d'enfance du père de Belhocine, un paysan plutôt moins misérable que la moyenne. Quand il revenait l'été passer ses vacances au village, les deux hommes se rendaient volontiers visite. Chaque fois, le petit Ahmed trouvait le moyen de se planter près d'eux et, l'air de rien, de suivre leur conversation.

Au village, Kader s'habillait souvent à l'européenne. Les habitants n'y trouvaient rien à redire, et ils tiraient même une certaine fierté de ce concitoyen dont la tenue exotique attestait qu'il avait réussi dans la vie. Curieusement, c'est le petit Ahmed qui, le premier, lui avait posé une question vaguement insolente sur les raisons pour lesquelles il ne s'habillait pas comme tout le monde.

Plus tard, Kader avait pris l'habitude de s'entretenir avec ce garçonnet vif et bien doué. Il lui avait expliqué ce qu'il faisait, lui, en sa qualité d'instituteur, et les vies passionnantes qu'on pouvait choisir une fois qu'on savait parler et écrire le français. À son père, il conseilla de l'inscrire dans l'école qui fonctionnait un peu plus bas dans la vallée. Mais le gamin refusa tout net. Il allait à l'école coranique et il était l'élève préféré de son maître. Peut-être ce dernier l'avait-il influencé, mais ce n'était même pas sûr. En fait, le petit Belhocine ne supportait pas l'idée de ces étrangers, de surcroît des infidèles, qui imposaient sans vergogne leurs vêtements, leur langue, leurs écoles. Plus tard, il était parti étudier à la medersa de Constantine auprès d'un disciple du cheikh Ben Badis. Dès le début des événements, il s'était engagé dans la lutte, déterminé, intelligent, courageux, brutal, mais juste.

— Enfin, juste, peut-être pas, corrigea Kader, mais soucieux d'apparaître comme juste, si ! Il faut garder ça en tête si l'on veut entretenir avec lui, même de loin, un minimum de dialogue. Il est clair que Mouraoui a été inconscient et provocant en s'intéressant à cette Aïcha dont le père a été tué par le capitaine Nogués, son ancien patron comme chacun s'en souvient au village. Ce qui n'empêche pas la réaction de Belhocine d'être une horreur, et une horreur irresponsable dans le contexte actuel !

Il s'est penché vers moi, a baissé la voix :

— Je vais vous confier un secret qui peut-être vous aidera à comprendre. Elle concerne l'assassinat des Ligny qui est pour vous une telle arête dans la gorge. Voilà : ce n'est que huit jours après le meurtre que le Front en a revendiqué la paternité par un tract expédié aux journaux. Auparavant il y avait eu des débats internes pour savoir s'il fallait couvrir l'initiative de ce fou de Lattache. Soucieux d'apparaître comme l'unique acteur du combat pour l'indépendance, le Front a finalement décidé de prendre la responsabilité de cette affaire ignominieuse, mais son initiative a été contestée par certains responsables, y compris, d'après ce que j'ai appris à l'époque, par Belhocine qui n'était alors que le numéro 3 ou 4 du maquis.

Il s'est levé.

— Je vous ai assez ennuyé avec mes histoires. Il y a quelque temps déjà que je voulais vous dire ça. Cette fois-ci, je vous ai vidé mon cœur. Mieux vaut pour tout le monde ne plus jamais reparler de ces choses entre nous. À très vite, *inch Allah* !

Ce que Kader venait de dire m'avait un peu pris de court. Déjà il s'éloignait et j'ai dû me résigner à émettre in petto un *inch Allah*, tout aussi efficace après tout puisque le Destinataire lit à livre ouvert dans les cœurs.

3

Sans prévenir, une équipe de la Sécurité militaire de T. s'est pointée en milieu de matinée. Pas question de laisser l'assassinat du caporal Mouraoui impuni, m'ont-ils expliqué. Pour la forme, ils m'ont posé quelques questions. Ils ont fait aussi venir le sergent Burguet et plusieurs des harkis. Il n'y avait rien à apprendre de plus que les faits consternants que j'avais sur-le-champ communiqués par radio. Enfermés dans mon bureau, ils ont fait semblant de préparer leur plan d'action. Évidemment, ils savaient par avance où ils allaient.

— Celui qu'on devrait buter en priorité, m'a dit le chef de l'équipe, un capitaine au visage poupin, c'est votre camionneur, Ali Resbane. Il n'y a pas plus fellagha que lui dans votre vallée ! Mais il a ses entrées à la préfecture et il est malin comme un singe. Pratiquement intouchable, ce salaud ! Tant pis, on arrêtera les types en dessous.

Guidés par un indicateur encagoulé, ils ont été cueillir dans le village trois types archiconnus pour leurs sympathies nationalistes, dont l'inévitable Ahmed Hamiche.

— On vous laisse le camionneur, m'a dit le capitaine au faciès de gros bébé. Ne le laissez pas filer au djebel ! Un de ces jours, on finira bien par le coincer. Cette fois-ci, OK, c'est Hamiche le principal coupable. C'est lui qui réclamait à cor et à cri la mort de Mouraoui. Cette idée aussi de vouloir, sous ses yeux, lui niquer sa nièce !

Sans plus attendre, la fine équipe a repris le chemin de T. en emmenant ses proies. L'assassinat de Mouraoui a assez sonné les gens pour que nous soient épargnés les youyous habituels.

Dans la foulée, le régiment de la frontière a lancé une opération sur le plateau d'Aïn Messaoud. Trois maquisards qui s'étaient réfugiés dans un marabout en ruines ont été descendus au bazooka.

Enveloppée dans son sarrau grisâtre, un vieux sécateur à la main, Mado la Française clopine d'un bout à l'autre du village pour entretenir ses rosiers rouges. Elle est de plus en plus lente et voûtée, mais l'occasion qui lui a été donnée par le toubib d'entretenir le souvenir de ses morts lui a donné une énergie incroyable.

— Et en plus, m'a assuré ce dernier, sa phlébite s'améliore.

Nul ne pourra prétendre que les Français ne protègent pas leurs fidèles serviteurs. Après le passage éclair des types montés de T., après les trois *fells* mis au tapis par le régiment de la frontière, c'est un détachement du commando Béjart qui a fondu sur le massif des Trois Pitons. Exploitant des renseignements obtenus je ne sais comment, les hommes de Béjart ont foncé droit sur l'entrée d'une grotte . Le commandant Belhocine n'y était pas, mais des traces très récentes de son passage ont été mises au jour ainsi qu'un important dépôt de vivres. Accueilli sur le tarmac de T. par les journalistes attachés à ses basques, Béjart a promis de retourner là-bas.

— Et cette fois-ci, nous ne le raterons pas ! Il n'a plus les moyens d'agir, mais tant qu'il ne sera pas mort, la rébellion n'admettra pas sa défaite.

Cette mâle déclaration a poussé Kader à me raconter une histoire qui s'était passée avant même l'arrivée des Français. Un été, un nuage de sauterelles s'était abattu sur la vallée. Réunis en catastrophe, les notables des villages avaient décidé que l'urgence était de mettre à mort celui qu'on appelle ici le *sultan des sauterelles*, l'équivalent de la reine dans une fourmilière, une bestiole cinq ou six fois plus grosse que ses sujets. Tous les villageois étaient donc partis en battue au milieu du peuple des sauterelles qui dévoraient leurs richesses sans qu'on les dérange. Il n'y avait qu'un seul impératif : dénicher le coupable. Par miracle, au terme d'une longue traque, on avait fini par le capturer. Au cours d'une cérémonie solennelle, l'intrus avait été immolé. Hélas, les hordes n'avaient pas été impressionnées, et elles avaient continué à bouffer ce qui restait jusqu'à ce qu'il n'y ait plus rien de comestible dans la vallée.

— Si jamais un jour, a conclu Kader, vous le tuez, le commandant Belhocine, j'ai comme l'idée que ça ne réglera pas votre problème.

Nos dîners sont devenus épouvantables. L'assassinat de Mouraoui, l'arrestation d'Hamiche et des deux autres, puis les opérations militaires lourdes qui ont été lancées, ça fait beaucoup.

Sous sa moustache en brosse, Burguet affiche un petit sourire satisfait. Le toubib s'est mis aux abonnés absents. Quant à Bechir, il ne cache pas le peu de plaisir qu'il a à se trouver avec nous en ces circonstances.

En tête à tête, ce dernier reconnaît que Belhocine avait pris une grave responsabilité en remettant en cause la trêve de fait que nous vivions. Mais comment pouvait-il, lui, Bechir, accepter la violence qui s'amorçait en réaction ? La vérité, c'est qu'il n'en pouvait plus de jouer les équilibristes entre les protagonistes du conflit. Il n'avait qu'une envie : souffler enfin. Je lui ai ordonné d'aller passer un long week-end chez sa mère à Oran. On fermerait l'école deux ou trois jours. Au point où on en était tous !

— Ce Belhocine est un con, a convenu Bechir en prenant congé. Quand, par miracle, on se trouve une oasis, on ne repart pas au désert sur un coup de tête.

Celui qui, en fin de compte, a été le plus sonné par toute cette affaire, c'est Delcourt, Delcourt qui avait pourtant paru jusqu'ici mieux garder son calme que nous. En remontant de l'infirmerie avant-hier, il a été tout droit à sa chambre et s'y est enfermé à double tour, une pratique qu'il avait abandonnée depuis l'arrivée de Dora dans sa vie. Hier et ce soir, ç'a été pareil.

Nous avons droit à plein volume à ses atroces *Concertos brandebourgeois*. Dans les douze mètres carrés de sa turne, il marche interminablement et parfois laboure les plinthes de coups de pied. À nos mornes couscous, il préfère les conserves contenues dans ses colis, qu'il mange à même leurs boîtes en les arrosant de calvados. Pour ce faire, il a repoussé sans la moindre précaution le capharnaüm des plantes qui s'y trouvent *en attente d'étude et classement*. Un signe qui ne trompe pas sur la gravité de son état.

D'après Bechir, le seul à pouvoir lui arracher trois mots, ses relations avec Dora ne sont pas en cause. Celle-ci, il est vrai, est partie pour plusieurs semaines à Alger suivre je ne sais quel stage de spécialisation.

— La quille, bordel ! avons-nous entendu le toubib hurler à plusieurs reprises la nuit dernière.

Comme un vulgaire troufion !

Ahmed Hamiche est mort, *en tentant de s'enfuir* ainsi qu'il est d'usage. La nouvelle s'est répandue comme une traînée de poudre. Les youyous vont durer jusqu'au milieu de la nuit.

Les quatre frères Hamiche sont donc de nouveau réunis, comme lorsqu'ils étaient enfants et barbotaient dans l'oued les jours de grosse chaleur.

4

Passé une bonne partie de la nuit avec mes trois compagnons du Chenoua. Comme si la mort d'Ahmed Hamiche les déterrait une nouvelle fois !

Jusqu'à la nausée, j'ai revu la façon dont leurs corps s'étaient affaissés l'un après l'autre au milieu du *buis de mon enfance* comme avait précisé le toubib. Tué net par la balle qu'avait tirée notre lieutenant instructeur pour déclencher la fusillade, le premier est tombé tout d'une masse telle une poupée dans une baraque foraine. Le second a eu le temps de faire quelques pas, hébété, avant de glisser très lentement vers le sol. Criblé de balles, le troisième a levé les bras comme pour se protéger la tête, et il a émis un chapelet de sons incompréhensibles avant de se décider à abandonner la partie.

Un théâtre d'ombres chinoises où chacun des gestes des acteurs est gravé sous mon crâne, mais où la mort manque bizarrement d'épaisseur. Ce qui a le poids de la vérité, un poids écrasant même, c'est un peu plus tard quand, avec ce pauvre Martineau, nous avons traîné jusqu'à la fosse que nous avions creusée l'un des trois morts, un gringalet vêtu d'un treillis trop grand, dont nous apercevions sous la lune le visage à demi arraché.

Tout en haut du cimetière, dans ce qu'ils appellent le *carré des martyrs*, Ahmed Hamiche a été mis en terre. Une bonne partie du village était là. Pendant des heures, ont retenti les cris des pleureuses.

Heureusement Bechir était dans sa famille à Oran.

Comme je m'y attendais, le sergent Burguet a profité des événements pour réclamer le droit de repartir en opérations de nuit. En mémoire de Mouraoui, a-t-il eu le culot de soutenir. J'ai été assez brutal pour qu'il décide de ne plus prendre ses repas avec nous.

— Ma place est au milieu des harkis, a-t-il laissé tomber. La mort de leur caporal a été pour eux un coup terrible.

Je lui ai suggéré de s'installer par la même occasion dans leur dortoir. Il n'a pas relevé. La discipline militaire ne prévoit d'ailleurs pas qu'un sergent-chef relève les propos de ses supérieurs.

Le toubib, qui s'est colleté plusieurs accouchements difficiles ces derniers temps, nous a expliqué que les sages-femmes ici coupent nettement plus court le cordon des filles. Pour leur châtrer l'ego dès le départ, a-t-il prétendu.

Avec une grande virulence, Bechir est monté au créneau, récusant cette *explication raciste*. Il nous a assuré – vrai ou faux – que, dans la tradition arabe, le nombril n'avait rien à voir avec l'ego.

— Tout dans les couilles, hein ! a lancé le toubib qui n'aime pas être démenti.

— Tout dans les couilles ! a confirmé Bechir, le visage dur.

L'assassinat de Mouraoui a mis en branle une dynamique dont nous n'avons pas fini de payer la facture.

Descendant vers T., le nouveau commandant du 33e d'artillerie s'est pour la première fois arrêté au poste. C'est un petit homme glabre, le crâne énorme, un de ces officiers à lunettes dont il faut se méfier. Il a fait l'essentiel de sa carrière dans les états-majors en Allemagne et à Paris, et il tranche à la mitraillette sur tout et n'importe quoi.

— Une attaque massive des *fells* sur le barrage ? Une plaisanterie ! Ils ne sont pas fous en face. Pas question d'aller au-delà des escarmouches quotidiennes que nous connaissons. Le jour où les Français mettront les pouces, les chefs en auront besoin, de leurs pioupious, pour prendre le contrôle du pays et mettre au gnouf les Ferhat Abbas et tous ces intellectuels qu'ils haïssent de toute leur âme coranique !

Il a éructé un petit gloussement venimeux :

— Coranique ou coranisée, comme vous voudrez !

De sa petite voix de fausset, il a poursuivi :

— La seule chose qui compte, c'est le Sahara. Il n'a que ça en tête, le grand Charles. Les pieds-noirs, il n'en a rien à branler. Il veut garder le Sahara, un point c'est tout, pour continuer à y faire péter nos bombes et à y pomper notre pétrole. Pas si bête comme approche ! En plus, ça tombe bien parce que les *fells*, eux, ce qui les intéresse, c'est se partager les postes à la tête d'une République rien qu'à eux. En échange, ils accepteront tout ce qu'on leur demandera sur le Sahara, un endroit où ils n'ont jamais mis les pieds et comptent bien continuer.

En l'écoutant débiter, imperturbable, son discours de stratège en chambre, je me suis dit que l'Algérie décidément rendait fous tous ceux qui tournaient autour.

L'herbe que j'ai fait semer sur le haut de la citerne a poussé dru. Aux premiers jours du printemps, des coquelicots ont fait leur apparition, d'une inquiétante vitalité. Comme si les corps entassés dans les profondeurs voulaient se rappeler à notre bon souvenir. Un fantasme absurde puisque cinquante centimètres de béton ont été coulés dessus, histoire de mettre un couvercle définitif sur les exactions du capitaine Noguès. La terre entassée dessus, à ras des parois verticales, a été charriée à dos d'âne depuis le lit de l'oued. Elle n'a rien à nous dire, pas même la nostalgie des eaux vives.

Kader :

— Vous connaissez Zetlaoui Mouloud ? Le petit homme au chèche vert qui les jours de marché s'installe à droite du porche de la mosquée pour vendre le persil et la menthe de son potager ? Sur le plan physique, difficile de trouver plus moche : un corps tout noué, un visage sombre et ridé, une petite voix érayée. Un vrai bougnoule, quoi ! Pour un para en opération, le type à qui l'on a envie de donner des baffes, un coup de pied dans les parties s'il proteste et une rafale dans le ventre s'il s'obstine.

Comme chaque fois, Kader s'est arrêté comme s'il voulait vérifier qu'il pouvait aller plus loin. Maintenant pour lui, c'est plus un rite qu'un besoin.

— Eh bien, ce Mouloud vient d'un des derniers hameaux où l'on parlait encore un dialecte berbère avant les événements. Il y a des générations que les villages de la vallée sont passés à l'arabe, mais il reste des poches dans la montagne où le berbère a subsisté. Ou plutôt, il en restait car, grâce à vos camps de regroupement, ces survivances sont en train de disparaître à jamais.

« Non seulement Mouloud s'exprime parfaitement dans cette langue qui a été celle de nos ancêtres, mais il sait tout des particularités de l'idiome spécifique qu'on parle dans sa mechta et des différences qu'il présente par rapport à ceux des autres hameaux du coin sur le plan du vocabulaire ou même parfois de la syntaxe. Si vous le mettez sur le sujet, il est intarissable. Il serait passé par vos universités, on dirait que c'est un linguiste de premier plan. Les choses étant ce qu'elles sont, ce n'est qu'un bicot qui vend de l'ail sur un marché minable !

Il est parti d'un petit rire triste :

— On devrait suspendre au cou des trésors vivants de son genre des pancartes munies de plein de cachets officiels interdisant de les liquider. Même les paras savent lire !

— Même parfois, les valeureux combattants d'en face ! n'ai-je pu m'empêcher de rétorquer.

Il a bien voulu sourire.

5

Petit mot de Safia Mouraoui sur une feuille arrachée à un cahier d'écolier.

De son lycée de T. où elle termine sa première, elle me remercie d'avoir fait exécuter Ahmed Hamiche.

> *Vous avez tenu parole,* écrit-elle dans une belle anglaise régulière. *Mon père peut enfin reposer en paix. Dieu vous bénisse ! Je n'ai aucune raison de jamais retourner dans la vallée où ils l'ont assassiné. Mais si vous descendez à T., faites-moi signe ! On peut me voir au parloir. J'aimerais vous remercier. Mon père vous aimait bien.*

Et elle signe, pas peu gonflée : Antigone Mouraoui.

En post-scriptum, elle ajoute :

> *La représentation par la troupe du lycée de la pièce d'Anouilh au Rex a remporté un triomphe ainsi que vous pourrez le constater en lisant la coupure ci-jointe de* L'Écho d'Oran. *Le rôle était très dur, mais tout le temps j'ai pensé à mon père et il m'a tenu par la main pour que j'aille jusqu'au bout.*

Kader ne se cache plus pour parler avec moi. Il paraît désormais au-delà de toutes les prudences. Sur la terrasse du poste baignée d'un soleil précoce, il a enchaîné les tasses de ce café pas du tout turc que nous confectionnons ici avec l'arabica colombien que reçoit le toubib de sa mère. Sans se faire trop prier, il m'a raconté à grands traits sa vie depuis Monte Cassino où il avait été sérieusement blessé et décoré.

— Avec une patte folle, ils ont bien été obligés de me démobiliser. Je suis retourné à l'Éducation nationale début 44. Compte tenu de mes états de service militaires – au cours de deux guerres mondiales qui plus est ! – on m'a fait la fleur de m'affecter à Jules-Ferry, l'une des écoles primaires les plus cotées de Bab el-Oued. Quelques parents ont protesté contre la nomination d'un *indigène* comme instituteur de leurs chères têtes blondes ou brunes. La vérité, c'est que l'Administration a pris ma défense avec toute l'énergie nécessaire. Bref, j'avais devant moi une fin de carrière modeste, mais honorable. *Le prototype de la réussite de l'assimilation à travers l'école républicaine*, ainsi que l'écrivait immanquablement l'inspecteur général sur mes feuilles de notation.

« C'est alors qu'éclatèrent les événements de Sétif et Guelma. Le massacre de deux cents Européens, puis en représailles des ratonnades qui firent au total quinze ou vingt mille victimes. Les événements démarrèrent le 8 mai 1945, le jour de la fin de la Seconde Guerre mondiale durant laquelle les indigènes de l'Empire n'avaient pas économisé leur sang. Et ce n'est qu'au bout de huit jours que la police et l'armée s'interposèrent !

« Du jour au lendemain, les collègues les plus ouverts devinrent pour moi des étrangers. Les moins favorables à cette répression atroce se dérobaient à toute discussion sérieuse. Je me souviens d'un certain Léon Gomez, un communiste, sincèrement anticolonialiste. Sans se lasser, il revenait sur les femmes violées et massacrées, les bébés trucidés à la hache. Une horreur inexcusable, bien sûr, impossible de ne pas être en plein accord avec lui. Mais de là, comme il le faisait, à passer par profits et pertes les milliers de morts qui s'en étaient suivies ! *Ratonnades*, le mot même était proscrit dans nos conversations, et pourtant qu'est-ce que c'était d'autre ? Une fois de plus !

« Ma place, d'un coup ce fut pour moi une évidence, n'était pas dans cette école Jules-Ferry presque exclusivement peuplée d'Européens, au centre d'une ville devenue pour les Français une cité bleu blanc rouge comme les autres. L'Administration a d'abord rejeté ma demande de mutation. Il a fallu que je renvoie mes décorations au Gouverneur général pour qu'on accepte finalement de me nommer dans un bled perdu de l'Ouarsenis. Là j'étais sûr de n'avoir que des élèves arabes. La poignée de colons du coin envoyaient leurs enfants dans des internats de la côte ou en métropole.

« J'ai formé six ou sept générations de candidats au certificat d'études. Mais les rares élèves qui réussissaient ne trouvaient ni plus d'emplois, ni plus de considération que les autres. Alors j'ai décidé de prendre une retraite anticipée et de remonter dans mon village natal. Cultiver mon jardin, ainsi que je vous l'ai trop souvent exposé. Puis ce fut novembre 1954, les premiers attentats dans les Aurès et du côté de Sétif, comme par hasard. Bientôt, toute notre vallée s'est embrasée.

« Il faut dire que nous avons bien fait les choses ! Les journalistes ont baptisé notre coin *le Saint-Cyr de la rébellion* ! Il y a eu plusieurs embuscades sanglantes, l'affaire de la ferme Ligny, des revers humiliants pour les paras du côté des Trois Pitons, sans parler de plusieurs batailles rangées sur la frontière. C'est alors qu'ont débarqué le bon capitaine Noguès et ses sbires. Pour contrôler la population, ont-ils décidé, il fallait d'urgence la regrouper.

« Mon village a été le premier condamné. Non seulement

il était au diable, mais il avait donné naissance au Diable en la personne de Belhocine, l'âme de la rébellion dans la région. Les gens ont eu trois jours pour partir en emportant ce qu'ils pouvaient. Moi, j'ai refusé de m'en aller. Tout ce qui dépassait de terre autour de moi a commencé à être rasé ou dynamité, y compris l'école construite peu avant par la République. Le bulldozer s'est enfin approché de chez moi. Pour me faire quitter la maison, il a fallu qu'on me porte.

« Histoire de marquer le coup, j'avais laissé dans la maison toute ma bibliothèque, les livres en français et les livres en arabe. Trois cents bouquins qui m'avaient nourri ! Ils venaient de faire la démonstration qu'ils ne pouvaient plus rien pour moi ! J'ai observé le bulldozer les broyer comme le reste. Ce n'est pas tous les jours qu'on vous offre un autodafé à domicile !

« Avec mes trois vieilles valises, on m'a hissé sans ménagement dans un camion militaire stationné sur la place du marché de ce qui avait été un village.

Il s'est repris, d'une voix soudain infiniment lasse.

— Et même *mon* village !

Il a répété ces mots plusieurs fois. Son visage douloureux a fini par se détendre :

— Il n'y a qu'une chose qu'ils nous ont épargnée : ils n'ont pas semé de sel sur les ruines comme le faisaient si volontiers leurs prédécesseurs, et pas seulement à Carthage. Par manque de culture, j'imagine. À moins, plus prosaïquement, que ce ne soit par absence d'une ligne de crédit spécifique, vous savez mieux que moi la rigidité des procédures budgétaires de la République.

De bifurquer ainsi vers cette glose absurde l'a apaisé.

— Qu'ils le sachent, a-t-il lancé d'une voix décidée, un jour j'y remonterai à mon village, là-haut sur la montagne ! Et dans les cendres des *Misérables*, je replanterai mes courges !

Il s'est dressé, superbe dans sa gandoura éclatante.
— À vous revoir ! a-t-il lancé dans ce français hors d'âge qu'il éprouve parfois l'envie d'employer dans cette vallée de nulle part.

Suite de l'affaire du capitaine Doineau, toujours de la même écriture de lycéenne sage :

Cher Lieutenant,

Le procès du capitaine Doineau eut lieu en août 1857 devant la cour d'assises d'Oran. L'affaire avait fait grand bruit en France. À l'époque, l'opinion s'intéressait à l'Algérie. Elle découvrait soudain, horrifiée, que la glorieuse Armée d'Afrique avait fermé les yeux pendant des années sur les horreurs commises par l'un des siens. Des avocats célèbres firent le voyage jusqu'à Oran, Jules Favre, notamment, qui sera l'un des pères de la Troisième République. À l'honneur de l'armée, il faut porter le fait que le général commandant la province eut le courage de laisser les enquêteurs faire leur travail.

Les dépositions des témoins furent accablantes. L'accusé volait, extorquait, torturait et tuait sans ménager sa peine. C'est parce que l'agha Abdallah se rendait à Oran pour enfin dénoncer ses agissements que Doineau avait décidé de le faire tuer. Pendant trois semaines, la cour d'assises écouta patiemment les témoins et les co-accusés décrire le système mis en place par celui que la population appelait « le sultan ». Celui-ci rejetait catégoriquement toutes les accusations, pourtant étayées par un grand nombre de témoignages. En revanche, il acceptait et même revendiquait tout ce qui était dit sur les méthodes expéditives dont il usait pour pacifier le pays. « L'univers de la poudre », répétait-il du bout de ses lèvres méprisantes, obéit à de bien autres lois que « le petit monde douillet » des civils. Un instant d'émotion intense fut celui où la veuve de l'agha, « écartant le voile qui cachait sa pudeur mauresque », évoqua devant la cour l'indignation de son mari face aux agissements de plus en plus monstrueux du chef du bureau arabe.

Vint le moment du verdict. Et que pensez-vous qu'il arriva ? À bientôt, mon cher lieutenant !

Votre Schéhérazade attentionnée.

P.S. De la lecture des débats devant la cour, on apprend que le capitaine Doineau avait une formule bien à lui pour ordonner à ses goumiers de supprimer quelqu'un. « Escortez-le ! » disait-il. Dans une autre affaire que je vous épargnerai, quelques années plus tard, j'ai noté qu'un de ses collègues des bureaux arabes, plus raffiné, y allait d'un « Conduisez-le au café maure ! » Une expression autrement conviviale, vous l'avouerez, que cette « corvée de bois » à laquelle, me suis-je laissé dire, certains de vos camarades prient leurs hommes d'emmener les prisonniers qui les encombrent.

Delcourt a reçu de son père une lettre habilement dissimulée dans l'un des bocaux de foie gras que contenait le colis arrivé aujourd'hui.

Du petit ton persifleur qui lui est familier, il m'a fait rapport sur les états d'âme paternels relatifs à l'Algérie. Jadis, dans le camp où il était prisonnier en Prusse-Orientale, son géniteur avait témoigné d'un bel attachement à la personne du maréchal Pétain au point que les Allemands l'avaient libéré. D'où divers ennuis pour lui à la Libération. De toutes ses forces, il avait haï la Quatrième République. En mai 1958, comme tant d'autres, lui, l'impénitent vichyssois, il s'était réveillé gaulliste. Inconditionnel de l'Algérie française, il avait témoigné d'une méritoire patience devant les palinodies du Général. La parenthèse était désormais terminée. Dans la lettre constellée de graisse qu'avait lue son fils, il lui annonçait que de Gaulle était désormais l'ennemi à abattre. Assez bizarrement, il en tirait cette exhortation au destinataire : *Sois d'autant plus prudent !*

Pour nous préparer à ce contexte nouveau, le colis était plus ventru encore que d'habitude. Avec des gésiers aux cèpes à damner. Du fond du cœur, nous avons bu et rebu à la santé de chacun des membres de la tribu Delcourt.

Suite du feuilleton de Madame l'Archiviste :

(...) Je vous avais abandonné juste avant le prononcé du verdict concernant le capitaine Doineau. Eh bien, je vais vous surprendre, vous décevoir même peut-être. Le 23 août 1857, la cour d'assises condamna l'accusé. Et même, tenez-vous bien, elle le condamna à la peine de mort !

À mort ! Vous imaginez ça ! Il n'y avait pas vingt ans qu'Oran était devenue française, et un tribunal civil osait sanctionner un officier coupable de meurtre ! De quoi donner confiance en la Justice de notre pays, non ? De quoi laisser bien augurer aussi du rôle qu'elle jouerait à l'avenir dans ce territoire.

Dans le cas précis de Doineau, bien sûr, il y eut une suite. Sinon, du reste, j'en aurais inventé une pour demeurer encore un peu...

... votre Schéhérazade attentionnée.

6

Mort de Mado la Française, d'épuisement et de chagrin. Au cimetière, elle a eu droit aux pleurs et aux youyous qu'elle méritait.

Sur les placettes du village où elle les a plantés, ses rosiers paraissent partis pour durer longtemps. Tout particulièrement devant la *vieille citerne*, où elle s'est surpassée.

Comme nous parlions de la mort de Mado et de l'idée fixe qui l'avait habitée dans les derniers temps de sa dure existence, Kader m'a raconté la légende de *la Folle*, celle qui a donné son nom au *mur* au-dessus de la ferme Ligny :

— C'est une vieille légende berbère qu'on retrouve sous une forme voisine dans certaines vallées de l'Atlas et même, paraît-il, en Kabylie.

En conteur sachant ménager ses effets, il s'est arrêté un moment :

— Une légende qui fait froid dans le dos. Je ne sais pas pourquoi chez nous, nous avons une telle propension à toujours tout voir en noir. L'amour, la vie, et jusqu'à la mort que tant d'autres peuples plus malins ont su apprivoiser.

Il aurait aimé que je le contredise, mais il n'avait qu'à le faire lui-même ! Un peu dépité, il a bien été forcé de reprendre :

— Elle me l'a si souvent racontée, cette histoire, ma grand-mère ! Un certain Darouk, chef de je ne sais quelle tribu loin vers le sud, avait eu de son épouse Malika trois superbes garçons. Ils étaient tout jeunes encore quand un hasard méchant mit sur le chemin de leur père une créature admirable, dents plus blanches que la craie, carnation de rose... Il fallait entendre ma grand-mère chercher ses mots pour emballer le petit mâle que j'étais ! Arriva ce qui devait arriver. Darouk demanda la main de la jeune fille à son père, chef de la tribu qui occupait alors notre vallée. Mais celle-ci exigea de Darouk qu'il répudie d'abord sa femme Malika.

« Après avoir beaucoup résisté, Darouk se résigna. Les noces furent alors célébrées chez son beau-père. Sa demeure se trouvait située un peu au-dessus de l'endroit où, plus tard, les Ligny ont bien voulu s'installer. Vous avez deviné la suite. Pour faire court, égarée par la douleur, Malika se précipita du haut de la falaise avec ses trois chéris, et la petite famille s'écrasa sur le lit nuptial de l'ingrat. D'où ce *mur de la Folle*.

Sa manière bouffonne de terminer l'histoire m'a fait sourire. Pour dire quelque chose, j'ai affirmé que ça rappelait diverses légendes grecques.

— Que Médée soit passée par là, a-t-il fait, m'épatant comme chaque fois par sa culture encyclopédique, ne m'étonnerait pas. Selon ma grand-mère, Darouk portait en toutes circonstances, sauf ce jour de noces, hélas, un collier en or qui le rendait invulnérable. Un succédané de la toison d'or, quoi ! Autour de la Méditerranée, nous sommes une petite famille. Une toute petite famille de très grands névrosés !

Départ de Perrot. Il disjonctait de plus en plus et il a fini par être muté en catastrophe dans un régiment en métropole. Avant de partir, il a fait sa tournée des postes proches du barrage électrique.

— Ça va bientôt péter, m'a-t-il dit en guise d'adieu. On s'est trop payé notre gueule ! Et là, j'aime mieux vous dire qu'on va en fusiller, des traîtres au sommet, un certain général à deux étoiles pour commencer. On en profitera pour remettre dans le moule les petits cons d'appelés qui font les marioles. Votre toubib de merde, par exemple, et beaucoup d'autres !

— Nous, quoi !

Ma phrase l'a fait se figer sur place. Il a fini par esquisser un sourire :

— Vous aussi, si vous y tenez !

VII

UN COUP DE SIROCCO

1

Au petit matin, deux lieutenants du régiment d'artillerie qui garde la frontière ont débarqué en command-car. Ils n'avaient pas d'escorte, une pratique pourtant que l'armée proscrit catégoriquement dans notre vallée bénie de Dieu. L'un d'eux, un petit Breton râblé, est le remplaçant du lieutenant Lefèvre. Comme lui, il emprunte plusieurs fois par mois la route de la vallée à la tête d'un convoi de camions et en profite pour reprendre souffle ici. Pas le verre d'eau et la poignée de dattes de son prédécesseur : non, une bière et un sandwich. C'est un type plutôt sympathique et posé. Pas un Perrot !

Très excités, ils m'ont appris qu'à Alger, dans la nuit, Salan et trois autres généraux avaient déclenché un putsch contre le général de Gaulle qui ne cache plus désormais sa volonté de brader l'Algérie. Leur régiment s'était rallié d'enthousiasme au mouvement. Enfin les principaux chefs de l'armée avaient le courage de mettre un holà à la trahison ! Pour eux, aucun doute : j'allais moi aussi me joindre à ce grand sursaut patriotique.

Que je ne leur saute pas au cou les a non seulement déçus, mais péniblement surpris. Il voyait en moi, ils me l'ont dit, un camarade fiable et dynamique, certes un appelé, mais qui s'était mobilisé au service de la pacification. La conversation a vite tourné au vinaigre. À bout d'arguments, ils m'ont expliqué que dans ce genre de situations, il n'y avait plus que des amis ou des ennemis. Ils repasseraient dans quelques heures en remontant de T. J'aurais intérêt alors à avoir choisi mon camp. Sans un au revoir, ils ont repris la route.

Cette guerre est un bordel assez indescriptible pour qu'on n'en rajoute pas. Pas la moindre hésitation, donc, sur la conduite à tenir. Delcourt partageait sur le fond ma manière de voir, mais il m'a surtout exhorté à la prudence dans *une affaire grave, où notre point de vue compte pour du beurre*. Bechir, lui, m'a soutenu à bloc et s'est dit prêt à se battre à mes côtés. Par une chance inespérée, le sergent Burguet se trouve en permission en France. Il aurait été capable du pire pour éliminer les traîtres. J'ai fait fermer les portes du poste et placer des sentinelles. J'ai demandé aussi qu'on hisse des drapeaux en haut des miradors. Pas question de laisser aux autres le monopole du bleu blanc rouge.

Quand ils sont revenus le soir, toujours tous les deux seuls dans leur command-car, j'ai refusé toute discussion. Comme ils faisaient mine de forcer la porte, j'ai fait tirer plusieurs coups de sommation. Un moment, ils ont discuté entre eux, puis ils sont repartis après m'avoir promis de revenir en force et cette fois-ci de me faire passer un mauvais quart d'heure.

L'air de ne pas y toucher comme d'habitude, Kader s'est pointé au poste. J'ai fait ouvrir la porte pour lui.

— Ce ne sont pas mes oignons, a-t-il fait. Mais tenez bon ! Vous n'êtes pas tout seul dans cette histoire. Les gens qui comptent ici ont bien compris de quoi il s'agissait. Et s'il le faut, ils vous aideront ! Moi en tout cas, je suis à votre disposition si je peux être utile. À vos ordres, même !

Un léger sourire aux lèvres, il a conclu par sa formule favorite : *Tout va très bien, mon lieutenant !* qui m'a été droit au cœur.

Par l'entremise de Dora, montée dans un des camions d'Ali, comme si de rien n'était, rejoindre son Delcourt favori, l'archiviste me fait passer une lettre d'un abord énigmatique :

Je suppose pour un moment que l'empereur de Chine, débarquant à la tête d'une puissante armée, se rende maître de nos plus grandes villes et de notre capitale. Et qu'après avoir anéanti tous les registres publics avant même de s'être donné la peine de les lire, il s'empare de tous les fonctionnaires depuis le chef du gouvernement jusqu'aux gardes champêtres et les déporte tous à la fois. Ne pensez-vous pas que ce grand prince, malgré son armée puissante et ses forteresses, se trouvera bientôt embarrassé pour administrer le pays conquis ; que ses nouveaux sujets, privés de tous ceux qui menaient ou pouvaient mener les affaires, seront incapables de se gouverner eux-mêmes, tandis que lui, qui ne connaît ni la religion, ni les lois, ni les habitudes, ni les usages administratifs du pays, et qui a pris soin d'éloigner tous ceux qui auraient pu l'en instruire, sera hors d'état de les diriger. (...)

Nous avons fait en Algérie précisément ce que je supposais que l'empereur de Chine ferait en France.

Avec ce bref commentaire :

Ce texte de Tocqueville date de 1837. Il aide à comprendre dans quel imbroglio se débat l'Algérie depuis le début. Ne pensez-vous pas qu'il devrait être transmis confidentiellement au quarteron d'empereurs de Chine qui vient de s'installer à Alger et prétend régler d'un coup de baguette magique tous les problèmes accumulés depuis cent trente ans ?

Votre attentionnée.

F.C.

Mes deux zèbres d'hier n'ont pas eu l'occasion de réapparaître. D'après ce que je comprends, les appelés de leur régiment ont bruyamment marqué leur hostilité au putsch et à ceux qui l'appuyaient. Repris sans cesse sur les transistors, le discours du général de Gaulle appelant à refuser les ordres illégaux a été le repère dont on avait besoin. Très vite, il est apparu que, sur tout le territoire, non seulement la plupart des soldats du contingent, mais aussi bon nombre de chefs d'unité, par intelligence, sens de la discipline ou trouille, refusaient de se joindre au mouvement.

Trois jours, et le *quarteron de généraux félons* cloué au pilori par de Gaulle a mis les pouces. Dans la vallée, en dehors de Kader et de la poignée de *ceux qui comptent* comme il dit, personne n'a pris le moindre intérêt à ces péripéties franco-françaises.

Ici, les gens sont *ailleurs*, c'est clair. Surtout désormais ils sont *au-delà*, convaincus qu'Allah n'abandonnera pas des fidèles qui sont morts si nombreux pour que de nouveau Son nom règne sans partage d'un bout à l'autre du pays.

Le soufflé retombé, un colonel débarqué d'Oran a fait le tour des postes pour enquêter sur l'attitude de chacun durant les événements. Les deux lieutenants du régiment d'artillerie qui avaient pris la tête du mouvement dans le coin ont été sévèrement tancés et expédiés à l'autre bout de l'Algérie. À moi, il m'a été reproché, sur dénonciation de qui, je ne le saurai sans doute jamais, d'avoir fait tirer sur des camarades de combat qui ne me menaçaient en aucune mesure. Ma décision aurait pu avoir des conséquences tragiques. Bref, mes motifs étaient peut-être bons, mais mon comportement avait été irresponsable. J'ai écopé d'un mois d'arrêts de rigueur, avec promesse d'une mutation prochaine à la clef.

Devant l'impossibilité de présenter ma défense, je me suis mis en tête d'adresser des lettres furieuses dans toutes les directions. Le colonel Tauriac, dont je ne sais trop au demeurant quelle a été l'attitude durant ces trois jours, m'a fait dire de mettre un terme à mon indignation. Tout ça serait très vite oublié. Si je voulais rester dans cette vallée où je paraissais me plaire, il valait mieux la boucler.

2

Dans l'un des quotidiens arrivés de T. en paquets après le rétablissement des liaisons postales, une photo du capitaine Noguès. Un articulet annonce qu'il a décidé de continuer le combat malgré la fin de partie sifflée par les quatre généraux. Dans le coin de Kabylie où il dirige un commando de chasse, il aurait pris le maquis avec une partie de ses hommes et *juré sur nos morts* de ne pas déposer les armes avant la victoire finale de l'Algérie française.

Sur la photo, on le voit en tenue camouflée sur fond de pierriers. Comme de juste, il brandit un gros pistolet. Je suis à peu près sûr d'avoir vu ce cliché dans une des coupures de presse datant de l'époque où il dévastait notre vallée. Apercevoir sa tronche, même s'il met son désordre à cinq ou six cents kilomètres d'ici, m'a foutu le bourdon. Les salauds ne meurent jamais.

J'avais oublié la malle-poste du bon capitaine Doineau. Mais Schéhérazade ne lâche pas sa proie :

Mon cher Lieutenant,

Vous avez, j'imagine, quelques autres sujets de préoccupation en ce moment, d'autant qu'il me revient que vous avez joué les petits soldats durant les péripéties manigancées par le quarteron de traîneurs de sabres. De toute façon, il est grand temps que la malle-poste de T. arrête sa course folle. Suite et fin donc !

Peu après le jugement de la cour d'assises, la peine de mort du capitaine Doineau fut commuée en détention à vie, ce qui, à moi qui suis adversaire inconditionnelle des procédures définitives, m'agrée tout à fait. Happy End *donc, pour Doineau et pour moi. Pas pour les essaims de têtes que la guillotine a tranchées depuis qu'on l'a installée à la prison Barberousse voici cent vingt et quelques années. Comme vous le savez, depuis le début de ce qu'on appelle* les événements, *le rasoir national fonctionne à des cadences jamais atteintes jusqu'ici.*

Pour revenir à Doineau, sachez qu'il était promis à de nouvelles et étonnantes aventures. Elles vous seront épargnées, rassurez-vous, car elles n'eurent pas lieu sur cette terre d'Afrique qui est le seul lien objectif entre nous.

Schéhérazade qui, cette fois, vous tire sa révérence.

Longtemps que je n'étais pas monté un dimanche faire semblant de tirer les perdreaux aux côtés de Delcourt. La paresse, et puis, curieusement, sans Mouraoui, il me semble qu'il manque un ingrédient essentiel aux expéditions là-haut.

— Tu as besoin de te bouger, avait ordonné le toubib au petit-déjeuner, en poussant l'amabilité jusqu'à aller me chercher les pataugas que je réserve pour ce genre d'expéditions.

Dès le début, la chasse a été une vraie hécatombe. Lapins, lièvres, oiseaux de toutes sortes, ça *gravelottait comme en 14*, pour reprendre l'une de ces expressions inédites qu'utilisait précisément Mouraoui. De quoi assombrir encore mon humeur.

Tout à sa fureur carnassière, Delcourt ne se laissait

même pas aller à ses inévitables arrêts devant une misérable touffe de je ne sais quoi. À un moment, voulant faire le malin, j'ai attiré son attention sur une fleur turquoise qui me paraissait magnifique. Il a jeté un bref regard avant de me dévisager sévèrement.

— Mais c'est une plante *cosmopolite*, a-t-il lancé.

Comme toujours, j'ai dû lui demander ce qu'il voulait dire.

— Ce que veut dire cet adjectif ? a-t-il corrigé d'un ton sec. Eh bien, chez les plantes, *cosmopolite* est tout simplement l'antonyme d'*endémique*.

Une fin de non-recevoir que j'ai mal prise. À peine notre pique-nique terminé, j'ai sonné le signal du retour, prétextant d'obscures tâches bureaucratiques. Fureur générale compte tenu des perspectives cynégétiques du moment.

— Il est temps que tu descendes en permission à T., a sifflé Delcourt entre ses dents.

Je lui ai demandé de se mêler de ses affaires. Nous avons eu pas mal d'engueulades dans le passé, mais c'était notre première scène méchante.

L'herbe au-dessus de la citerne a tellement poussé qu'il est devenu impératif de la couper. Bien sûr, personne n'était volontaire, même avec en prime, comme je l'ai proposé, trois jours de permission exceptionnelle. Par bonheur, l'un des harkis s'est endormi pendant sa garde. Sur-le-champ, je l'ai condamné à tondre. Il m'a supplié de l'autoriser au moins à accomplir sa punition une fois la nuit tombée.

Une lanterne sourde à ses côtés, il a fait ce qu'il devait, non sans mal. L'herbe n'était pas plus teigneuse qu'ailleurs, mais la tondeuse de jardin de curé qu'il utilisait avait trop longtemps rouillé dans la cave. Pour se donner du cœur à l'ouvrage, le malheureux chantonnait ces rengaines sirupeuses que ressassent les radios arabes. Le travail achevé, il a ramassé précipitamment l'herbe coupée dans un couffin qu'il a abandonné sur place, et il s'est rué vers le dortoir où l'attendaient anxieusement ses camarades.

Toute la soirée, j'ai eu l'impression que jamais les hurlements des hyènes n'avaient été si déchirants. « Elles sont d'abord dans ta tête, ces hyènes ! » m'avait jeté le toubib un jour où je l'agaçais en m'étonnant de son calme face à ce vacarme nocturne.

Comme dans les contes, Schéhérazade n'a jamais tout à fait dit son dernier mot :

> *En relisant mes notes, je m'aperçois que j'ai oublié de vous fournir un détail microscopique : le malheureux Abdallah rayé de la carte sans façon par le capitaine Doineau se trouvait être l'agha de la tribu qui occupe la vallée dont vous êtes aujourd'hui le maître après Dieu. Simple coïncidence, bien sûr, mais je sens qu'elle vous divertira.*
>
> *Pour être vraiment complète, je dois ajouter que lors de l'attaque de la malle-poste en cette nuit du 12 septembre 1856, deux voyageurs eurent la mauvaise idée de se trouver sur la trajectoire des balles tirées sur l'agha. De petites gens originaires de la Bourgogne profonde qui venaient de s'installer à T. avec l'espoir d'y faire leur trou. Ils se rendaient à Oran pour accueillir à la descente du bateau des parents qu'ils avaient poussés à venir prendre racine ici. On appelle ça des victimes collatérales, non ? Une espèce appelée à un bel avenir sur ce sol magnifique.*

3

— Leila est fatiguée, m'a annoncé la patronne, bien fatiguée même. Un sale truc. Pauvre petite, si bonne fille, toujours de bonne humeur, toujours attentive aux autres. Elle est hospitalisée à Oran.

Et elle a étouffé un sanglot dont je ne l'aurais pas crue capable.

Nadia, qui adore les sous-lieutenants, mais a tant d'obligations plus importantes, a accepté de s'occuper de moi.

— Tu crois qu'il va falloir de nouveau que je déménage ? a-t-elle interrogé comme je me rhabillais. Tes camarades n'ont pas l'air optimistes !

Elle a interrompu son maquillage devant le miroir au-dessus du lavabo :

— Dommage, je m'étais faite à T. D'autant qu'en dehors de Maubeuge ou de Plougastel, il ne reste plus à l'armée tellement d'endroits où aller.

En déjeunant au mess, quelqu'un a cité une phrase prononcée par de Gaulle pendant sa fameuse tournée des popotes : *Le téléphone doit servir à parler, pas à faire parler !* Personne autour de la table n'avait lu ou entendu cette mâle exhortation. Le sujet n'était pas vraiment drôle, mais les rires ont fusé tant ce raccourci avait un caractère saugrenu dans la bouche du Général. Une fois de plus, la conversation s'est orientée vers la question de la torture. Il y avait à notre tablée cinq ou six appelés et deux lieutenants d'active. Le plus vieux de la bande n'avait pas trente ans.

Un seul d'entre nous, instituteur dans le civil et qui vient de passer dix-huit mois en Kabylie, a eu le courage, si l'on peut dire, de se proclamer ouvertement favorable à la torture *dès lors qu'elle permet de sauver des vies humaines*. L'argument éternel. Avec le plus grand calme, il a fourni plusieurs exemples et revendiqué la responsabilité des actes qu'il avait commis en ce sens, y compris des morts qui en étaient résultés. Nous l'avons écouté sans moufeter, puis plusieurs d'entre nous ont marqué leur opposition radicale.

— Vous n'avez pas vu un village entier égorgé par les *fells*, a-t-il rétorqué. On aurait interrogé pour de bon les prisonniers qu'avait faits notre régiment quelques jours plus tôt, on aurait pu éviter ce carnage.

L'un après l'autre, nous avons essayé de désamorcer sa logique apparemment impeccable. Sans trouver les arguments imparables qu'il fallait. C'est l'un des saint-cyriens qui a su articuler les mots qui faisaient mouche. Un lieutenant de chasseurs alpins recyclé dans les commandos. Petit, râblé, rasé, de grands yeux d'enfant sage. Il avait cet avantage sur nous d'avoir participé à des opérations en Algérie depuis le début et d'y avoir glané je ne sais combien de citations.

— Les arguments des partisans et des adversaires de la torture, a-t-il martelé, nous les connaissons tous par cœur. *Ad nauseas*, comme on disait de mon temps chez les jèzes. Moi, je n'ai qu'une certitude : nous avons reçu de nos chefs l'ordre de trouver des renseignements par tous les moyens. Pour enfin gagner cette guerre ! Des instructions orales peut-être, mais sans équivoque, que les politiques successifs n'ont jamais désavouées. Chacun de nous s'est débrouillé comme il a pu avec. Pour nous justifier face à nous-mêmes et face au pays, il nous faudra aller jusqu'au bout de cette logique : gagner coûte que coûte. Que nous n'ayons pas fait toutes ces saloperies pour des clous !

Il nous a laissé le temps de respirer avant de reprendre, d'une voix coupante :

— Seulement voilà ! Le gouvernement a décidé maintenant de trouver une solution politique au conflit. Il va voir ce qu'il en coûte d'avoir des années durant obligé ses centurions à gagner une guerre à n'importe quel prix.

Il y a eu un grand silence.

— Sachez en tout cas une chose, vous qui êtes pour la plupart de passage dans cette histoire : nous n'avons pas été préparés à ça dans nos écoles, Saint-Cyr et les autres ! Sinon je ne crois pas que j'aurais continué à…

Il s'est arrêté net, a levé son verre :

— À vos quilles à tous !

Je suis passé au bureau de Florence Carliez, l'archiviste départementale, faire enfin sa connaissance et la remercier de vive voix de cette correspondance qu'elle a entamée et alimentée entre nous.

La cinquantaine émouvante. Fine, drôle, des yeux très verts qui plongent sans pudeur dans ceux de son vis-à-vis. Plutôt mignonne, mais elle l'a oublié depuis trop d'années pour que les autres s'en aperçoivent. Depuis son arrivée, elle a dû se plonger dans un titanesque travail de classement des archives d'un département qui n'a que cinq ans d'existence. Jusqu'à son arrivée, elles s'entassaient dans des armoires et des caisses. Ce travail lui prendra au bas mot trois ans. Elle m'a assuré que j'ai été à ce jour la seule personne à lui avoir posé des questions sur l'histoire de ce coin du pays. Qu'en plus je me sois adressé à elle depuis ma vallée perdue, qui a mauvaise réputation dans le monde civilisé d'en-bas, l'avait vivement impressionnée.

Elle a bien voulu m'accompagner en fin d'après-midi au parloir du lycée où j'avais rendez-vous avec la fille de Mouraoui. Je ne suis pas sûr que sa présence ait comblé Safia. En quelques mois, à force de porter haut son deuil, sa fureur et son rôle d'Antigone, celle-ci a pris beaucoup d'assurance. Elle nous a raconté de façon vivante et drôle la vie au lycée et à l'internat. Une vie pas simple avec des élèves de plus en plus impliqués dans les événements politiques qui se succèdent à un rythme dément. De plus en plus divisés en deux camps irrémédiablement antagonistes. À l'évidence, Safia ne se sentait à sa place ni d'un côté, ni de l'autre.

— Il faut que je traverse *fissa* la Méditerranée ! a-t-elle conclu. C'est, du reste, ce que mon père me répétait dans les mois avant sa mort : « Aubervilliers, tu verras, c'est génial ! »

Elle a souri :

— Mais je suis prête à aller ailleurs s'il le faut. Je ne suis pas difficile. Paris suffirait à mon bonheur !

Armée des trois volumes du *Théâtre* d'Anouilh que j'avais achetés à son intention à la librairie de la rue d'Alsace-Lorraine, elle s'est éloignée, triste soudain.

L'archiviste m'a promis d'aller régulièrement lui rendre visite.

Au moment où nous nous séparions, elle m'a proposé de venir voir chez elle ses Baya. Après *Les Mille et Une Nuits*, les estampes kabyles… Mais Nadia m'attendait, qui aime les sous-lieutenants.

Nadia aime tellement les sous-lieutenants, ceux d'avant comme son colonel à l'œil de verre, et ceux d'aujourd'hui, qu'à force de jouer avec mes épaulettes rouges dûment galonnées, elle a oublié de les remettre en place quand je l'ai quittée.

Au village, personne, je pense, ne s'en est encore aperçu. À plusieurs reprises, en revanche, j'ai surpris Burguet lorgnant vers mes épaules désespérément vides, avec sans doute l'espoir insensé que j'aie été dégradé, son rêve le plus fou, j'imagine.

— Tu es nu comme un ver, mon lieutenant, m'a dit le toubib en entrant dans ma chambre après le dîner. Tu fais de l'objection de conscience ou quoi ?

Je lui ai raconté ma petite histoire, et il est parti d'un tel rire que Bechir, de l'autre côté de la cloison, sans savoir de quoi il s'agissait, a été gagné par la contagion. Tiré de son sommeil, le bon sergent Burguet, de son antre, a rugi je ne sais quelle suite de jurons.

— Sans épaulettes, tu n'es plus rien, mon lieutenant, a conclu le toubib, tu n'es plus rien du tout. Attends-toi à des actes de rébellion ! Moi-même demain, il n'est pas du tout sûr que je reprendrai mon service à l'infirmerie.

Et il m'a planté là, hilare.

Mettant mon amour-propre dans ma poche, je me suis décidé à demander son aide à Ali le camionneur. L'intéressé descend presque chaque jour à T. pour ses affaires et visiblement il connaît bien le *Petit Parisien* où je l'ai croisé deux ou trois fois.

Assez délicat pour m'épargner l'un de ces grands sourires moqueurs dont il est prodigue, il a promis de récupérer avec toute la discrétion souhaitable les deux petits morceaux de velours qui clament mon pedigree *urbi et orbi.*

Le soir, il est passé au poste m'apporter l'enveloppe en kraft que la patronne lui avait remise, avec dedans les épaulettes repassées comme elles ne l'avaient jamais été et trois lignes d'excuses gribouillées par Nadia.

J'étais tellement soulagé de clore cet incident absurde que j'ai sorti de dessous mon bureau et tendu à Ali la bouteille d'alcool de prune que j'avais reçue le matin même de l'oncle François. *1940 : une des meilleures années du siècle, l'année, hélas, de la mort de ton malheureux père*, avait-il écrit de cette écriture anguleuse qu'il avait dû tant bien que mal improviser, la France revenue, à partir de l'écriture gothique que lui avaient serinée les écoles de son enfance. Avec en post-scriptum, sa formule favorite : *pour t'aider à tenir jusqu'au bout.*

Ali m'a dévisagé, un peu décontenancé par mon geste. Finalement il a pris la bouteille que je lui tendais.

— Je suppose que si je refuse, vous allez m'accuser de racisme anti-alsacien. Comme moi quand vous ne vouliez pas de mon alcool de figue.

J'ai confirmé, et enfin il s'est permis de sourire.

— Des Français très patriotes, ces Alsaciens, a-t-il commenté. Une seule fois, quand j'habitais Marseille, j'ai été faire un tour à Strasbourg. On marchait sur les drapeaux bleu blanc rouge. Comme à Alger sur le Forum le 13 mai 58 !

Il m'a regardé, l'œil moqueur :

— Il y a combien de temps que vous êtes français, vous autres ?

Je lui ai fait un cours de rattrapage sur le sujet.

— Quasiment trois siècles, a-t-il sifflé entre ses dents. Un bail ! Mais je me suis laissé dire que chez vous, le chronomètre s'est arrêté un bon bout de temps, je me trompe ?

Il a eu droit cette fois-ci à une vraie leçon d'histoire avec les dates et tout.

— C'est vrai, a-t-il reconnu, ça fait nettement plus que nos cent trente ans à nous.

Nous avons bu à ce constat. Puis à mon père, mort dans son char à vingt-trois ans, mon âge très exactement, quelques mois à peine avant qu'oncle François distille cette prune que le toubib a le culot de juger un tord-boyaux.

4

Tout ce dimanche, il est tombé des cordes. Matinée à tourner en rond dans notre bizarre pensionnat d'altitude. Après le déjeuner, il nous a bien fallu nous convaincre qu'il n'y aurait pas la moindre accalmie qui nous permettrait d'aller marcher ou même de faire du volley, le seul sport qu'il nous arrive de pratiquer en utilisant le mince espace plane qui sert de cour de récréation à l'école. Bechir s'est enfermé dans sa chambre avec des paquets de copies. Mettant un mouchoir sur son amour-propre, Burguet a été traîner du côté de chez les harkis avec l'espoir qu'ils lui offriraient de participer à leurs jeux de cartes.

Delcourt, lui, a pris une grande décision : il s'est décidé à me montrer enfin ses herbiers. Depuis que j'ai débarqué dans la vallée, j'avais vu de loin les volumes s'ajouter les uns aux autres sur la table de nuit de sa chambre. Je l'avais taquiné sur l'énorme poids en fonte qui les tasse tels ceux qu'on met chez moi sur le dessus des tonneaux de choucroute. J'avais vite compris que ce travail de bénédictin l'aidait puissamment à tourner les jours. Plusieurs fois, il m'avait promis de m'en faire une présentation quand il estimerait que je le méritais.

Je me suis assis dans le fauteuil branlant qu'il avait remonté triomphalement de chez un brocanteur de T. et me suis livré à lui pieds et mains. J'avais même promis de ne pas l'interrompre. En tournant les pages sous mes yeux, il s'est conduit comme un adolescent boutonneux qui montre ses premiers vers.

— Comme tu le verras, avait-il prévenu, il y a beaucoup trop de petits plaisirs que je me suis donnés en collant des plantes archiconnues qui sont pour moi de si vieilles copines que je n'ai pas pu résister... Il y a du remplissage, quoi ! Mais il y a pas mal de spécimens intéressants, et quelques-uns même valent le déplacement.

Au fur et à mesure, il essayait de me faire saisir les principes de la présentation qu'il avait adoptée compte tenu des données locales. De temps en temps, je hochais la tête pour l'encourager à poursuivre.

— Regarde cet asphodèle des sables, a-t-il soudain lancé. Une plante qu'on trouve sur l'autre rive du Sahara, mais que personne jamais n'a signalée de ce côté-ci. Je l'ai ramassée tout près du marabout de Sidi Moussa, un dimanche où tu nous avais fait l'honneur de te joindre à nous pour une partie de chasse. Je me souviens très bien. J'avais pilé net comme un chien d'arrêt qui renifle un lièvre, et toi, déplaisant comme tu sais l'être, tu as lancé :

« — Alors, toubib, encore une plante aphrodisiaque ?

« Si tu savais comme je m'en suis foutu alors, de ta plaisanterie de café du commerce. J'étais tout entier à savourer ma trouvaille. Deux ou trois fois dans ce secteur, j'avais cru identifier la bestiole en question, mais ç'aurait été trop beau. Et soudain... Comme quoi, au milieu d'un amas de rochers brûlés par le soleil, le bonheur peut vous fondre dessus.

Troisième jour de pluies diluviennes. Des torrents dévalent les ruelles du village, commençant à envahir les grottes sur lesquelles la plupart des maisons sont construites. En catastrophe, les gens ont évacué leurs réserves alimentaires, leurs nattes, leurs outils. Tous les quatre ou cinq ans, m'ont expliqué les notables, les eaux font ainsi des leurs. La différence, c'est qu'aujourd'hui, le moindre des interstices du village est occupé par les réfugiés de la vallée et des pourtours.

Tous les hommes valides, avec des pics, des pelles, des barres à mines, tentent d'éliminer tout ce qui ralentit la descente des eaux vers l'oued. Chacun y va comme il l'entend, personne apparemment n'a pris la direction des opérations. Sans qu'il ait été besoin de le leur dire, les harkis se sont joints aux habitants, soudain solidaires alors même que leurs habitations à eux ne risquent rien, ayant été construites sur un terre-plein aménagé par les bulldozers du Génie.

Agrippé à sa plateforme de béton, le poste, lui aussi, est à l'abri, tout juste contourné par les eaux. Deux ou trois fois, j'ai été traîner dans les endroits du village où l'inondation a eu les effets les plus destructeurs. Accablés par cette nouvelle calamité à laquelle ils essayent de faire face avec leurs moyens dérisoires, les gens ont à peine levé la tête. Difficile de mieux sentir l'inutilité de ma présence. D'autant que les nuages installés dans la vallée ont englouti la ferme Ligny, mon principe de réalité.

Dans les centres de regroupement, la situation est plus tragique encore. Des coulées de boue traversent les tentes, entraînant les ustensiles de ménage et les maigres provisions.

De T., le colonel Tauriac que j'ai pu joindre par radio m'a promis, en bon père de famille qu'il est, d'envoyer le plus vite possible plusieurs camions de farine et de lait en poudre. Mais un glissement de terrain a coupé la route juste en dessous de l'usine électrique.

La pluie a repris, plus fine, plus drue, ouatant les youyous qui ponctuaient l'enterrement des trois enfants écrasés par l'effondrement du plafond de l'école coranique.

Le sergent Burguet m'a annoncé que le déluge avait descellé quelques-unes des pierres du mur de soutènement de la *vieille citerne*. Discrètement j'ai été repérer les dégâts, pas trop difficiles à colmater, m'a-t-il semblé. Par chance, les gens du village ne semblent s'être aperçus de rien, trop occupés à consolider leurs habitations et à essayer de récupérer leurs affaires engluées dans la boue.

L'idée qu'un jour, une fissure puisse zébrer la *vieille citerne*, puis qu'apparaisse à son flanc une plaie béante d'où s'échapperait Dieu sait quoi a tourné et retourné dans ma tête toute la nuit. Profitant d'une tournée d'inspection à travers le village sinistré, je me suis arrêté tout à l'heure dans la cahute de Kader. Je voulais qu'il me donne son opinion sur la solidité d'un édifice qu'il connaît depuis tant d'années.

— Une fois la *nouvelle citerne* mise en service, a-t-il affirmé, il aurait fallu faire disparaître au plus vite cet amas de pierres qui tiennent par la force de l'habitude. Mais personne n'a voulu en prendre la responsabilité. En fait, pas mal de gens avaient peur de ce qui se cachait dessous. De vieilles légendes courent, vous savez, des sorcières y auraient établi leurs pénates, un génie y serait retenu prisonnier... Plus sérieusement, certains estimaient que la citerne faisait partie du patrimoine du village, au même titre que la mosquée ou que la koubba de Sidi Ahmed. On ne pouvait pas la rayer du paysage comme ça ! Le conseil des anciens a discuté à n'en plus finir de la conduite à tenir. Du côté de l'Administration, on craignait que tout un pan de la montagne ne glisse si l'on touchait à quoi que ce soit. Et puis la guerre s'est installée. Il y a eu quelques autres sujets de préoccupation... Finalement, c'est Noguès à son habitude qui a tiré le premier. Il a décidé de recycler l'endroit pour l'usage que vous savez.

Un moment il s'est absorbé dans ses pensées.

— De façon lancinante, le vieil homme que je suis se pose une question : mettra-t-on un jour en terre ce qui reste des pauvres types dont les corps ont été jetés là ? Une question bien peu rationnelle, je le reconnais. Étrange que dans notre religion, mais ça doit être pareil dans beaucoup d'autres, il soit si important de reposer en pleine terre. Comme s'il fallait que chacune des parcelles de ce qui fut un être humain puisse reprendre au plus vite sa place dans la grande cavalcade des atomes !

Il a fixé sur moi ses yeux sombres.

— Une citerne, pourtant, ça devrait être l'endroit idéal pour le repos éternel, non ? Surtout dans un lieu comme ici où l'eau est le bien le plus précieux. Le symbole le plus éclatant de la vie ! Mais, justement, c'est là que ça cloche. Les hommes ne sont pas habilités à réunir ce que Dieu a irrémédiablement séparé : la Vie et la Mort. Sinon où iraiton ?

À mon absence de réaction, il a compris que j'étais vraiment mal dans ma tête. Avec force, il a assuré que la *vieille citerne* tiendrait encore un bon bout de temps.

— Elle nous enterrera tous ! a-t-il promis.

5

Distribution des prix au lycée Delacroix. Florence qui passe désormais chaque semaine voir Safia Mouraoui m'a demandé de descendre à T. pour l'occasion. En ma qualité d'ami de son père.

— Belkacem aurait été si heureux de me voir couronnée devant plein de gens importants, lui avait dit la gamine, surtout mon premier prix de dissertation française.

Curieux de jouer le rôle qu'a assumé l'oncle François tout au long de ma scolarité ! Compte tenu de la situation familiale, il estimait, en effet, de son devoir d'être présent à la cérémonie des prix du lycée Carnot. Un séjour aussi bref que possible, car il détestait ce Paris *sale, bruyant et mal tenu qui se trouve être notre capitale*. Il faut dire à sa décharge que mon palmarès ne lui apportait en général que d'assez maigres satisfactions.

Bref, je ferai l'oncle François, mais moi, selon ce que m'a annoncé Florence, empli de l'orgueil d'un tuteur comblé par les lauriers qui s'annoncent.

Tout uniforme dehors, le préfet, le général, l'archiprêtre, le rabbin et quelques autres étaient présents. Un vague mufti, le visage fermé, avait été réquisitionné pour rééquilibrer tant bien que mal cette brochette de personnalités. La vaste salle des fêtes du lycée n'était qu'à demi pleine, beaucoup de parents ayant voulu marquer leur hostilité à la politique menée par Paris. Du reste, la photo du général de Gaulle derrière l'estrade n'avait été accrochée que trois minutes avant l'ouverture des portes. L'un des grands jeux des lycéens ces derniers temps consiste, paraît-il, à la voler ou à la recouvrir de slogans injurieux.

Les discours se sont succédé comme en 1900, vantant le Travail, l'École laïque, la République et cette Algérie française depuis cent trente ans, où la paix était enfin en train de gagner.

La veille, Safia avait appris qu'elle était reçue à la première partie du bac, avec simplement une mention *assez bien* qui l'humiliait. J'ai parlé cinq minutes avec le proviseur, un Algérois jovial, prof d'histoire de formation. Je lui ai affirmé qu'elle était la première bachelière, ou demi-bachelière, originaire de la *vallée des sept villages*. En cent trente ans, ce n'était pas si mal.

Il m'a corrigé :

— Pas cent trente ans : cent huit ! Ce qu'on ne sait pas, en général, c'est que la France n'a pris possession de cette partie reculée du territoire qu'en 1853.

Je l'ai remercié du fond du cœur pour cet important éclaircissement. En contrepartie, il nous a autorisés, Madame l'Archiviste et moi, à emmener Safia déjeuner en ville.

La petite a grandi. Le visage s'est encore affiné, la peau maintenant est parfaite. Seuls des sourcils épais et anarchiques continuent à détonner.

Safia n'était pas au mieux de sa forme. Un de ses oncles habitant à Orléansville viendrait la chercher le lendemain pour l'emmener passer les grandes vacances en famille. Selon elle, c'était un *pétocheur* qui se gardait de s'engager dans un camp ou un autre, mais ne pouvait s'empêcher de critiquer l'engagement *irresponsable* de son frère aux côtés des Français. Pendant deux mois, elle allait devoir se battre pour défendre la mémoire paternelle.

— La petite chèvre de Monsieur Seguin, quoi ! Mais le loup est moins malin que moi, et je reviendrai faire ma philo à T. en les emmerdant tous, ces salopards.

Employer ces mots énergiques, qu'utilisait son père plus souvent qu'à son tour, lui a redonné le moral. Elle a accepté de prendre un second dessert comme le lui proposait Florence.

Au cours du déjeuner, affichant soudain un air grave, Safia m'avait lancé sur Aubervilliers. Son père lui en avait tellement parlé, de ce pays de conte de fées où il avait eu la chance de passer son enfance ! Quand ils vivaient encore dans leur village de l'Ouarsenis, le soir, pour l'endormir, il la promenait dans les rues bordées de magasins – *des magasins différents pour chaque produit !* –, il la faisait pénétrer dans les cafés et les cinémas illuminés. Parfois même, il l'emmenait jusqu'aux bains-douches où les robinets étaient en argent massif. Le temps passant, elle avait compris qu'il en rajoutait un peu, mais elle voulait maintenant savoir comment c'était pour de vrai.

Je lui ai dressé un portrait enchanteur de la ville. Certes il y avait maintenant un peu trop de circulation et de bruit, mais on avait construit des tas de collèges, une piscine, un théâtre, et, contrairement à Paris, il y avait encore beaucoup d'espaces verts. En résumé, plus que jamais, c'était un chouette endroit.

Elle ne m'a pas cru tout à fait. Elle devait avoir eu des échos moins positifs, j'imagine, en interrogeant ses profs ou ses camarades au lycée. Mais ça lui a fait du bien de savoir que son père n'avait pas tout inventé. Je lui devais bien ça, au pauvre Belkacem.

Je n'avais pas jusqu'ici remarqué la façon qu'avait Safia, quand elle écoutait attentivement, de laisser tout à coup pointer entre ses dents très blanches une langue d'un rose nacré assez suggestif.

Brève virée au *Petit Parisien.* La patronne ne dit jamais un mot sur elle-même, mais Nadia, en veine de confidences, m'a expliqué que ce claque à T. avait été son cadeau de départ quand, après une vie bien remplie, elle avait pris congé du trottoir marseillais.

D'ici à ce qu'Ali le camionneur l'ait fréquentée là-bas, ou même qu'il l'ait installée ici quand il a quitté la Canebière… Ce n'est pas pour rien sans doute que je l'ai croisé dans cet endroit, visiblement très à l'aise. Et qu'il a si facilement arrangé mon histoire d'épaulettes égarées.

6

Canonnades habituelles une partie de la nuit. Mais cette fois-ci, trois ou quatre types auraient réussi à franchir le barrage. Le commandement a décidé de déclencher le plan je ne sais quoi qui prévoit de mobiliser toutes les forces du coin, et même les harkas des SAS dont le prestige militaire pourtant n'est pas le point fort.

Immobilisé par une entorse gagnée à la sueur d'un sanglier, le sergent Burguet a juré et pesté, mais il était infoutu de marcher cent mètres. Enfin une opération digne de ce nom, et il en était privé comme un gosse de dessert !

C'est donc moi qui suis monté sur le haut plateau à la tête d'une vingtaine de harkis. Marcheur invétéré, le toubib heureusement a décidé de nous accompagner.

Nous nous sommes retrouvés à ratisser au-dessus de la combe d'El-Laabi. Un avion d'observation assurait avoir aperçu par là des mouvements suspects. Déployés en ligne sur trois cents mètres, le pistolet-mitrailleur en position de tir, les harkis avançaient prudemment. Le toubib avait pris son magnifique fusil de chasse, on ne sait jamais, et moi le pistolet d'ordonnance auquel mes galons me donnent droit.

Le terrain était coupé de ravines et de haies de résineux. À un moment, l'air de rien, Delcourt s'est rapproché de moi. À mi-voix, il m'a lancé :

— Ne tourne pas la tête trop vite. Sur ta droite, au pied du grand arbousier, un gamin !

Au pied du grand arbousier, mal caché par une touffe de Delcourt savait quoi, se tenait un jeune garçon. Un berger égaré par là, que la trouille tétanisait.

— Pourvu que ce con ne bouge pas ! a murmuré le toubib.

Là-dessus, les deux harkis les plus proches se sont arrêtés, flairant je ne sais quoi, et ils ont commencé à observer tous azimuts.

— Devant ! Devant ! a alors crié Delcourt en se mettant à courir comme s'il avait aperçu à tuer.

Toute la harka s'est ébranlée à sa suite.

Le môme les a observés qui s'éloignaient. Je n'avais pas suivi le mouvement. Avant de repartir, j'ai mis un doigt devant ma bouche. Qu'il fasse gaffe encore un moment ! Le gamin a compris et s'est blotti encore plus derrière sa touffe de je ne sais quoi.

Quand nous nous sommes arrêtés pour déjeuner – avec les fameuses rations FSE pour nous et FSNA pour eux –, le toubib a juste laissé tomber :

— Heureusement que je t'avais appris à reconnaître les arbousiers !

De retour au poste, nous n'avons pas reparlé de ce micro-événement. Sans doute nous n'en reparlerons jamais. Souvent Delcourt m'a exaspéré avec ses refus systématiques de tout engagement personnel face aux événements, en particulier lors du putsch où sa seule réaction avait été de m'exhorter à la prudence. Désormais, je suis prêt à tout lui pardonner.

Conversation comme si de rien n'était avec Ali qui s'apprête à descendre à T. au volant de son Berliet. La pluie et le beau temps, avec les sempiternelles plaisanteries de sa part sur les mauvaises pensées, *hélas, mon lieutenant*, de tant des habitants de la vallée.

— Penser que la France vient encore de nous regoudronner la route sur cinq kilomètres juste avant l'usine électrique, soupire-t-il. Quelle ingratitude !

Il s'arrête un instant, un grand sourire se dessine sur son visage :

— C'est vrai qu'avec le barrage, l'autre, celui qui nous protège des incursions des *fells*, il vaut mieux avoir du jus ! Et il faut bien faire travailler les boîtes qui prennent le risque d'y aller, dans le bled !

Il sait qu'en retour, il aura droit à mon couplet habituel sur sa très ancienne amitié avec Ferdinand Lopez, l'entrepreneur des travaux publics, qui aventure impunément ses bulls et ses excavateurs en pleine zone d'insécurité.

Comme chaque fois, mon couplet le fait sourire, et il conclut :

— Finalement, tous ici, on travaille pour l'Algérie. Vous encore plus que nous, mon lieutenant. Cette paix des braves dont parle le général de Gaulle sans que personne l'écoute, vous, vous l'avez installée chez nous.

Sur cette pirouette, il monte dans son camion enfoui sous les nattes multicolores ficelées par-dessus et par-derrière, et disparaît dans un nuage de fumée noire.

Ces *cent trente ans de vie commune* dont se gargarise la France auront au moins permis d'étranges croisements. De Mouraoui le Parigot à Mado la Française en passant par Ali qui, j'en suis quasiment sûr maintenant, descend chaque jour ou presque à T. pour tirer son coup en famille comme il l'a fait sur le Vieux-Port pendant des décennies.

Dernier jour avant ce que les civils appellent les vacances d'été. Cet après-midi, Bechir a organisé la distribution des prix. De T. était arrivé un lot de bouquins, pas moins adaptés aux attentes des élèves de la vallée qu'à celles de leurs camarades de l'autre côté des mers, *Le Tour de France de deux enfants* et autres *Sans famille*. J'avais autorisé Bechir à faire disparaître les exemplaires d'un *Charles Martel*, un personnage dont l'image reste à commercialiser dans ces parages.

Avant la proclamation du palmarès, nous avons eu droit aux récitations habituelles, dont, bien sûr, *Le Dormeur du val*, que Bechir n'a plus même besoin de traduire aux parents présents. Pour la première fois, l'inspecteur d'académie, sans doute actionné par le colonel Tauriac, avait fait le voyage. Je lui ai laissé mon tour de parole pour qu'il ait le temps d'évoquer les vertus de l'effort et l'universalité de la langue française. Il en a profité pour annoncer solennellement que trois élèves avaient obtenu leur certificat d'études, et que des bourses allaient leur permettre de poursuivre leurs études à T.

J'ai escorté la voiture de l'inspecteur jusqu'au bas de la vallée. Le soir, nous avons offert à Bechir un dîner surprise. C'est demain, en effet, qu'il descend à Oran passer les deux mois de vacances auxquels il a droit.

Femme d'intérieur soudain, Dora avait tenu à préparer un couscous *comme à Blida ils le font*. Le dédicataire a eu le bon goût de le juger meilleur encore que les couscous juifs de sa ville natale.

— L'envie de mourir il te donne, a-t-il lancé.

La chaleur était accablante. En violation de toutes les consignes de sécurité, nous nous sommes installés sur la terrasse du poste. Dora et Delcourt avaient allumé tout ce qu'ils avaient réussi à trouver comme bougies dans le poste. Gagné par l'ambiance générale, le sergent Burguet n'y a même pas été des reproches que, d'ordinaire, il ne peut s'empêcher de formuler en sa qualité de guerrier professionnel. De l'oued montait une odeur de jasmin entêtante qui renforçait le caractère irréel de cette fête improvisée.

Visiblement touché par les attentions qu'on lui prodiguait, Bechir, en prenant l'accent idoine, nous a fait, après les cornes de gazelle de rigueur, tout un numéro sur les Arabes vus par les pieds-noirs. Du travail arabe aux déconvenues de ceux qui donnent leur petit doigt aux indigènes et se retrouvent sans bras, tout le sottisier y est passé, ponctué des inévitables *tu sais pas ce que tu dis, ho, dis !*

Pour ne pas être en reste, Dora s'est lancée dans un dialogue délirant entre deux journaliers dans le bled. Moitié en français, moitié en arabe, ils bouffonnaient sur le paternalisme de leurs employeurs respectifs. *Et moi, le patron y m'a même tendu la main, sa main à lui, et pas rien que la gauche* revenait en antienne, faisant pisser de rire un Delcourt décidément très amoureux pour se laisser aller comme ça.

La brise qui monte habituellement vers le milieu de la nuit nous a oubliés. Vers trois heures, nous nous sommes décidés à descendre nous coucher. Vaincues par la chaleur, les hyènes oubliaient de faire leur cirque, et sur la frontière, les canons aussi avaient résolu de la boucler.

À ma surprise, Kader hier avait assisté à la fête de fin d'année de l'école.

— J'ai senti, m'a-t-il dit tout à l'heure, que c'était la dernière distribution des prix à laquelle j'aurais l'occasion d'assister, sur cette Terre au moins. Ces cérémonies ont tellement ponctué mon existence, depuis le moment, où, tout gamin, c'était moi qui montais sur l'estrade en rougissant.

Dans la foulée, il a entrepris de me parler des garçons les plus brillants qui étaient passés par l'école de la vallée avant les événements.

— Il a dû bien y avoir au total une trentaine d'élèves qui, certificat en poche, sont descendus pour étudier au collège de T. La plupart ont trouvé des postes dans l'administration ou dans l'armée, les seules portes ouvertes, entrouvertes plutôt, pour les indigènes de notre espèce. À la mairie de T., aux Impôts, à la Poste… Nous avons même eu un brillant capitaine et un adjudant qui se sont fait tuer en Indochine.

« Quand il a fallu choisir, une poignée d'entre eux ont voulu rester du côté du drapeau qu'ils servaient ou de la main qui les nourrissait : méthodiquement le FLN les a abattus. Pour la plupart, les autres ont rejoint le Front dès le début ou bien au fil des dégâts commis. Aujourd'hui la moitié d'entre eux sont morts. Les plus chanceux ont même été enterrés.

Il a fermé les yeux comme s'il cherchait à passer en revue les visages de tous ceux qui s'étaient ainsi volatilisés. Des gamins qu'il avait dû, durant ses congés d'instituteur débarqué d'Alger ou de l'Ouarsenis, exhorter à travailler dur en classe pour s'en sortir et aider leurs familles à vivre mieux.

— Dans la bande, a-t-il repris, il y a trois ou quatre malins qui ont rejoint dès le début les apparatchiks à Tunis ou Oujda. Quand les Français en auront marre d'une guerre qui leur coûte tant d'argent, de vies et de haine à travers le monde, on les verra rentrer, ces trois ou quatre-là, gonflant les pectoraux, pour occuper les postes et les résidences de fonction. Le truc de toujours, quoi ! Nous avons connu ça à la Libération…

Il a pilé net :

— Enfin, plus exactement, *vous* avez connu ça en France à la Libération ! a-t-il rectifié.

Comme souvent maintenant, nous sommes partis d'un même éclat de rire, qui nous venge de la connerie du monde.

7

Tout au long de l'été, sous l'ombre des caroubiers qui forment comme un bois sacré entre l'oued et la koubba de Sidi Ahmed, la sieste est un moment d'abandon complet pour une bonne partie de la population mâle du village. Le seul moment sans doute où les corps et les esprits se laissent aller en ces temps où il vaut mieux garder un œil ouvert en toutes circonstances.

En ce début d'août, les effectifs du poste se sont singulièrement éclaircis. Ainsi qu'il me l'annonce dans une carte postale aux couleurs criardes, Bechir se vautre sur une plage à l'ouest d'Oran, Delcourt a trouvé le moyen d'escorter Dora dans sa Mitidja natale. Jusqu'au sergent Burguet qui m'a extorqué un week-end à T. pour fricoter avec je ne sais quelle bougresse. C'est sans doute pourquoi Kader, pour la première fois, s'est laissé aller à me tenir compagnie jusqu'à la tombée de la nuit, quelques minutes avant l'heure du couvre-feu. Sous l'auvent du poste, à grand renfort de thé glacé, une des seules douceurs qu'il veut bien accepter de la République, nous avons parlé à bâtons rompus.

— Je supporte de moins en moins le déferlement de la

violence, a-t-il dit soudain. Au début des événements, je m'étais fait aux batailles rangées avec leur moisson quotidienne de tués et d'égorgés. Depuis lors, la mort a reculé, mais ma capacité de résignation a diminué plus vite encore. Aujourd'hui une mine qui estropie une fillette me plonge dans un désespoir absolu pour des jours et des jours.

Il a haussé les épaules, s'est tu comme pour rassembler ses idées.

— Ces derniers temps, a-t-il repris, je fais des rêves de plus en plus mégalomaniaques. L'un de ceux qui me revient souvent est celui du joueur de flûte de Hamelin, une histoire qu'aimait nous raconter notre prof au collège de la rue de Paris, à T.

Il m'a dévisagé pour être sûr qu'il ne m'ennuyait pas avec ses ruminations.

— Le point de départ est toujours le même : je me tiens sur l'esplanade du marché dans mon village en ruines en haut de la vallée. Je tiens entre les doigts un instrument étrange, moitié roseau de berger, moitié fifre en cuivre de clique militaire, et je le porte de temps en temps à mes lèvres. La désarmante simplicité de la mélodie qui en sort me stupéfie moi-même. Quelques notes seulement, mais qui installent peu à peu alentour une étrange émotion. Les rares vivants encore là-haut dressent l'oreille : les bergers assez audacieux pour monter avec leurs chèvres jusque dans les zones interdites, une poignée de soldats des deux bords, les uns embusqués derrière les rochers, les autres enfermés dans des automitrailleuses d'où ils guettent l'ennemi ! Aucun d'eux ne peut résister à un chant qui vient de si loin.

« Je me mets en route, et comme des somnambules, ils se rangent derrière moi. Quand nous traversons le village suivant, nous formons déjà tout un cortège, et les enfants, les femmes, bientôt les hommes se joignent à nous. Bien sûr, je n'ai pas le droit de me retourner. Mais quand nous arrivons en bas de la vallée, je sais que, derrière moi, c'est une immense procession qui s'allonge. Et je sens que cette foule respire l'espoir et la joie. J'ai même la certitude que beaucoup de ceux qui sont morts ces derniers temps ont retrouvé le monde des vivants.

« C'est en apercevant le lac de retenue du barrage d'Ouarzane que l'angoisse fond sur moi : tous ces gens qui viennent de retrouver le bonheur de vivre, où est-ce que je les entraîne ? Vers cette étendue d'eau désormais toute proche ? Vers la Méditerranée pas si lointaine ? Ils m'ont emboîté le pas, confiants, et je les entraîne vers la mort comme l'avait fait mon prédécesseur, le joueur de flûte de Hamelin ! La panique m'envahit. Ma gorge s'assèche, et soudain aucun son ne sort plus de mon instrument. Derrière moi, j'entends monter des hurlements de douleur. Hors de cette mélodie, il n'y a pas d'existence possible pour tous ceux qui m'ont fait confiance ! Accablé, je me réveille en nage.

Les yeux humides, Kader m'a dévisagé :

— Il est temps que ce cirque s'arrête, vous ne croyez pas ?

En début d'après-midi, le sirocco est descendu insidieusement du col et a pris possession de la vallée. En hâte, ceux qui travaillaient dans les potagers du fond de l'oued ont regagné le village. Le bombardement des grains de sable est devenu intolérable, empêchant toute sortie et s'infiltrant par le moindre orifice dans les maisons. Lumière de fin du monde et chaleur de four à chaux. L'air s'est suffisamment raréfié pour que plusieurs vieillards grabataires en aient déjà profité pour larguer leurs amarres.

Ça va durer trois jours, annoncent les habitués.

Au pied d'un rocher de l'autre côté de l'oued, on a retrouvé fracassé le corps de cette Aïcha avec qui Mouraoui voulait faire sa vie.

Une histoire moins belle que celle de Malika se jetant avec ses enfants du haut de la falaise de la Folle. Pas mal tout de même.

J'avais pensé que le pauvre Mouraoui fabulait un peu. Difficile maintenant de récuser le *sceau de la mort*, comme on dit dans les livres.

Elle avait les nerfs fragiles, répète la famille Hamiche, le sirocco lui a fait perdre la tête.

La petite Safia n'avait pas tout à fait tort quand elle parlait à son père de la pièce de théâtre d'un « Anglais d'il y a longtemps ».

Kader ce matin :

— *Aucun homme ne trouve son ombre laide*, c'est un proverbe encore en usage dans notre vallée. On l'a traduit depuis longtemps en arabe, mais j'ai encore entendu ma grand-mère le dire dans son dialecte berbère que plus personne ne parlait. La sagesse populaire m'émerveille toujours. *Aucun homme ne trouve son ombre laide*, c'est beau comme une phrase de Pascal, non ? Impossible d'exprimer en moins de mots notre suffisance et notre insondable myopie !

Ce matin, mise en service de la première des fontaines dont j'ai obtenu le financement. Pas l'*inauguration en grande pompe* que chantonnait depuis plusieurs jours cet imbécile de Delcourt en se rasant... Discours aussi bref que je pouvais, mais un bon moment nous avons partagé fraternellement de grandes ventrées de cette eau que veut bien nous déverser la *nouvelle citerne* enfouie pour notre dilection au pied des Trois Pitons.

Un vrai progrès pour les gens de cette partie du village qui devaient jusqu'alors charrier leurs énormes jarres par les ruelles défoncées. Kader, qui habite juste en face de la nouvelle fontaine, s'est abstenu de tout commentaire. Mais il a daigné assister à la cérémonie et même trinquer avec moi dans un des gobelets en carton offerts gracieusement par Ali le camionneur pour *marquer le coup*, une expression qu'il emploie à tort et à travers et qui, selon le toubib, pue l'ancien souteneur.

Dans le camp numéro 1, la construction de la *Maison commune* est enfin achevée. Dès la rentrée, elle servira d'antenne à l'école de Bechir. En attendant, elle accueille ces SNP qui, par charretées entières maintenant, débarquent dans l'univers de la vie patronymique. Grâce à moi, *Jean-François le Baptiste*, ainsi que Dora m'a surnommé.

La guerre semble s'être assoupie. Les convois du régiment en faction à la frontière se sont faits rares. La nuit, de l'autre côté des crêtes, les tirs des canons retentissent toujours, brefs désormais et comme pacifiés. Chacun devine qu'ont repris entre négociateurs français et algériens les pourparlers un moment interrompus.

Pour célébrer ce contexte nouveau, j'ai éprouvé le besoin de remplacer la pancarte délavée qui surmonte le portail du poste. Soucieux de contribuer moi aussi à calmer le jeu, j'ai décidé d'écarter toutes les couleurs qui prêtent à contestation, le bleu, le blanc et le rouge, le vert et le blanc aussi, bien sûr. Écarlate sur fond gris, le panonceau *Section Administrative Spécialisée* a fière allure.

J'ai autorisé Ali le camionneur à monter jusqu'au verger qu'il possède du côté de la koubba de Sidi Abdallah, à trois heures de marche en pleine zone interdite.

— Les figues sont mûres, m'a-t-il expliqué. Une bonne saison apparemment, mais il faut y aller vite maintenant.

Il a emmené avec lui une vingtaine de cueilleurs. Pour ma part, j'ai mis un détachement de six harkis pour les accompagner.

Comme si souvent, dialogue surréaliste entre nous :

— Des harkis, mon cher Ali, pour éviter que les *fells* ne vous cherchent des poux dans la tête. Non, non, j'insiste.

— C'est trop gentil de votre part, mon lieutenant, mais, je vous assure, ce n'est vraiment pas nécessaire. Grâce à l'action de pacification menée par l'armée, le pays est sûr désormais.

— Vraiment pas nécessaire, ai-je reconnu, mais mieux comme ça !

Nous nous sommes souri.

En fin d'après-midi, les cueilleurs sont redescendus, ployant sous les couffins chargés de figues.

Le soir, discrètement, les harkis ont organisé un méchoui. J'ai compris qu'Ali, comme toujours, n'avait pas lésiné question reconnaissance.

De grand matin, Ali a pris la peine de passer au bureau avant de descendre à T.

— 1961 est une année exceptionnelle, m'a-t-il déclaré. Pour les figues en tout cas ! Merci encore de votre compréhension, mon lieutenant.

Sans que je ne lui demande rien, il m'a expliqué comment on conservait les fruits dans des jarres, après les avoir fait tasser au pied par de très jeunes enfants. L'espèce de pâte de fruits qui s'y formait était l'aliment qu'on emportait tout au long de l'année pour manger dans les champs ou sur les pâturages.

Comme je paraissais m'intéresser à ses histoires, il m'a

signalé en partant que, dans le Coran, il y avait une *sourate de la figue* qui méritait lecture. Drôle dans sa bouche ! Ça m'a renforcé dans ma conviction qu'il en rajoute en général dans son rôle de mauvais garçon. Un beau rôle et une excellente couverture devant les Français, il l'a bien compris.

Durant les quelques jours passés ensemble, qui aujourd'hui me semblent un siècle, Marc Floriot, lui, m'avait fait un long couplet sur le figuier, *arbre théologique par excellence*. Mahomet, bien sûr, mais aussi Jésus s'en servaient pour leurs paraboles, Bouddha méditait sous son ombre et la nymphe Calypso, celle qui ne pouvait se consoler du départ d'Ulysse, versait ses larmes à l'abri de son feuillage. Jusqu'à Rome qui y avait niché ses jumeaux fondateurs avant l'arrivée de la Louve.

Ce carabin de Delcourt m'a annoncé qu'il avait accepté de rempiler un an pour tenir compte des supplications de ses patients, à moins que ce ne soient de celles de sa petite camarade Dora qui, après une brève escapade estivale chez ses parents à Blida, s'est installée ici un mois durant. *Le cabinet paternel et les Domfrontois attendront*, a-t-il décidé, pas mécontent de respirer encore un peu l'air du large avant d'aller s'enfermer pour toujours dans son bocage bas-normand.

Dans le vide étrange créé par le nouvel environnement politique, et renforcé par la chaleur accablante qui continue à nous écrabouiller le crâne, chacun laisse filer après trop d'années d'insupportable tension. Et avant nul ne sait quoi.

8

Cet après-midi, j'ai appris ma nomination à Sainte-Clotilde, quelque part dans la plaine au nord de T. Le putsch aura au moins eu ce résultat tangible.

À l'avis de mutation, le colonel Tauriac a joint un petit mot personnel :

> *J'ai fait tout ce que j'ai pu et même un peu plus auprès de qui il fallait… Malheureusement, vous ne finirez pas votre temps dans la vallée où j'ai compris que vous vous sentiez un peu chez vous. Ne recommencez pas à inonder les bureaux de lettres de protestation. Ça ne servira à rien sinon peut-être à vous faire affecter dans un régiment d'infanterie quelque part dans les Aurès. Tournez la page ! Vous avez fait là-haut ce que vous aviez à faire. Bravo et merci. Cette nouvelle expérience à Sainte-Clotilde va être intéressante, j'en suis sûr. Tous mes vœux.*

J'ai une semaine pour me préparer. Et à l'horizon six mois encore à jouer le con.

Toute une nuit à cuver ma fureur. Insupportable injustice, idiotie insensée, gâchis insondable. Tant de fils que je suis le seul à tenir, tant de choses à achever, tant de gens qui comptent sur moi dans le village et les centres de regroupement… Pour ne pas parler de cette trêve informelle qui s'est instaurée ici, et a été tant bien que mal préservée en dépit de la mort de Mouraoui et de ce qui a suivi. Car, bien sûr, mon successeur n'en aura rien à faire, de tous ces acquis, qu'il foutra en l'air avec voracité.

Savoir que les cimetières sont peuplés de gens indispensables n'aide guère, hélas, à surmonter amertume et désespoir. D'autant qu'à peine reçu mon avis de mutation, la nostalgie du trio que nous formons, Delcourt, Bechir et moi, m'a par avance poignardé. La fraternité des prisons est si belle une fois l'écrou levé.

Et puis il y a Kader, et puis il y a ces falaises mordorées et la divine fraîcheur qui monte de l'oued… Et puis merde !

Malgré tout ce que j'avais à faire pour boucler les dossiers, je suis monté prendre congé de cette ferme Ligny qui m'a si continûment accompagné depuis mon arrivée dans la vallée.

Comme la première fois, les harkis qui m'escortaient se sont installés à bonne distance de ce qui fut la maison d'habitation. Je les ai observés un instant, assis sur un talus, allumant leurs clopes, le regard perdu dans des pensées dont, après tant de mois de vie commune, je n'ai pas la moindre idée.

L'absence du caporal Mouraoui, qui souvent pourtant m'avait exaspéré avec ses manières expéditives, m'est apparue tout à coup comme scandaleuse. Pour employer les mots qu'il utilisait, ils lui avaient bien fait sa fête, ces salopards ! Mais on avait fait leur fête à tant d'hommes et de femmes depuis sept ans. Quatre cent mille, c'était le chiffre que j'avais lu je ne sais où, mais ceux d'en face parlaient d'un million. Une immense fête ça avait été, et ce n'était pas fini.

À grands pas rageurs, j'ai fait le tour des ruines. Le pan de mur à droite où si longtemps avait battu un volet intempestif s'était écroulé. Partout les ronces avaient continué leur progression et les pluies de l'hiver avaient emporté les marches menant au belvédère. Dans le verger, il était devenu presque impossible de pénétrer : une marée de fruits en état de décomposition jonchait le sol et les rosiers rouges s'étaient faufilés partout.

Durant mes premiers mois dans la vallée, j'avais eu l'étrange certitude qu'en braquant mes jumelles sur ce haut lieu de la mort, je finirais par comprendre la tragédie qui se déroulait dans le pays. À force, la scène du carnage s'était glissée dans mes rêves. Je voyais les hommes se glisser dans la ferme sous le grand ciel étoilé d'hiver. Ils tuaient les chiens, faisaient déguerpir les ouvriers qui dormaient là, dont ce Bensaïd qu'on guillotinerait à la prison Barberousse. Tandis que certains commençaient à mettre le feu aux étables, d'autres forçaient la porte de la maison. Sous la conduite de Lattache, ils s'élançaient dans l'escalier.

Quelques mois plus tôt, dans ces Aurès lointains, on avait tué une poignée d'Européens et de notabilités musulmanes. Paul Ligny avait évidemment lu l'information dans le journal. Mais en quoi ce fait divers à l'autre bout du pays le concernait-il ? Toujours il avait vécu en bonne intelligence avec les gens alentour et avec ses employés, même s'il s'était parfois heurté avec eux, avec Bensaïd, par exemple. Quelques semaines plus tôt, dans le village sur l'autre rive de l'oued, ses enfants avaient dû comme chaque année fêter la Yennayer, accrochés à la crinière du lion. Et comme chaque fois, il avait offert la galette des rois aux villageois. C'était son grand-père, m'avait expliqué Kader, qui avait inauguré cette coutume. Dans la maison d'un des notables, serrés près des kanouns sur lesquels ronflaient les théières pansues, on avait échangé les vœux et les plaisanteries habituelles en mangeant les pâtisseries de l'An neuf mêlées aux galettes de la fête des Rois.

Il a fallu que je remonte là-haut aujourd'hui pour me rappeler à quel point, alors, j'avais affabulé autour du drame dont la ferme avait été le cadre, comme si j'avais absolument besoin de visualiser une raison au moins de ma présence dans ce coin d'Algérie. Ce n'est qu'au bout de plusieurs mois que cauchemars et ruminations s'étaient espacés. J'avais fini par me faire à l'idée d'être ici, et basta !

Avant de redescendre, j'ai cherché à retrouver la patinette rouge que j'avais aperçue jadis, écrasée sous les poutrelles d'un des hangars. Cette fois, elle avait été avalée par la végétation qui est en train de tout submerger. Seul Delcourt aurait été capable de trouver son chemin dans cette jungle dont il connaît tous les tours. Contrairement à la première fois, enfermé dans son infirmerie, il n'a pas daigné faire une apparition dans le champ de mes binoculaires.

Avec Kader, nous avons eu ce qui, j'imagine, sera notre dernière conversation. Car s'il lui arrive de descendre à T., c'est uniquement pour faire contrôler à l'hôpital les bobos qu'il a glanés sur les champs de bataille, et il s'empresse de remonter au village.

C'est lui qui a proposé de venir prendre le thé sur la terrasse juste devant mon bureau, à la vue de tous.

— Je ne sais pas trop, a-t-il fait, comment qualifier la relation qui s'est instaurée entre nous depuis que vous avez pris la peine d'installer vos pénates ici.

Il s'est arrêté un moment, perplexe.

— *Complicité* ? Un mot qui pourrait nous valoir bien des ennuis, à vous comme à moi ! Douze balles dans la peau si on nous prenait en flagrant délit… *Connivence*, alors ? Je n'aime pas trop. C'est une attitude un peu trop passive. Or nous avons eu une relation résolument *active*, non ?

Une quinte de cette toux rauque qui est sa manière d'extérioriser ses émotions s'est déclenchée.

— On ne va pas tout de même parler d'*amitié* ? Un demi-siècle nous sépare ! Bon, peut-être qu'il n'y a pas de mot. La seule chose qui nous reste à faire, c'est de continuer ! Même de loin. Je crois assez à la transmission de pensée, pas vous ?

Maladroitement, je lui ai dit à quel point il avait donné du sens à ma vie dans la vallée. Mais aussi combien il avait changé ma façon d'approcher le monde. Il m'avait appris à tracer les frontières non pas là où le hasard les fait passer : là où elles séparent vraiment.

Avant que nous nous quittions, il est revenu sur cet optimisme invétéré qui m'a parfois agacé chez lui.

— Je vous ai bassiné avec les premiers contacts que j'ai eus avec les Français, en 1914-18. C'est que, paradoxalement, ils m'aident à garder espoir pour la suite.

« Arrachés du fin fond de nos montagnes, équipés et formés à la va-vite, nous avons été projetés par dizaines de milliers sur le front, de la Somme à la Champagne. Au milieu des cadavres et des rats, avec souvent de la boue jusqu'aux genoux, nous passions nos journées à attendre l'ordre, qui finissait toujours par venir, de bondir des tranchées baïonnette au canon. Et pourtant, je vous l'ai raconté plusieurs fois, quand, par miracle, l'un de nos officiers prenait la peine de nous interroger, comme un seul homme, avec les quelques mots de français que nous connaissions, nous répondions *Tout va très bien, mon lieutenant, merci !*

« Une telle réaction est devenue incompréhensible pour ceux d'aujourd'hui. La réponse des générations suivantes, vous l'avez vite compris, ç'a été, dès que la possibilité s'est présentée, de monter au djebel. Après le rouleau compresseur de la conquête, il nous en a fallu, des décennies, pour relever la tête ! Maintenant, c'est fait. Encore faudra-t-il que ceux qui prendront le pouvoir, aient l'humilité de rebâtir notre société en collaboration étroite avec ceux qui habitent ce sol. Et non pas entre eux et pour eux. Sinon, on y aura droit de nouveau, aux *Tout va bien, monsieur le chef !* Et on repartira pour un tour.

J'ai mis de l'ordre dans mes placards. L'occasion de jeter enfin des dossiers qui avaient perdu toute raison d'être. Une dernière fois, j'ai parcouru les coupures de presse sur l'affaire de la ferme Ligny, les photos des enfants et le reste. Je n'ai pas rouvert, en revanche, le dossier des *exploits militaires* du capitaine Noguès. Dans le poêle chauffé à blanc, j'ai jeté tout ça et plein d'autres chemises dépassées par les événements.

Je me suis occupé ensuite du coffre. J'ai sorti les fiches concernant les frères Hamiche, Ahmed Lattache, et celles d'un tas d'autres qui, comme eux, n'encombrent plus notre planète. Elles ont brûlé sans protester. Tout à coup, je me suis retrouvé en train de fourrer dans le foyer, par poignées entières, les bristols qui emplissaient les boîtes trouvées à mon arrivée ici.

Le coffre enfin vide, j'ai refermé la porte avec soin. Ainsi que nos instructions nous le prescrivent, je me suis donné la peine de changer la combinaison de la serrure.

Sur mon bureau, il ne restait qu'un seul carton : le rapport sur la *vieille citerne* établi par l'ingénieur qu'on avait dépêché d'Oran en 1898. J'ai pris enfin le temps de l'examiner d'un peu près. Comme j'en gardais le souvenir, l'auteur déconseillait fortement de faire des travaux importants de consolidation. Je n'avais pas lu, en revanche, ou pas noté, qu'il soutenait que les fondations remontaient à l'époque punique. Depuis, écrivait-il, on avait restauré, et agrandi l'édifice à plusieurs reprises, notamment aux époques romaine, byzantine et arabe. Il signalait que, dès qu'on aurait construit au-dessus du village une *nouvelle citerne* plus vaste et mieux située, les archéologues pourraient glaner ici une foule de données passionnantes sur *l'histoire de l'hydraulique en Afrique du Nord depuis les temps les plus reculés*.

J'ai fourré ce dossier dans mes bagages. J'irai moi-même le déposer aux Archives départementales. Florence Carliez saura en tirer profit.

Rencontré sur la place du marché, Ali m'a invité à prendre un verre au café maure. La preuve que ceux d'en face lui laissent quartier libre pour prendre toutes les initiatives qu'il juge opportunes. Celle aussi qu'il s'emmerde ferme dans ce fond de vallée.

Nous avons parlé de mon nouveau poste. *Une belle promotion*, a-t-il lancé avant de comprendre que la perspective de Sainte-Clotilde ne me souriait aucunement.

— Mon père, m'a-t-il expliqué, rêvait pour moi d'un grand destin. À dix ans, il m'a envoyé à T. chez un de ses oncles pour suivre les cours à la medersa franco-arabe. Parfois, les dimanches d'été, on nous emmenait nous baigner aux étangs de Sainte-Clotilde. Hélas, aujourd'hui, même ce coin est devenu zone interdite !

« On avait de la vase jusqu'aux genoux et de l'eau jusqu'aux cuisses, mais ça rafraîchissait quand même un peu. Et puis, de loin, on apercevait des filles, des gamines européennes en costumes de bain, la peau laiteuse, les fesses bien fermes. C'est tout ce qu'on voyait. On n'avait pas intérêt à approcher si l'on ne voulait pas prendre les torgnoles des pères.

— À Marseille, ai-je risqué, vous avez dû vous rattraper, non ?

Cette remarque a dû l'énerver, car il a pointé le doigt vers une tablée de vieux enturbannés qui agitaient leur éventail avec vigueur.

— Il ne fait pas chaud pourtant, mais ce geste est une vieille manie chez nous. Une seconde nature depuis le jour où le dey d'Alger a cru malin de frapper le consul de France avec ce paisible ustensile. Ça les démange tous de l'imiter, ce dey qui pourtant nous a valu tant d'emmerdements, et ils ne perdent aucune occasion de s'exercer.

Il a baissé la voix :

— Car ce sont tous des *fells*, ces salopards, vous le savez maintenant, mon lieutenant.

J'ai répondu très fort :

— Pas tous, Ali, vous exagérez. Il y en a qui aiment la France, ne croyez pas que vous êtes le seul.

Il s'est décidé à partir de ce rire en cascade qui fait toujours recette. Les conversations se sont arrêtées net. Tel un artiste qui a réussi son tour, Ali s'est incliné.

Avant de le quitter, je lui ai demandé de passer à qui de droit le message d'arrêter de trancher la gorge aux filles sous prétexte d'un sourire dans la mauvaise direction. On en avait encore retrouvé une la semaine dernière dans l'oued, quasiment décapitée. Ça n'était pas bon pour l'image de ceux d'en face, et moi, ça commençait à me faire gerber.

— Moi aussi, a-t-il dit, grave soudain. Mais cette saleté est inscrite si profond dans le cœur des gens ! De toute façon, je passerai le message, en ajoutant que c'est le testament que vous laissez en quittant la vallée. Les bouteilles à la mer finissent toujours par arriver quelque part.

Cérémonie des adieux sur le replat devant le poste, au pied du drapeau. Pour ne pas compliquer la vie des gens, je n'avais invité personne. Derrière le regard impassible des harkis qui présentaient les armes, je sentais de muets reproches. Un peu à l'écart, à côté de Bechir et des employés bien obligés d'assister à cette cérémonie, Delcourt avait pris la posture désabusée du camarade abandonné sur le champ de bataille. Seul, le sergent Burguet, en hurlant ses ordres, ne se donnait pas la peine de dissimuler la joie qu'il éprouvait à voir enfin déguerpir le traître que j'étais.

Au village, les gens, en me saluant poliment, gentiment même pour quelques-uns, n'avaient en leur for intérieur qu'une préoccupation : quel mauvais con l'armée allait-elle sortir de sa boîte pour me remplacer ? J'ai eu l'impression que Kader lui-même pensait que je n'avais pas fait tout ce qu'il fallait pour m'accrocher à mon poste.

À leurs yeux à tous, j'avais l'occasion de retourner dans le monde civilisé, et sans états d'âme je les laissais tomber.

Pas mal de gens tout de même m'ont accompagné jusqu'aux dernières maisons du village, mais quand je me suis retourné, au premier virage, à l'aplomb du marabout de Sidi Barka, plus personne n'était là pour regarder la voiture qui allait disparaître.

En vérité, seul Bechir m'a paru vraiment catastrophé, comme s'il imaginait le pire pour la vallée et pour lui-même.

VIII

LES ÉTANGS DE SAINTE-CLOTILDE

1

Sainte-Clotilde. Neuf mille habitants, à peu près autant que là-haut, mais la localité compte six cent cinquante *Français de souche européenne*. Vergers, primeurs, une coopérative viticole et même une ferme où l'on élève un bataillon de vaches qui ont pris le relais de celles de Ligny pour l'approvisionnement de T. en produits laitiers.

Viticulteur et maire de l'endroit depuis quinze ans, Edmond Lopinot m'a accueilli sans chaleur excessive. Sous une veste de sport fatiguée, il portait une chemise blanche et une cravate sombre.

— Que les choses soient claires dès le départ, a-t-il dit : la SAS est l'annexe de la mairie chargée de régler les problèmes des Arabes.

— Des FSNA, vous voulez dire ?

— Appelez-les comme ça vous chante, a-t-il rétorqué, mauvais. Un conseil d'ami : ne semez pas votre merde ici ! J'ai appris votre comportement pendant le mouvement des généraux. Laissez-moi vous dire que ça ne me donne pas une très haute opinion de votre patriotisme ! Mais la situation est assez grave pour que nous évitions toute bagarre fratricide. Paix armée peut-être, mais paix !

J'ai répondu que j'étais pour la paix. La paix tout court.

Mais j'ai prévenu que je n'aimais pas qu'on me prenne pour un paillasson.

Le bâtiment qui m'est affecté est un ancien garage à la sortie de la départementale qui mène à T. Deux bureaux, une infirmerie, une grande salle pour l'alphabétisation des adultes, une autre pour l'initiation des femmes aux travaux ménagers, avec des planches à langer, à repasser et à je ne sais quoi d'autre. En haut, une chambre hideuse et une kitchenette.

Une vingtaine de harkis au bout du rouleau sont supposés assurer la garde de ces mirifiques installations. Mais aucun rebelle ne s'est pointé dans le coin depuis plusieurs années. Ès qualités s'entend.

Je ne cesse de me présenter d'un bout à l'autre de *ma* circonscription. Le garde champêtre mis à ma disposition, me guide, discret, compétent, dévoué. Parfois le côté quelque peu surréaliste de la situation générale et du couple que nous formons lui arrache un léger sourire. Un type épatant en un mot.

Ainsi que Lopinot me l'avait jeté à la figure, je suis devenu une sorte de secrétaire de mairie chargé des questions sociales. Avec comme horizon personnel la retraite dans six mois.

C'est dans les trois bidonvilles que se trouve l'essentiel de ma *clientèle* : la misère, pas le dénuement total. Le paradis comparé aux centres de regroupement de la vallée d'où je viens.

T. est à portée de main, une petite demi-heure par une route toute droite. Les premiers soirs, j'ai été dîner au mess. Puis je me suis lassé de retrouver chaque fois les mêmes gueules, les mêmes discussions. Pas une fois, je n'ai eu envie de pousser la porte du *Petit Parisien*, comme s'il fallait être un guerrier, dans mon cas un guerrier d'opérette, qu'importe, pour aller tirer son coup au bordel.

Quand je me retrouve dans le studio crasseux mis à ma disposition au second étage, je sens monter une dérisoire nostalgie de la petite bande avec qui je vivais dans ma vallée de larmes. C'est tout juste si le sergent Burguet ne me manque pas, avec ses pipes puantes et ses idées courtes et méchantes !

J'ai acheté un vieux pick-up déglingué. Allongé sur le lit, je passe mes soirées à écouter Coltrane et Miles Davis, plongé dans les polars que j'emprunte à la bibliothèque de la commune.

Sainte Clotilde. À demi effacée, une plaque apposée au-dessus du porche de l'église explicite les raisons de ce nom exotique, afin que nul ne l'ignore, y compris les musulmans qui se trouveraient passer par là.

ANNO DOMINI 1878,
CLOVIS DUPUIS A ÉDIFIÉ CETTE ÉGLISE
PLACÉE SOUS LE PATRONAGE DE SAINTE CLOTILDE.

Le *Guide bleu* précise que ce Clovis Dupuis, onzième enfant d'une famille de vignerons bourgignons, s'est établi ici en 1852. On lui est non seulement redevable de la construction sur ses propres deniers de l'église paroissiale, mais aussi du nom attribué au nouveau village. Il éprouvait une dévotion particulière pour cette sainte qui a converti à la vraie Foi son époux Clovis, roi des Francs. Une étape essentielle, rappelle l'auteur, dans la christianisation de ce pays qui allait devenir la France. La France de Dunkerque à où ? Le sujet n'était pas encore à l'ordre du jour lors de la rédaction de l'ouvrage.

Lopinot m'a expliqué que Clovis Dupuy était le grand-père maternel de sa femme Clémence. Pas étonnant qu'il considère la commune quasiment comme son domaine privé. Un sentiment qui peut avoir des aspects positifs : devant les bâtiments publics et sur les places du village, par exemple, il a fait planter des massifs de bougainvillées sur lesquels, m'a-t-on dit, il veille personnellement, un sécateur à la main s'il le faut.

La patronne du *Petit Parisien* a pris la peine de trouver mon numéro de téléphone à Sainte-Clotilde. Elle m'a fait une scène au téléphone en se plaignant que je ne venais plus les voir. Magda et Nadia, à qui elle a successivement passé le combiné, ont cherché elles aussi à me ramener dans le droit chemin.

— Viens nous voir un soir ! a lancé Nadia d'une voix câline. C'est moi qui régale ! Tu sais bien que j'ai un faible pour les sous-lieutenants.

Avoir le *Petit Parisien* à portée de main m'a coupé toute envie. S'y ajoute l'état de santé de la pauvre Leila, la petite Libanaise née voilà trois mille ans, qui parlait si bien de son pays, le plus beau du monde, *neige, soleil et bonheur à gogo.*

— Un cancer là où elle a péché, m'a confié la patronne, si l'on peut dire ça d'un ange comme elle ! Une question de semaines. J'ai été la visiter dimanche. Quelle misère ! Comme disait ma vieille mère, elle a les yeux bordés d'anchois. La seule chose que nous pouvons faire d'ici, c'est lui expédier chaque matin dans sa chambre une gerbe de glaïeuls, les fleurs qu'elle aime le plus.

Je me suis inscrit pour l'un des envois de la semaine prochaine.

Il a fallu que je débarque à Sainte-Clotilde pour enfin répondre à l'invitation à dîner de l'archiviste. Son appartement rue de Paris ne manque pas de charme, avec ses meubles Troisième République ripolinés en blanc et ses bibliothèques débordant de bibelots.

Avant de m'offrir une omelette brûlée, elle m'a présenté un par un les tableaux de cette Baya dont elle m'avait tant vanté les mérites. Sur des surfaces peuplées de branchages et de papillons, des silhouettes féminines drapées dans des rouges ou des jaunes agressifs, à première vue pas du tout au diapason de la maîtresse des lieux.

En parlant avec elle, Florence Carliez m'a paru incroyablement seule dans cette ville, mais sans doute l'était-elle tout autant quand elle dirigeait les Archives départementales à Aurillac, son poste précédent. Ce qu'elle nie, bien sûr : depuis un lointain divorce, soutient-elle, les livres lui tiennent avantageusement lieu de famille.

Être obligée de faire sa mobilité ministérielle en Algérie non seulement ne l'a pas dérangée, mais même l'a émoustillée. Tous deux, nous avons franchi à peu près en même temps la Méditerranée, mais elle, elle en a encore ici pour trois ans.

Au moment de nous quitter, nous avons évoqué la relation un peu bizarre que nous avions nouée.

— J'attendais vos lettres avec une certaine impatience, a-t-elle énoncé. Depuis la première que vous m'avez adressée, assez ignoble pourtant, vous vous en souvenez peut-être… Savoir que j'avais au moins un correspondant au bout de la ligne était réconfortant !

J'ai avoué que moi aussi, là-haut dans la montagne, j'avais chaque fois pris plaisir à ouvrir ses lettres. La première exceptée !

Elle a esquissé un minuscule sourire tout en posant sur moi ses grands yeux verts. Une fois de plus, j'ai été fasciné par l'impudeur avec laquelle ils fouillent l'autre, une impudeur si décalée par rapport à l'aspect tellement convenable de son personnage.

Altercation avec Lopinot dans son bureau de maire de Sainte-Clotilde. Pas la première, mais celle-là violente.

Au début, il avait tenu à me montrer avec une chemise boutonnée et une cravate sombre que c'était lui le patron. Mais il s'était vite lassé. Le polo rayé vert et rouge qu'il porte maintenant s'harmonise mieux avec l'arrondi de son ventre, mais il donne à mon képi immaculé plus de force encore pour résister à ses coups de sang.

Parce que je lui avais demandé d'envoyer d'urgence une équipe pour remettre en état la fontaine du bidonville de Goléah, il s'est lancé dans une diatribe contre les Arabes qui cassent tout, *vos Arabes*, a-t-il même jugé bon de préciser.

L'occasion d'une franche explication entre nous. De ce dialogue d'un autre âge, j'ai surtout retenu ce qu'il m'a dit à la fin.

— Penser que ces salauds racontent partout que nous leur avons volé leurs terres ! Leurs terres ! Il suffit de lire les récits des premiers voyageurs pour savoir que ce coin du pays n'était qu'une steppe où broutaient des troupeaux étiques de chèvres ! Chez nous, à Sainte-Clotilde, c'était même pire. Une bonne partie du territoire était couvert de marais pestilentiels que nos grands-pères ont asséchés de leurs mains, mètre carré après mètre carré !

Il s'est arrêté, les yeux mauvais :

— Voilà ce qu'on leur a volé, à vos Arabes, je vous défie de démontrer le contraire. C'est nous qui l'avons construit ce pays ! Et maintenant les mêmes Arabes, en regardant nos vergers, nos vignes et nos oliveraies, nous hurlent : la valise ou le cercueil ! Avec la bénédiction des bons Français qui vivent leur existence pépère de l'autre côté de la

Méditerranée ! Tout le monde veut nous jeter dehors comme des merdes !

Il poussait un peu trop loin le bouchon. Après quelques minutes d'échanges un peu tendus, il a bien voulu reconnaître que, depuis 1956, deux millions de jeunes métropolitains avaient passé chacun deux ans de leur vie à essayer de la sauver, l'Algérie française. Pour l'aider à mieux comprendre, j'ai même effectué la multiplication à son intention : deux millions par deux ans, ça faisait au total quatre millions d'années.

— Quatre millions d'années, ai-je expliqué en me souvenant des couplets de Kader, c'est le temps qui s'est écoulé depuis l'apparition des hominidés en Afrique de l'Est.

Lopinot s'était assez défoulé à mes dépens pour accepter de ma part ce calcul idiot.

— De toute façon, a-t-il soupiré, c'est l'Histoire qui jugera. Je me dis parfois que peut-être l'OAS arrivera à convaincre l'armée de faire dérailler la politique d'abandon menée de main de maître par le général de Gaulle. Sans trop y croire. De toute manière, on ne peut plus maintenant qu'attendre le résultat des courses. Mais il faut bien reconnaître que c'est plutôt mal barré pour nous.

2

Florence m'avait annoncé qu'elle allait passer quelques jours en métropole pour voir ses vieux parents dans je ne sais quelle sous-préfecture. Avant de partir, elle m'a remis en mains propres une longue lettre, *très confidentielle*, a-t-elle tenu à préciser, *à lire à tête reposée*.

J'ai eu peur de je ne sais quelle complication sentimentale, tout à fait hors de propos par les temps qui courent. Non sans soulagement, j'ai découvert qu'il n'en était rien. Ce qu'elle m'écrivait, pourtant, m'a laissé un drôle de goût dans la bouche.

À partir de documents sur lesquels, assure-t-elle, elle est tombée *par le plus grand des hasards*, elle avance que les Ligny, en cette malheureuse nuit du 21 mai 1955, ont été la cible non pas des premiers maquis, mais d'une organisation liée aux milieux coloniaux d'extrême droite.

À cette date, la région n'avait pas encore été frappée par des attentats spectaculaires contre les colons. Pour des raisons multiples, notamment la survie à T. depuis la conquête d'une intelligentsia arabe vivante et sûre d'elle-même, la présence d'une population juive bien intégrée, et des effectifs européens relativement réduits, la coexistence entre les communautés était ici mieux assurée qu'ailleurs. En 1945, après les massacres de Sétif, les velléités locales de ratonnades dans le sillage de celles qui avaient éclaté un peu partout en Algérie avaient pu être désamorcées.

Dans ces circonstances, le rôle du maire de la ville et de Paul Ligny, l'un de ses jeunes adjoints, avait été capital. Après une école d'agriculture, ce dernier s'était installé à T. où il dirigeait les coopératives agricoles. Il venait d'être élu au conseil municipal.

Ce qu'elle avançait recoupait tout à fait ce que m'avait exposé John Mignard. À défaut d'avoir pu se livrer à des ratonnades, un groupe de jeunes excités avaient assassiné plusieurs militants du parti de Messali Hadj. Contrairement à l'habitude, les coupables avaient été arrêtés, et déférés devant la cour d'assises d'Oran.

> *C'est cette même cour, vous vous en souvenez, qui jadis avait condamné le capitaine Doineau à mort. En 1946, elle a fait presque aussi fort : elle a collé au trou les deux principaux coupables pour vingt ans. Le témoignage de Ligny a puissamment contribué à leur condamnation. Dans son propre bureau à la mairie, les assassins s'étaient vantés sans vergogne de leurs forfaits. Pas besoin de vous dire que ce verdict a indigné les milieux coloniaux les plus indécrottables. Ligny a eu droit à une pluie de menaces de mort. En fin de compte, il s'est résolu à quitter T. pour se réinstaller dans la ferme familiale que vous ne connaissez que trop bien.*

De réductions en remises de peine, continuait Florence, les assassins sont sortis de prison en 1954. D'après des documents sur lesquels elle était tombée *par hasard*, leur implication dans le meurtre des Ligny tout juste un an plus tard avait été une piste explorée par l'un des enquêteurs. Comme de juste, celui-ci avait été muté en métropole. Des ordres venus d'Alger avaient ensuite imposé la culpabilité de Bensaïd, un salarié des Ligny connu pour sa grande gueule, qu'on avait envoyé à la guillotine vite fait.

Pour Florence, les énergumènes condamnés en 1946

avaient voulu profiter des événements pour se venger en faisant payer à Ligny, ni vu ni connu, sa déposition décisive devant la cour d'assises. Mais le meurtre visait aussi, à travers l'assassinat de l'un des leurs, et pas n'importe lequel, à mobiliser tous les colons de la région, et les autorités à Alger, contre l'éventualité d'un dialogue avec *les bandits d'en face*. D'où l'adoption d'une version de l'assassinat plus atroce encore que la réalité.

À la faveur de l'émotion causée par cette affaire indéfiniment ressassée par les journaux, une dizaine de nationalistes notoires avaient été descendus par un commando inconnu, qu'on avait baptisé la Main Rouge. Aucune enquête sérieuse n'avait été ouverte. Dans le bled, les autorités avaient nommé le capitaine Noguès et quelques-uns de ses pareils avec carte blanche pour rétablir l'ordre par tous moyens.

Après avoir ainsi exposé, cinq pages durant, les grandes lignes d'une machination qui ne paraissait que trop tenir la route, l'archiviste conclut la lettre qu'elle m'adresse par un assez impayable *Tout cela, bien sûr, sous bénéfice d'inventaire.*

J'aurai passé deux ans en Algérie sans une seule rencontre digne de ce nom avec un représentant de cette ethnie bigarrée que forment ceux qu'on appelle désormais, à leur grande fureur, les pieds-noirs. Alors que, tant de fois, j'ai bu le thé ou mangé chez des Arabes…

Beaucoup des appelés du contingent sont, j'imagine, dans une situation identique : ils ont juste traversé Oran ou Bône avant d'être camionnés jusque dans une quelconque Kabylie, avec en poche, si tout va bien, leur billet de retour par le même itinéraire.

Bien sûr, ce n'est pas la faute des pauvres Ligny si, à mon arrivée dans la vallée, ils ne m'ont pas accueilli comme ils auraient dû dans leur ferme dont la vue jusqu'à la Méditerranée valait pourtant le détour. De façon plus générale, du reste, ce qui se passe sur ces quelques centaines de milliers de kilomètres carrés n'est la faute de personne en particulier. Juste une histoire mal emmanchée depuis cette chaude journée de juin 1830 où les fantassins du général Bourmont ont débarqué sur la plage de Sidi Ferruch.

J'ai écrit trop vite hier : des semaines durant, j'ai été en contact suivi et approfondi avec des pieds-noirs. Des pieds-noirs physiquement absents, mais dont les ombres étaient omniprésentes.

Pendant notre scolarité à Cherchell, nous passions deux mois dans le bled histoire de pouvoir crapahuter *en vraie grandeur*, comme disaient nos instructeurs, à n'importe quelle heure du jour et de la nuit. Nous dormions, quand du moins c'était une activité inscrite au programme, dans une immense et superbe demeure totalement isolée sur les contreforts du massif du Chenoua, la *Ferme Clamecy*. Les meubles de prix avaient été mis sous clé dans les caves, et des batteries de lits de camp installées dans les chambres et jusque dans le grand salon. Mélange de manoir bourguignon et de mas provençal, la maison avait été construite dans les années 1880 par les colons à qui avait été concédée la plaine en contrebas.

Au retour des manœuvres, tandis que les autres allaient s'écrouler dans les chambrées, j'avais pris l'habitude de monter ni vu ni connu jusqu'à l'immense grenier. Il suffisait de pousser la porte un peu fort, et l'on se retrouvait dans un immense espace jonché de cantines, de malles en cuir, de caisses de tous genres, remplies de robes de grands-mères, d'uniformes bigarrés, de cahiers d'écoliers sur cinq générations. Deux ou trois armoires regorgeaient de tous les livres que lisaient les petits Français de cette époque, Jules Verne, Hector Malot et les autres. Grâce à eux, à la lueur de ma lampe de poche, j'ai refait interminablement le tour du monde en 80 jours et réussi tout un tas d'autres exploits. J'ai pu ainsi reprendre des forces dans une oasis rien qu'à moi.

Impossible d'imaginer plus français que ce grenier ! Et pourtant il suffisait d'observer par les œils-de-bœuf pour savoir qu'on se trouvait dans un lieu radicalement intempestif. Vers le sud, c'était une interminable plaine couverte d'orangeraies et de vignobles, où de loin en loin, jusqu'à l'horizon, pointaient les abris en planches ou les tentes des indigènes qui avaient réussi à sauvegarder quelques lopins de terre. De l'autre côté, la montagne s'élevait très vite, une garrigue impénétrable trouée çà et là de clairières où paissaient des troupeaux de chèvres. À quelques centaines de mètres vers le couchant, enfin, on distinguait, au milieu des bouquets d'eucalyptus, les baraquements alignés au cordeau où vivaient les ouvriers agricoles du domaine.

Un raccourci de l'Algérie, ou d'une certaine Algérie. D'autant plus saugrenu que la bande son du film avait été coupée. Dès le début des événements, les habitants de cette magnifique demeure avaient évacué les lieux pour cause d'insécurité. Quant à la population des baraquements, il nous était interdit d'entretenir avec elle le moindre contact.

Durant ces deux mois, j'ai ainsi vécu une étrange schizophrénie. Dès que je mettais le nez dehors, je basculais en territoire étranger, sitôt rentré à la maison, si l'on peut dire, je me retrouvais dans le ventre maternel.

Tewfik, un des camarades qui avaient comme moi le privilège de séjourner à la *Ferme Clamecy*, ressentait les choses presque comme moi.

— Le service militaire a du bon, ricanait-il. Il m'aura permis d'être reçu une fois dans ma vie chez un colon.

Et sur un ton grinçant :

— Être reçu chez un *couloun*, comme nous disons, tu imagines pour une merde de bougnoule de mon genre !

Tewfik était l'un des trois camarades FSNA de notre section à Cherchell. Ils avaient été désignés pour respecter un quota inventé par les grosses têtes de l'état-major.

— Dix pour cent d'Arabes, bouffonnait Tewfik, c'est mathématiquement correct puisque nous sommes quatre-vingt-dix pour cent de la population de ce pays.

Les deux autres de nos camarades FSNA étaient des fils de petits cadres de l'administration qui n'avaient pu faire autrement, j'imagine, que d'accepter cette prise en otages de leurs rejetons. Tewfik, lui, était un pur produit de l'école républicaine. Grand gaillard osseux aux yeux incroyablement mobiles, il affichait une pomme d'Adam proéminente qui ponctuait ses discours comme un étrange métronome. Fils d'un contremaître dans une exploitation forestière du Constantinois, il avait obtenu une bourse à la fac de droit d'Aix. Ayant négligé de présenter les examens, il lui avait fallu choisir en urgence : faire son service militaire dans l'Armée française ou bien rejoindre le maquis. La première solution lui avait paru la *moins pire* comme il disait, parce qu'elle laissait ouvertes plus de possibilités, celle de pouvoir changer de camp notamment.

Il n'avait pas imaginé qu'on l'affecterait, sans lui demander son avis, dans une école d'officiers de réserve. Dès ses débuts à Cherchell, il avait fait montre de la plus extrême mauvaise volonté, jamais à l'heure, jamais fringué comme il fallait, toujours insolent et bagarreur. Sans sourciller, il accueillait l'annonce des punitions qui lui pleuvaient sur la tête. Mais il avait beau tout faire pour être mis à la porte, il se heurtait à un obstacle insurmontable : l'École devait impérativement sortir le contingent d'officiers musulmans qu'on lui avait fixé.

On se décidait d'autant moins à le virer qu'il s'était révélé un tireur exceptionnel. Le général commandant l'École en personne l'avait repéré un jour où, avec une aisance déconcertante, il évidait le cœur d'une cible avec un pistolet-mitrailleur. Soucieux de la réputation de Cherchell, celui-ci envoyait Tewfik participer à tous les championnats interarmes organisés en Algérie. L'autre en rapportait chaque fois de superbes coupes qui mettaient un peu de gaieté dans les vitrines quasiment vides du salon d'honneur d'une École flambant neuve.

Sur l'amour qu'un pacifiste de son genre portait au maniement des armes à feu, Tewfik avait un numéro très au point :

— Mettre dans le mille est un exercice spirituel, soutenait-il. Et puis ça peut toujours servir. Qui sait de quoi notre avenir sera fait ?

En prononçant ces mots, il ébauchait une grimace propre à foutre la trouille à n'importe qui.

Sous cette carapace cynique, Tewfik était malheureux comme les pierres. Une fois, au retour d'une opération particulièrement harassante, je l'avais entraîné jusqu'à ce havre qu'était le grenier du manoir, histoire de bouquiner en paix. Ç'avait été l'occasion de discuter sans faux-fuyants de nos problématiques respectives face à une guerre où à très brève échéance nous allions être projetés comme acteurs.

— Devant ces *coulouns* qui nous méprisent de toute leur âme, me confia-t-il, je suis Caliban. Et la logique interne de Caliban, c'est de finir par tuer le maître. Tuer le maître, oui !

De furieux mouvements de sa pomme d'Adam confirmaient la violence qui l'habitait. Quand il fut un peu calmé, il me laissa alors entrevoir son intention de déserter avant la fin de notre scolarité. Ce qu'il fit à l'occasion d'un concours où il représentait l'École à l'autre bout de l'Algérie. Juste avant de prendre le large, il avait quand même eu l'élégance de gagner l'épreuve de tir à 400 mètres.

Dans l'inventaire désabusé que j'ai fait de ma relation avec les Européens d'ici, j'ai oublié, comme par hasard, de citer la copine de Delcourt. Sans doute parce que Dora ne m'a jamais semblé représentative de sa communauté avec cette volonté qu'elle a de prendre au sérieux le processus de l'intégration et d'en tirer toutes les conséquences, pour le pays et pour elle.

Difficile pourtant de ne pas reconnaître que, depuis que je la connais, je l'ai rayée de mes tablettes parce qu'on ne s'attaque pas à la femme d'un copain. Dora m'a fait envie sur-le-champ. Sa grande bouche, ses lèvres charnues, ses yeux carnassiers, sa voix chaude et capable de toutes les inflexions… Pas vraiment belle, mais sensuelle et impétueuse. Et vivante, vivante et libre, dans cet univers de mort et de putes. Bref, s'il n'y avait pas eu le toubib à côté d'elle, amoureux et réciproquement, j'aurais tenté ma chance sans hésitation.

Comme par hasard, depuis que je vis dans la plaine, je ne lui ai jamais fait signe. Pourtant, elle m'y avait invité, sans penser à mal. Et quand Delcourt, de passage à T., m'a demandé de venir déjeuner avec eux, j'ai inventé un prétexte pour ne pas être libre.

3

Retour de Florence Carliez. Elle m'a rapporté des disques de jazz et un paquet de livres interdits sur la guerre fraîche et joyeuse que nous menons dans ce beau pays.

En écoutant Ray Charles et en buvant un cahors récolté par son père, nous avons entrepris de nous dire ce qui nous faisait tourner l'un comme l'autre sur cette planète. Et soudain, bien sûr, a fondu sur nous le besoin impérieux d'entremêler nos modestes raisons de vivre. Ce que nous avons fait sous le regard des Baya accrochés aux murs de son salon.

Femmes aux mains rouges, s'appelle la plus grande des gouaches, celle qui est pendue juste au-dessus du canapé où nous avons fait l'amour. Sur fond de fruits et d'oiseaux, trois femmes très blanches aux yeux en à-plat comme dans les fresques crétoises. Maternantes à l'extrême, mais l'écarlate des mains laisse deviner les fureurs carnassières qui peuvent les envahir pour peu qu'on s'en prenne aux cultes dont elles sont les prêtresses.

Bechir m'a envoyé plusieurs photos, en couleurs délavées, de la Fête de la Récitation qu'il a organisée pour la troisième fois à l'école :

> *Aux poèmes que tu sais, j'en ai rajouté deux de Prévert et un de Victor Hugo pas mal du tout. La mort dans l'âme, j'ai supprimé* Le Dormeur du val, *mais tu m'as dit de ne pas faire dans la provocation. Ton successeur a paru satisfait de notre performance. Tu nous manques, tu me manques ! Je te ferai bientôt signe.*
>
> *Ton frère Bechir*

Depuis qu'elle est revenue de métropole, je demande à Florence de m'en dire plus sur ce qu'elle sait du meurtre des Ligny. Mais elle diffère sans cesse la production du document qu'elle m'avait dit décisif. Sans doute la mauvaise conscience qu'elle tire de l'entorse faite à ses principes déontologiques. Non seulement elle m'a communiqué des informations sous strict embargo, mais pour aggraver son cas, elle a commis un abus de pouvoir caractérisé en ouvrant son lit au producteur d'archives administratives que je suis, un producteur certes modeste, mais sur lequel elle se trouve exercer un irrécusable pouvoir hiérarchique.

Elle prétexte un obscur problème de clés pour accéder aux armoires fortes où sont stockées les archives sensibles, non sans me rappeler à chaque fois que ces papiers ne seront accessibles au public que dans quarante et quelques années.

Au fond, je ne suis pas sûr que je souhaite trop en savoir sur cette affaire ignominieuse. Surtout depuis que mes relations avec Florence ont pris la tournure qu'elles ont prise.

Nous nous retrouvons chaque soir maintenant. Vingt-cinq minutes de voiture sur une route toute droite et je suis dans ses bras en plein centre de T.

— Normal que la France ait des problèmes en Algérie, soutient le colonel Tauriac. Jules César, vous croyez que nos grands-pères l'ont accueilli comme le Messie ? Et les cavaliers arabes quand ils ont envahi la Berbérie, on a tué le veau gras pour eux peut-être ?

Pour lui, la solution est simple : il suffit de donner du temps au temps. Deux ou trois fois depuis que j'ai débarqué de mes montagnes, il m'a invité à dîner. Lui et sa femme, une Vietnamienne qui a dû être superbe, sont des hôtes chaleureux qui acceptent de dialoguer sans langue de bois avec un galopin de mon genre.

Difficile de faire comprendre au colonel qu'avec la décolonisation aux quatre coins du monde et les transistors partout, le temps n'a plus le temps d'attendre.

— Sans parler du moteur à explosion, un nom qui dit bien ce qu'il veut dire, mon colonel !

L'intéressé m'a dévisagé, réprobateur :

— Vous, les intellectuels, vous aimez mieux jouer avec les mots qu'observer les faits. La réalité, c'est qu'au cours des cinq ou six dernières années, ce pays a immensément changé. Sur tous les plans !

— Sur tous les plans, ai-je fait en écho. Et ce n'est pas fini !

Fine mouche, Madame Tauriac a dévié la conversation vers mes projets personnels une fois mon service terminé.

J'ai découvert à cette occasion que, si nets dans mon esprit à la sortie de l'École, les contours de mon avenir professionnel avaient pas mal pris l'eau depuis. Pas assez pour que je ne trouve pas une réponse rassurante à faire à Madame Tauriac.

Appel à l'aube de la patronne du *Petit Parisien*. La gorge nouée de sanglots, elle m'a annoncé que Leila, cet ange, avait rendu l'âme à l'hôpital d'Oran.

Pour la première fois depuis que j'officie à Sainte-Clotilde, j'ai franchi la discrète porte mozarabe. L'habituel cerbère était embusqué derrière, cette fois-ci non pour accueillir et orienter le chaland, mais pour refouler les intrus en cette journée d'affliction. Il avait reçu instruction de me laisser passer. J'ai retrouvé l'odeur de patchouli flottant dans le long couloir carrelé de grandes fleurs jaunes et vertes.

Ce n'était que sanglots aux quatre coins du salon. J'ai embrassé la patronne, Nadia et Magda. Vêtues de noir de la tête aux pieds, toutes les filles étaient là, et elles se jetaient dans les bras les unes des autres ou dans ceux des habitués qui avaient été jugés dignes de pleurer avec elles.

Les meubles avaient été repoussés contre les murs, les gravures vaguement coquines décrochées, les bouteilles du bar planquées. Sur deux arceaux, on avait posé le cercueil, qui disparaissait sous les gerbes de glaïeuls, la fleur préférée de la défunte.

Personne ne savait au juste à quelle religion Leila appartenait. Elle avait l'art pour brouiller les cartes. Suivant l'humeur du jour, elle évoquait un grand-père maronite régnant sur une vaste maisonnée tout en haut de la montagne, parlait de ses tantes piliers de mosquées à Beyrouth ou même chantait les louanges d'un cousin pope dont elle prétendait qu'il était *beau comme un Dieu*. À tour de rôle, chacun a donc dit la prière ou les mots qui lui passaient par la tête. J'ai récité trois vers de ce que j'ai baptisé *La Dormeuse du val*. Et, ma foi, *Nature, berce-la chaudement : elle a froid* était bien à sa place ici.

En ressortant, je suis tombé nez à nez avec Ali le camionneur. Il a bien voulu me gratifier d'un sourire triste comme je ne lui en avais jamais vu.

Après plusieurs prises de bec, j'ai découvert en Lopinot, qui administre Sainte-Clotilde depuis la Libération, un personnage moins fermé qu'il n'y paraît.

Vivant dans une commune où les Français, les FSE plutôt, ainsi qu'il prend grand soin de dire en ma présence, sont archiminoritaires, il est beaucoup plus conscient que ses compatriotes d'Oran ou même de T. de la précarité de la situation. Ce qui ne l'empêche pas de répéter les mots d'ordre les plus dérisoires des extrémistes qui sont en train de prendre le contrôle de la communauté pied-noir.

Ce matin, il m'a emmené jusqu'aux étangs aux limites de la commune vers l'ouest. Il avait troqué son polo informe pour un ras du cou d'un élégant bleu outre-mer.

— J'adore cet endroit enfoui dans les arbres, m'avait-il annoncé. De magnifiques spécimens de ces eucalyptus qu'ont plantés les colons quand ils ont assaini ces terres marécageuses. Clovis Dupuis, le grand-père de Clémence, avait des propriétés dans le coin.

Nous nous sommes engagés dans un chemin de terre en pleine forêt de chênes verts.

— Prenez les flingues sur la banquette arrière, m'a-t-il jeté. En principe, tout est tranquille maintenant par ici, mais on ne sait jamais.

Un premier étang est apparu. Lopinot s'est garé tout contre une modeste construction en ruines. Il est sorti de la voiture. Le fusil à la main, il a fait attentivement le tour du tas de pierres.

— C'était une maison à moi, oh, pas grand-chose, deux chambres et une terrasse où l'on pouvait dormir. On y passait le week-end avec les enfants. Pendant la canicule, les gens de Sainte-Clotilde, mais aussi des habitants de T., venaient se baigner ou plutôt se tremper dans ces étangs.

Il y avait des vendeurs de merguez et de gazouze tous les cinquante mètres, et des gens partout.

Il m'a jeté un bref regard, comme s'il voulait désamorcer par avance mes questions.

— Des Européens et des Arabes, hein ! Sans distinction ! N'empêche que dès le début, les *fells* ont foutu en l'air ma malheureuse bicoque qui ne leur avait rien fait ! Vous comprenez pourquoi on en a gros sur la patate !

Sur le chemin du retour, j'ai compris que, derrière une assurance de surface, il était mort de trouille sur l'avenir.

— Je ne sais pas ce qu'il va se passer, a-t-il trouvé le besoin de me déclarer. Ce dont je suis sûr, c'est que nous n'avons pas suffisamment *anticipé*.

Il l'emploie beaucoup, ce verbe « anticiper », avec des regrets dans la voix qui plaident en sa faveur. Depuis 1954, il est clair qu'il a accompli un bout de chemin personnel. Comme il me l'avait annoncé non sans fierté, pour marquer le coup au lendemain du 13 mai 58, il avait fait planter des massifs de ces bougainvillées qu'il aime tant sur des terre-pleins spécialement aménagés en bas des trois bidonvilles de la commune.

Je crois qu'il en est arrivé maintenant, trois ans plus tard, à accepter l'idée que les Arabes peuvent être non seulement de braves types, mais des citoyens dignes de ce nom « pour autant qu'ils aient fait l'effort de formation nécessaire ».

— Il faut qu'ils prennent place dans tous les secteurs de la société, a-t-il réaffirmé devant moi.

— Qu'ils prennent *leur* place ? ai-je interrogé.

Il a préféré ne pas répondre.

— Tout le problème, c'est qu'il faudra du temps, beaucoup de temps.

Les mots mêmes qu'avait employés le colonel Tauriac. Parce qu'il connaît Sainte-Clotilde comme sa poche, Lopinot, lui, sait bien que ce temps précisément, on ne l'a plus.

— Mon fils s'est installé dans le Gers, m'a-t-il glissé

devant la mairie avant de descendre de la voiture. Longtemps je lui en ai voulu à mort de ce que j'appelais son défaitisme. Quatre générations que nous vinifions ici, ce n'est pas rien ! Aujourd'hui, j'avoue que je ne lui reproche plus d'avoir pris cette décision.

Il m'a regardé, comme pour savoir s'il pouvait me faire cette confidence :

— Je suis même heureux qu'il ait pris le large quand il était encore temps !

4

Tard ce soir, le colonel Tauriac m'a convoqué à son domicile toutes affaires cessantes. Il voulait m'apprendre la désertion de Bechir la nuit précédente, six semaines après mon départ. Sous prétexte de fêter son anniversaire, il avait invité tous les harkis à dîner. Il les avait gavés et fait copieusement boire. Puis, en pleine nuit, il avait pris le large en emportant cinq des pistolets-mitrailleurs du poste. Ceux d'en face l'attendaient pas loin. Avec eux, il avait pris le chemin des Trois Pitons. Bien sûr, Gouvier, mon successeur si poli et déférent, n'avait rien entendu. Il dormait à poings fermés. Et avec son épouse que lui, Tauriac, il avait eu la faiblesse d'autoriser à passer quelques semaines là-haut sous prétexte de cours de puériculture à donner aux femmes du village !

— La trahison de Bechir modifie complètement la situation militaire dans la vallée, répétait Tauriac d'une voix rageuse et sa main en cuir martelait l'accoudoir du fauteuil. Depuis un bon moment, les salopards n'avaient plus que quelques pétoires hors d'âge. Soudain ils retrouvent leur puissance de feu. C'est une tragédie.

Il m'a extorqué le maximum d'informations sur les tenants et aboutissants de Bechir. J'ai dit à quel point il avait été un enseignant compétent et dévoué, mais le moment n'était pas trop bien choisi pour aller plus loin dans son éloge. D'autant que je ne savais plus du tout où j'en étais, moi, par rapport à lui après la calamiteuse initiative qu'il venait de prendre.

— Il ne perd rien pour attendre, celui-là, a conclu Tauriac. Ce qui me consterne, c'est que, à cause de lui, on va encore se faire descendre quelques jeunes types qui ne méritent pas ça.

Il m'a annoncé qu'il partait aux aurores pour la vallée. Établir les responsabilités et dire à cet imbécile de Gouvier ce qu'il pensait de sa manière de servir. Sa petite femme serait priée de regagner la France par le premier avion. Comment avait-il pu avoir l'idiotie, lui, Tauriac, de l'autoriser à rejoindre là-haut le connard qui lui tenait lieu de mari ? La raison, bien sûr, c'était que depuis des mois la situation là-haut avait été parfaitement calme.

J'ai senti alors se poser sur moi son regard soupçonneux. C'était ma faute en quelque sorte, pensait-il peut-être !

Mais il s'est levé, cordial :

— Merci pour toutes ces précisions. À mon retour, je vous demanderai de repasser si j'en ai besoin. Bonne nuit !

Cette histoire m'empêche de dormir. Et de penser. Que Bechir ait décidé de rejoindre le maquis, d'accord ! Mais emporter des armes avec lui ! Relancer ainsi le cochonnet alors qu'ensemble nous avions tout fait pour arrêter les frais dans la vallée en attendant que les belligérants se mettent d'accord à Paris ou à Genève ! Pourquoi avait-il soudain changé de cap ? Y avait-il longtemps qu'il préparait son coup ? Avait-il réellement joué double jeu avec moi comme je l'avais soupçonné un moment ?

Et ce *Bientôt je te ferai signe* par lequel il terminait sa dernière lettre a-t-il le moindre lien avec ce que je ne peux m'empêcher de considérer comme une désertion ? Une trahison même, le mot qu'a utilisé le colonel Tauriac.

Arguant d'un impérieux besoin de médicaments, Delcourt a profité de la voiture du colonel Tauriac pour redescendre avec lui à T. En fait, il imaginait sans mal l'état où je me trouvais et voulait me faire au plus vite le point sur le départ de Bechir.

Grâce à lui, j'ai obtenu en partie la réponse aux questions qui me taraudaient. À peine arrivé, Gouvier s'était laissé convaincre par le sergent Burguet de l'autoriser à monter des embuscades dans l'oued. De bonnes vieilles embuscades à l'ancienne ! « Faut pas laisser les hommes se rouiller », lui avait-il répété comme à moi quand j'avais débarqué. La première fois, la patrouille avait fait chou blanc. Burguet avait récidivé jusqu'à ce qu'enfin apparaisse un être humain dans sa ligne de mire. On avait trouvé sur lui des vivres qu'il portait à ceux d'en face. Accessoirement c'était un gamin de treize ans, qui en plus était élève à l'école.

Farci de balles, le corps fut rendu à la famille. L'enterrement donna l'occasion d'un énorme rassemblement au cimetière, les youyous des femmes et le reste, tout un après-midi. À la fin, Gouvier avait envoyé Burguet et les harkis pour disperser ce petit monde à coups de crosse.

Bechir avait assisté à tout ça. Il n'avait pas supporté qu'on lui tue un de ses élèves, pas supporté le retour à un passé qu'il croyait à jamais révolu. C'était aussi simple que ça.

Avant de remonter dans sa vallée du bout du monde, Delcourt a tenu à remettre cette histoire dans l'épaisseur de notre relation à trois :

— Il y a quelques mois, tu t'en souviens, je m'étais porté garant de la loyauté de Bechir. Le paysage local a trop changé pour que j'aie l'impression de n'avoir pas tenu mon engagement. Reste que moi qui ne suis pas, c'est une litote, un aficionado des *fells* comme toi…

Ma réaction un peu vive l'a fait esquisser un mince sourire :

— Excuse-moi, c'était une provocation gratuite pour vérifier si j'étais encore capable de te faire grimper au rideau. Ce que je veux dire, avec mes mots maladroits, c'est que je ferais n'importe quoi pour que Bechir sorte vivant de son équipée absurde. Absurde et impardonnable.

Nous n'avons pas eu besoin de nous dire que nous étions d'accord là-dessus.

J'ai tenté d'expliquer au colonel Tauriac ce qui s'était passé dans la tête de Bechir. Je lui ai aussi affirmé que ce garçon faisait partie de ceux dont l'Algérie aurait le plus grand besoin quelle que soit la suite des événements. Ce qu'il avait fait était inacceptable, bien sûr, mais il avait disjoncté pour des raisons qu'on pouvait comprendre. Si jamais il était fait prisonnier, qu'on l'envoie en tôle, pour aussi longtemps qu'on voudrait. Pas directement à la mort !

À ma surprise, Tauriac a paru m'écouter.

— C'est quand même un abominable salaud, votre Bechir. Bon, je vais voir ce que je peux faire. Si ses copains ne tuent pas nos gars avec leurs PM flambant neufs, on essayera de lui éviter le pire.

Il m'a regardé, l'air sévère tout à coup :

— Vous me faites dire des conneries, Werner ! Allez, rompez !

5

Tous les dimanches en fin de matinée, nous allons chercher Safia au lycée. Au début, nous l'emmenions au restaurant, mais elle nous a fait comprendre que déjeuner chez Florence d'un assortiment de salades et de desserts lui donnait bien plus de plaisir. L'après-midi, elle furète dans la bibliothèque et écoute les disques de musique andalouse dont Florence s'est toquée depuis son arrivée ici.

Elle dévisage aussi sans se lasser les trois tableaux de Baya qui forment la seule décoration du salon. Les *Femmes aux mains rouges*, mais aussi une *Dame au chapeau bleu*, dont le visage n'est guère plus que le double circonflexe d'une bouche cerise.

Que l'auteur de ces merveilles soit une gamine kabyle débarquée à Paris à seize ans et devenue sur-le-champ l'idole d'André Breton, de Picasso et de quelques autres époustoufle Safia. Elle y lit son propre destin : avec soi-même comme seul bagage, il est possible d'attirer l'attention d'autrui, y compris des plus grands talents du moment !

Pieds nus dans la neige, elle gardait les moutons, et à ses pieds nus soudain elle avait Paris, avait résumé Florence. Cette phrase qui se voulait burlesque avait frappé Safia, et elle adorait la répéter.

L'heureuse propriétaire des gouaches avait beaucoup discuté avec le galeriste d'Oran. Il lui avait expliqué à quel point ces formes tracées sans un repentir plongeaient profond dans l'univers des contes kabyles entendus par l'artiste durant sa petite enfance.

Il fallut du temps à Safia pour rebondir sur cette mise en perspective. Et puis un jour elle se décida à nous parler de sa mère morte quand elle avait six ans. Elle était douce et tendre, et, bien sûr, elle lui avait raconté des histoires traversées de sorcières et d'oiseaux magiques. Des histoires incrustées depuis des millénaires dans les montagnes berbères de l'Ouarsenis comme dans celles de Kabylie.

En Parisien qu'il était, Belkacem ricanait de ces racontars de bonnes femmes. Sans succès tant que la conteuse avait bien voulu demeurer sur notre planète. Après ? Après, Safia avait étranglé en elle ces moments de bonheur.

Les sourcils broussailleux qui déparaient le visage de Safia ont disparu. C'est Florence qui lui a suggéré cette transformation et, si j'ai bien compris, elle en a même assuré l'exécution.

En fait, Florence s'occupe de plus en plus de Safia. Mais celle-ci sait ce qu'elle veut. Quand Florence a voulu lui faire prendre des cours de dessin, un domaine aussi où elle a beaucoup de dons, elle lui a rétorqué qu'elle voulait écrire.

Elle nous a expliqué que, quand elle avait huit ou neuf ans, son père s'était endetté à mort pour lui acheter le *Grand Larousse*. Il voulait que sa fille puisse avoir des réponses à toutes les questions qu'elle posait et se posait.

— Dans notre village, nous n'avions qu'une pièce en terre battue, sans meubles ou presque. Posés sur une caisse, trônaient les dix volumes reliés. Simili cuir : Belkacem ne mégotait pas quand il s'agissait de culture !

Elle s'est esclaffée :

— On peut dire que je les ai amortis, les *Larousse* qu'il m'a achetés ! Quand j'étais gamine, et aujourd'hui encore puisque j'ai obtenu de l'internat le droit de les garder en pile près de mon lit. À force de leur casser les pieds !

La capacité de Safia à butiner et assimiler nous bluffe, Florence et moi. Selon son prof de philo, elle est bien partie pour une *mention bien* à son second bac, mieux même peut-être. Elle peut, elle, dit Florence, se payer le luxe de ne pas avoir de problèmes avec l'Algérie française.

L'histoire de la désertion de Bechir et des PM volés a fait un ramdam d'enfer, jusqu'à l'état-major à Alger.

Dix jours plus tard, le 19 novembre au petit matin, le commando Béjart a été largué sur la zone des Trois Pitons. Au mess, Vendroux, qui garde le contact avec ses anciens camarades, m'a donné des détails sur l'opération. Des détails terrifiants, mais j'avais besoin de savoir.

Il y avait longtemps que l'état-major était prêt à monter une opération d'envergure là-haut. Aussi le détachement se dirigea-t-il sans hésiter vers l'ouverture à peine visible de l'une des nombreuses grottes s'ouvrant dans la paroi rocheuse. Un tir nourri l'accueillit. Mais tout avait été minutieusement prévu, y compris les lance-flammes. Ceux d'en face se défendirent comme de beaux diables, et les cinq pistolets-mitrailleurs de Bechir retardèrent sérieusement les assaillants. Deux jours plus tard, une dizaine de gaillards hébétés sortirent enfin des grottes. Avant d'être liquidés, ils jurèrent que Belhocine était mort. On finit effectivement par retrouver son corps à demi carbonisé entre deux rochers éboulés.

Grâce aux chiens, on mit aussi la main sur Bechir qui se terrait au fond d'un boyau. Il fut interrogé sur place. Il n'avait pas grand-chose à dire, mais Vendroux n'écartait pas l'idée que, jusqu'à son dernier souffle, il ait payé avec usure pour chacun des membres du commando tués par les armes qu'il avait volées.

La suite, la presse l'a racontée en long et en large. Au retour des hélicoptères, le général commandant la zone attendait Béjart sur le tarmac pour le féliciter de son nouvel exploit. Sous les flashes des photographes, celui-ci avait brandi autant de fois qu'on voulait ce qui restait des cinq pistolets-mitrailleurs récupérés. Belhocine mort, la rébellion est désormais définitivement décapitée dans le département, répètent depuis lors responsables civils et militaires.

Florence a invité Safia à dîner à l'occasion de son anniversaire. Pour la première fois, la petite s'est décidée à me tutoyer.

— Parle-moi d'Aubervilliers ! m'a-t-elle demandé à brûle-pourpoint après le repas.

J'ai entamé mes couplets habituels. Très vite elle m'a coupé, violente soudain :

— Et les bidonvilles, on les a gardés, j'espère ?

Pas trop difficile de la rassurer sur ce point.

Dans ses yeux, une ombre atrocement triste est passée. Puis elle a avoué que, gamine, dans son village de l'Ouarsenis, des âmes charitables avaient commencé à l'affranchir. Quand elle le lui avait dit, son père était entré en fureur. Il avait écumé contre *ces salopards qui étaient jaloux*. Et c'était vrai qu'on ne les aimait pas, les Mouraoui, le vieux qui voulait qu'on l'appelle *le Français*, et ses quatre fils, Belkacem surtout, qui roulaient les mécaniques en parlant français entre eux et en racontant la France éternelle. À compter de ce jour, Aubervilliers s'était fait plus rare dans les propos de Belkacem, et plus nébuleux.

— L'important, a conclu Safia dans un gargouillement, c'est que j'ai aimé mon père à la folie, et que je continue.

Elle s'est effondrée en pleurs dans les bras de Florence, si pleinement inconsolable que celle-ci a dû téléphoner à l'internat du lycée pour annoncer qu'elle la gardait à dormir.

Sur le papier à en-tête qui lui sert à rédiger ses ordonnances, Delcourt m'annonce qu'il a trouvé, du côté de la ferme Ligny où le sous-lieutenant Gouvier s'est enfin décidé à monter, des plants de *pivoine voyageuse, une renonculacée jamais attestée à ce jour en Algérie.*

— Tu t'en fous, bien sûr, et à dire vrai, moi aussi ! Mais je ne voulais pas manquer l'occasion de faire monter ton adrénaline avec ma cuistrerie, comme dans l'ancien temps.

L'oncle François n'est plus. Dans la prose lacrymale qu'elle a trouvé la force de m'adresser, ma pauvre mère s'est décidée à glisser, entre guillemets, le mot *apoplexie.* Elle ajoute :

> *Tu sais que je ne l'aimais pas beaucoup, ton oncle. Il était si allemand, et jamais je ne pourrai oublier que ton pauvre père a été tué par les balles de ces gens-là ! Mais souviens-toi tout de même de tout ce que tu lui dois.*

Maintenant qu'il a pris sa place au Walhalla, il est séant que je l'appelle enfin du prénom qui l'a escorté pendant l'essentiel de sa vie. Né et éduqué allemand, devenu par deux fois gaulois, *Onkel Frantz* est mort heureux ainsi qu'il me l'a affirmé lors de notre dernière entrevue. Grâce à l'action de petits gars épatants de mon genre, il savait, en effet, que l'Algérie serait à jamais française. Qu'il repose en paix, *inch Allah* !

Depuis mon installation à Sainte-Clotilde, deux mois de suite, à la date habituelle, j'avais reçu de Colmar une bouteille de prune. Difficile de ne pas se dire que décidément cette vieille baderne d'Onkel Fritz baissait. Le mois suivant, non seulement c'était encore de la prune, mais il n'y avait pas jointe au colis la lettre habituelle m'exhortant à *tenir jusqu'au bout* comme mes aînés. Pas difficile de deviner que nous n'avions plus beaucoup de bouteilles communes devant nous.

Safia commence à s'intéresser à elle-même. Et à son prof de philo, ajoute Florence qui a droit à ses confidences. Désormais elle se maquille, très légèrement quand elle sort du lycée pour nous rejoindre dans la voiture, sans vergogne quand elle est chez nous.

Cet après-midi, du corridor, je l'ai aperçue en faction devant le miroir de la salle de bains. Elle jouait sérieuse comme la gamine de dix ans qu'elle n'a jamais été. Avec une habileté diabolique, elle maniait les pinceaux du haut en bas de son visage, mettant au service du rimmel et des rouges à lèvres de Florence la technicité de ces poseuses de henné qu'elle a observées petite.

— Elle te plaît ? m'a demandé Florence en m'arrachant à ma position de voyeur pour m'entraîner vers le salon.

Je n'ai pas répondu parce que ce n'était pas une question que j'avais envie de me poser.

Et plus tard, comme de la voiture nous l'observions qui trottait vers la porte de l'internat du lycée :

— Ce sera une femme magnifique. Tu sais que vous avez quasiment le même âge ?

De ces phrases qu'elle multiplie en ce moment comme si elle voulait que je m'éloigne avant qu'elle ait trop pris l'habitude de moi.

6

Les manifestations orchestrées par l'OAS à Alger et dans les villes de la côte depuis la rentrée scolaire, concerts de casseroles tout au long de la nuit, marées de klaxons dans les centres-villes, deviennent quotidiennes. Méthodiquement des commandos assassinent les personnalités européennes ou arabes qui pourraient encore aider au dialogue. Couper tous les ponts, parvenir à un affrontement frontal entre les deux communautés afin d'obliger l'armée à intervenir. Et cette fois à prendre le pouvoir pour de bon.

De mes conversations avec Lopinot dans son bureau de la mairie, je sens qu'il est de plus en plus dubitatif sur la stratégie mise en œuvre.

Kader descend tous les trois mois pour faire examiner à l'hôpital militaire la fameuse balle logée tout près de son cœur depuis quarante ans ainsi que quelques autres bobos engrangés au cours des deux guerres mondiales. L'occasion de se revoir pour la première fois depuis que j'ai quitté la vallée.

Pour ne pas le gêner, je m'étais mis en civil comme je fais, du reste, de plus en plus souvent depuis que je vis à T.

Pendant le déjeuner, il m'a avoué qu'il ne savait plus très bien où il en était, sur aucun plan :

— Je supporte de moins en moins qu'on nous explique qu'Allah est si grand qu'on n'a pas le droit de parler de lui. De Lui avec un L majuscule si ça peut arranger mes affaires. Mes affaires avec Lui ! C'est ce que je trouve bien dans votre religion. On peut discuter de Dieu et le cas échéant avec Dieu. En tout cas depuis quelques siècles. Dommage que votre théologie ne soit pas à la hauteur. L'Incarnation, le Résurrection, la Trinité, deux ou trois autres bricoles encore, reconnaissez que ça fait beaucoup à avaler !

« À un moment de ma vie, j'ai été attiré par le cheikh Ben Badis...

Il a compris que je ne savais rien sur ce personnage. En instituteur né, il m'a gratifié du cours pour classe élémentaire dont j'avais besoin. Originaire de Constantine, le cheikh Ben Badis, « yeux de braise et voix envoûtante », avait été le premier, dans les années 1920-1940, à inviter les *indigènes*, d'un bout à l'autre du pays, à une révolution profonde sur le plan religieux et culturel, en vue de reprendre un jour en main leur destin. Non seulement il avait ouvert des écoles partout, y compris pour les filles, mais il avait encouragé le développement des mouvements sportifs, du scoutisme, bref de tout ce qui préparait l'avenir.

— Il a été le père de la nation, c'est clair, celui d'où procèdent d'une façon ou d'une autre tous ceux qui ont parlé ou agi depuis deux générations, y compris, bien sûr, ceux qui ont pris le maquis. Mais il n'a pas eu toujours les disciples qu'il méritait. Beaucoup m'ont découragé par leur incuriosité et leur manque d'appétit pour le monde. Damas ou Grenade, ce n'était pas ça ! Ni notre ville sous la dynastie abdelwadide !

« Aussi bizarre que cela paraisse, celui de mes compatriotes aujourd'hui avec qui je me sens le plus en phase, c'est un politicien à l'ancienne, un homme de la *boulitigue* comme on dit chez nous : Ferhat Abbas, qui fut député au Palais-Bourbon après 1945. À force de prêcher dans le désert devant les gouvernants français successifs, Mendès-France compris, il a fini par se retrouver au FLN, décidé à renverser tous les obstacles, mais sans repasser par la case départ comme tant d'autres le souhaitent.

« Le jour de 1956 où il a rejoint Le Caire, j'ai compris qu'il n'y avait plus d'alternative. Espérons que les frères ne vont pas se débarrasser de lui un beau matin, une balle perdue. Ou bien un poison malin, une belle fin, remarquez, pour un pharmacien comme lui.

Cette idée l'a fait sourire un instant, puis il a repris :

— Comment régler nos boussoles après cent trente ans à tâtonner dans le noir ? Qui a la lanterne qu'il faut ?

Il m'a dévisagé, interrogateur :

— Il y a longtemps que je ne vous ai pas infligé l'un de mes proverbes, mais ils répondent tellement mieux que nous aux grandes questions posées aux hommes ! Le voici donc, et tant pis pour vous ! *Celui qui ne sait pas d'où il vient ne sait pas où il va.* Difficile de dire plus court le problème de notre pays, aujourd'hui et bien plus encore demain.

— *Inch Allah*, bien sûr ! me suis-je permis de lancer.

— *Inch Allah*, bien sûr ! Où avais-je la tête ? Voyez-vous, au terme de ma vie, je sais de plus en plus mal qui je suis. Un voltairien de confession musulmane, ou bien un musulman d'obédience voltairienne ? Ce n'est pas vous, malheureusement, qui ne croyez ni en Dieu, ni à l'Infâme, qui allez m'aider à trancher !

Pour la forme, j'ai protesté. Je croyais à l'Infâme, et même nettement plus qu'avant d'être venu traîner mes guêtres par ici. Ce qui ne me rendait pas capable pour autant de l'aider dans son voyage à l'intérieur de lui-même.

— Personne ne peut aider personne, a-t-il lancé, mais c'est bon de savoir que parfois quelqu'un essaye.

Florence a invité Safia à passer les vacances de Noël chez elle. Elle en a pris prétexte pour acheter un sapin et envelopper de mystérieux cadeaux dans de magnifiques papiers.

À plusieurs reprises le soir, je me suis retrouvé à observer Safia qui dévorait un livre pris dans la bibliothèque du salon. Elle était totalement possédée par sa lecture, et son visage par certains côtés encore si adolescent en prenait une gravité magnifique. Une fois, elle a senti mon regard, et, sans lever les yeux, elle a rougi violemment.

Comme Florence s'acharne à me rappeler, elle a presque mon âge. À cinq ou six ans près quand même.

Face au vent de folie que l'OAS fait souffler sur tout le pays, les gens sont en train de perdre leurs repères. Au *Jules Ferry* où je vais boire un café en sortant des bureaux de la préfecture, j'avais aperçu, toujours assis à la même table, un beau vieillard au visage émacié. La boutonnière piquetée de rouge, à longueur de journée il dévorait la presse métropolitaine. Ce matin, il a saisi son verre de jus d'orange et est venu s'asseoir à ma table.

— Vous voulez comprendre le problème algérien, mon lieutenant ?

Et comme je ne protestais pas :

— C'est très simple ! À peine débarqués, nous avons transformé les plus vénérables mosquées, d'Alger à Constantine, en églises et parfois en cathédrales. Vous imaginez Notre-Dame, la Sainte-Chapelle et Saint-Sulpice affectés du jour au lendemain au culte musulman ? De quoi susciter une haine inexpiable jusqu'à la fin des siècles.

Il m'a regardé dans le fond des yeux :

— C'est ce péché mortel que nous allons payer, mon lieutenant, et dans pas longtemps même ! Celui qui vous parle est un catholique convaincu. Il lui aura fallu toute une vie pour qu'il fasse enfin son examen de conscience.

Il a terminé son verre d'une traite :

— Priez pour nous, mon lieutenant ! C'est d'oraisons dont nous avons besoin maintenant, plus de canons.

Toujours aussi digne, il s'est levé :

— Rentrez bien chez vous, et merci d'avoir essayé de nous aider !

D'un pas mal assuré, il a regagné sa table.

Le premier merci en vingt-sept mois, la première fois aussi qu'un Français d'Algérie m'invite gentiment à repasser la mer le cœur tranquille.

— Depuis la mort de sa femme, m'a glissé le garçon, il a perdu la boule.

Profitant de la grâce de la Nativité pour mettre un instant un mouchoir sur son ombrageuse déontologie professionnelle, Florence s'est enfin décidée à m'apporter une copie du document clé dont elle parlait sur le meurtre des Ligny. Il s'agit du double d'une lettre adressée, pour reprendre l'expression qu'elle a utilisée, par *qui de droit à T.* à *qui de droit à Paris*, quelques semaines après les faits. Elle avait soigneusement escamoté tous les noms propres et elle a brûlé la copie de ce document dès que je l'ai eu lue.

Qui de droit à T., le sous-préfet de l'époque, j'imagine, expliquait dans le détail à son interlocuteur parisien, d'après le contexte un personnage important au ministère de l'Intérieur, les tenants et aboutissants de l'affaire. Il fournissait le nom des deux Européens, récemment libérés de la prison d'Oran, qui étaient montés à la ferme en emmenant quatre ou cinq « experts » afin d'assurer une exécution et une mise en scène à la hauteur de l'enjeu. Et il concluait :

> *Ce n'est que le début. Des groupuscules de ce genre sont en voie de formation un peu partout sur le territoire. Pour sauver leur Algérie à eux, ils sont prêts à tout, y compris à faire sauter la République.*

Lopinot m'a invité pour le réveillon. Il ne sera donc pas dit que je n'aurais pas été reçu chez un pied-noir avant de quitter l'Algérie.

J'ai amené avec moi Florence et Safia. Je pensais que, pour cette dernière, ce serait son premier Noël. Pas du tout ! S'autorisant de sa naissance à Aubervilliers, Belkacem Mouraoui célébrait chaque année celle du petit Jésus à Bethléem.

— C'est l'un de nos prophètes, affirmait-il. Je n'y peux rien si les roumis nous l'ont piqué ! Et j'emmerde ceux qui ne sont pas contents.

Les Lopinot semblaient soulagés de notre présence. Ni leur fils installé dans le Gers, ni leur fille mariée à un ingénieur parisien n'ont, en effet, trouvé le temps ou l'envie de faire le voyage. Edmond et sa femme Clémence avaient mis les petits plats dans les grands, foie gras, langouste et dinde farcie aux marrons, *tout pareil à ce qu'en métropole, ils font*.

— J'ai gardé pour la bonne bouche, a expliqué le maître de maison, un vin mis en bouteille par mon père en 36, une bonne année pour les rouges ici. Et pour les rouges, en général ! À l'époque du Front populaire, les Lopinot étaient à gauche toute. Notre ancêtre avait été poussé au cul dans ce coin marécageux par les sbires de Napoléon III, et les descendants gardaient pieusement la mémoire de ses tribulations. *Déporté*, on disait, et même si le mot n'avait pas le sens qu'il a pris, ce n'était pas une situation plaisante. Les malheureux transplantés ici mouraient comme des mouches. Les maladies, la faim, l'épuisement, et aussi les petits camarades installés par là depuis des millénaires, qui, allez savoir pourquoi, n'aimaient pas trop être délogés de leurs terres même s'ils n'en faisaient pas grand-chose.

Florence n'a pas l'habitude de boire. D'une voix mal assurée, elle s'est lancée dans deux ou trois histoires qu'elle avait explorées sur les débuts de la colonisation dans le département. Elle en est venue à la fameuse affaire de la malle-poste de T., qui la titille si fort :

— Une affaire qui contient en germe toute l'histoire qui a suivi. Dommage que le centième anniversaire n'ait pas été l'occasion d'articles et de livres, à défaut d'une commémoration sans doute impossible à organiser dans les circonstances présentes.

En rosissant, Clémence Lopinot a mentionné que l'une de ses aïeules, débarquée depuis peu de Bourgogne, avait été tuée durant l'attaque. Florence s'est arrêtée net.

— Continuez, a lancé la maîtresse de maison. Continuez, je vous en prie. La morte avait beau s'appeler Clémence comme moi, il y a pas mal de temps que nous ne portons plus son deuil ! Il y a prescription !

C'est alors que Safia a ouvert la bouche pour la première fois de la soirée :

— C'est combien de temps, les délais de prescription en histoire ?

À tour de rôle, nous avons bafouillé des bouts de réponse. Alors Safia, impitoyable, a précisé sa pensée.

— C'est pourtant un sujet d'actualité, et il risque de le rester lontemps dans ce pays !

Pour relancer la conversation, Lopinot a été chercher une bouteille d'eau-de-vie.

— 1919 ! C'est mon grand-père qui a distillé ça. D'une

seule main puisqu'il avait perdu l'autre au Chemin des Dames ! Je la gardais pour une grande occasion. Eh bien, cette occasion est arrivée. À votre santé à tous !

Il m'a regardé, les yeux malicieux :

— Toujours une que les Prussiens n'auront pas !

Pour se faire pardonner d'avoir un instant cassé l'ambiance, Safia a accepté de tremper un sucre dans le verre de Florence.

— C'est péché, a-t-elle souri. Mais ça fera plaisir à mon père, où qu'il soit.

Ceux d'en face ne respectent rien. Les nuits de Noël, tout particulièrement, ils aiment à déranger. Cette année encore, ils ont lancé une opération de franchissement massif du barrage électrifié, comme par hasard à la hauteur de ma bonne vieille vallée. Un échec cuisant, annonce un communiqué de l'état-major, et qui a coûté plusieurs centaines de morts à l'assaillant.

Selon le colonel Tauriac, les choses sont moins simples. Une dizaine de gaillards auraient réussi à passer entre les mailles du dispositif. Obstinés, ils se seraient dirigés vers le réduit des Trois Pitons, qui décidément attire les humains comme un gisement magnétique l'aiguille de la boussole. Ils auraient réussi à y reprendre pied.

7

Reçu la revue trimestrielle publiée par l'École de Cherchell à l'intention de ses anciens élèves. Papier couché et publicité offerte par les plus grandes entreprises du pays, patriotisme oblige. Avec en couverture, une brochette de képis étoilés inaugurant le *bâtiment Capitaine des Essarts* qui va permettre d'augmenter de vingt pour cent ce qu'il faut bien appeler la *production* de l'École.

J'imagine que, comme moi, tous les lecteurs de la revue l'ouvrent à la fin. Le *Carnet*, qu'ici quand même on n'appelle pas *mondain* : mutations, mariages, citations et, bien sûr, nécrologie.

Bilan en vingt mois pour notre section. Sur les trente-deux que nous étions, trois sont morts, on ne dit plus *au champ d'honneur*, un peu trop sans doute pour une guerre qui n'a pas droit à ce nom, *morts pour la France* simplement, trois sur trente-deux, ça fait dix pour cent malgré tout. Ledantec, le premier, deux mois après notre sortie de l'École, du côté de Souk Ahras, une embuscade de nuit mal montée, il est tombé sous les balles de ses propres types, comme quoi il ne faut pas rêvasser quand les instructeurs vous filent leurs tours de main. Numéro 2 : Jean-Paul, avec ce désespoir inconsolable qui le submergeait, ses guibolles arrachées et cette bataille entre la vie et la mort jusqu'à ce qu'il mette les pouces. Et c'est maintenant au tour du bon Mondini, sans prévenir, de faire son entrée dans la revue : *mort pour la France dans le djebel Onk le 27 novembre 1961*, juste à temps pour figurer dans ce numéro de rentrée, trop tard tout de même pour qu'on ait droit à des détails. Enseignant d'italien, fou de Pirandello. S'il y en avait un qui n'avait vraiment pas la gueule à finir comme ça, c'était lui, petit, timide, si mal dans ses baskets, le moins fait de nous tous pour porter l'uniforme, ça crève les yeux sur toutes les photos.

Impossible pour moi de ne pas ajouter à cette liste l'ami Tewfik, flingué dans une maison de rendez-vous de Blida peu après sa désertion. Il est des moments où il faut savoir additionner les carottes et les poireaux.

— Votre camarade Tewfik était un lâche. Il s'était planqué chez les putes. Il est mort dans un plumard au milieu des dessous de gonzesses, et en plus, il a fait tuer l'une des filles en s'en servant comme bouclier.

En gros le message qu'à plusieurs reprises on nous a balancé pour nous faire cracher sur la mémoire de l'intéressé.

Si Tewfik avait filé droit au maquis, nos chefs auraient accepté sa désertion. Il aurait eu un motif, un motif méritant le poteau d'exécution, mais qui se serait inscrit dans la logique militaire. Alors que là, oser décider de son propre chef que le carnage en cours ne le concernait pas !

Quand un soir, dans le grenier de la *Ferme Clamecy* qu'éclairait le pinceau de nos lampes torches, je m'étais étonné des critiques cinglantes qu'il adressait à jet continu aux types du FLN, Tewfik avait protesté, et les oscillations furieuses de sa pomme d'Adam scandaient son propos :

— Mais je suis à leurs côtés, qu'est-ce que tu crois ! Tu me vois, moi, aux côtés des autres !

Il s'était esclaffé :

— De *vous* quoi ! Remarque que quand je dis *à leurs côtés*, ce n'est pas la bonne expression. *De leur côté* serait plus exact. Je n'arrive jamais à être *aux côtés* de qui que ce soit. Je suis viscéralement claustrophobe. L'idée même de me retrouver à l'intérieur d'un groupe me fait gerber. Avoir des gens tout autour, et des chefs qui décident pour moi, je ne supporte pas ! Même quand, par hasard, ils vont dans le bon sens.

« Et puis, contrairement à d'autres qui adorent se projeter dans le futur, je sais, moi, que je n'ai qu'une seule vie ! La foutre en l'air pour une *cause*, non et non ! Je n'ai pas la trouille de la mort. Depuis tout petit, j'ai passé mon temps à jouer avec. Mais je tiens à mourir pour mon compte. Pour mon compte, bordel ! C'est ça, ma morale personnelle !

Son regard s'était fait méchant :

— Je hais les héros. Les héros morts, et encore plus les héros vivants, les pires des emmerdeurs, ceux-là ! Mon père en faisait partie, et il m'a tellement fait chier avec son Verdun, et avec le reste, que je n'avais qu'une envie, gamin : être un Boche pour lui passer une baïonnette à travers le bide !

Mort comme une gonzesse, c'est sûr. N'empêche que les coupes que Tewfik avait gagnées pour le compte de Cherchell dans les championnats de tir n'en ont pas quitté pour autant les vitrines du salon d'apparat de l'École. Il faut reconnaître qu'elles mettaient un peu de sérieux dans cette pièce tapissée de drapeaux trop neufs pour faire vrai.

Les bombes de l'OAS explosent à Alger, Bône et Oran, commençant à tuer les soldats du contingent qui, dans le bled, au gré des occasions, continuent à être tirés par les types du FLN. Ça n'a pas empêché deux pandores de la gendarmerie de T., au demeurant fort civils, de trouver le temps de passer chez Florence pour vérifier que Safia Mouraoui, FSNA mineure, élève de philosophie au lycée Delacroix, était bien clouée au lit avec une pneumonie.

Lopinot de plus en plus sombre. Nous étions partis dans sa voiture inspecter les travaux d'adduction d'eau au pied des bidonvilles, et il faisait défiler devant moi ses sujets d'inquiétude. *Ils sont tous devenus dingues* revenait en leitmotiv.

J'ai profité du climat de confiance ainsi instauré entre nous pour lui demander s'il avait connu Paul Ligny. Il a brutalement ralenti. Quelques instants lui ont été nécessaires pour articuler une réponse.

— Pauvre Paul, a-t-il laissé tomber, il n'a pas eu de chance. Des dingues ici, il y en a maintenant à chaque coin de rue, mais c'est une denrée qui n'a jamais manqué dans ce putain de pays !

Il n'a pas voulu m'en dire plus. « De vieilles histoires qu'on a décidé d'oublier. »

D'une extrême discrétion depuis mon arrivée ici, mes oncles et tantes, avec un ensemble touchant, se souviennent tout à coup de mon existence. Devant les attentats que les obsessionnels de l'Algérie française multiplient de Dunkerque à Perpignan, ils commencent à paniquer. En ma qualité d'acteur confirmé dans le spectacle en cours, ils me demandent de les rassurer, et, avec le plus grand naturel, de compatir au drame qu'ils sont en train de vivre. En filigrane de leurs messages, je devine que ce qui leur arrive est pour une bonne part notre faute. Si le contingent avait fait ce qu'il fallait, la violence n'aurait jamais traversé la Méditerranée.

Tous ces imbéciles en métropole ne se sont pas rendu compte que c'est un miracle s'ils ont échappé depuis sept ans à la fureur carnassière initiée ici et pu continuer leur petite tambouille. L'OAS, c'est le côté positif des événements actuels, leur met enfin le nez dans la merde où la lâcheté collective a entraîné le pays.

Les premiers temps que nous avons passés ensemble, Florence avait su prendre du champ par rapport à sa vie professionnelle et à son mode si solitaire de fonctionnement. Comme si tout à coup elle se trouvait dans une résidence du club Méditerranée avec un inconnu qui l'attirait.

Nous nous sommes vraiment amusés à nous raconter nos vies et nos fantasmes, à nous épater l'un l'autre avec nos bizarreries respectives. Le bonheur irraisonné qu'elle prenait à remuer ses liasses de vieux papiers pour tenter d'en tirer toute leur moelle, me touchait. Difficile de nier aussi que nous nous sommes donné du plaisir, nous qui venions de vivre si longtemps célibataires ou presque. Certaines nuits, nous nous sommes aimés pour de bon. Pour de vrai même peut-être.

Dès le départ, pourtant, Florence ne pouvait s'empêcher de faire à tout bout de champ allusion à nos vingt-cinq ans de différence d'âge, *un quart de siècle, tu te rends compte !*, et à nos projets professionnels qui n'avaient aucune chance de jamais se rapprocher. Ces rappels permanents de la précarité de notre relation nous minaient l'un comme l'autre, et c'était sans doute l'objectif qu'elle poursuivait.

Peu à peu Florence est retournée à la logique folle de ses montagnes d'archives à mettre au carré. *Ses djebels de papier à pacifier*, comme je lui disais, et au début, la phrase la faisait sourire. En fait, elle était blessée que je n'arrive pas à considérer comme tout à fait sérieuse la mission qu'elle s'était assignée alors que tout prenait l'eau alentour.

Je ne cessais de soutenir que se réapproprier son Histoire était essentiel, mais que la faire n'était pas complètement sans importance non plus. Pour les nations, mais aussi pour chacun de nous. Une affirmation difficile à entendre pour Florence. Depuis son adolescence, si j'ai bien compris, elle avait passé tous ses loisirs la plume à la main à essayer de ressusciter le temps envolé, celui des autres, mais aussi le sien… Nous avons beaucoup parlé de tout ça, calmement d'abord, puis avec une incompréhension croissante.

Notre séparation s'est faite sans cris, ni pleurs. J'ai oublié de revenir chez elle un soir et nous n'avons pas éprouvé le besoin d'épiloguer plus avant. Heureusement, Safia, à qui nous n'avons rien dit, nous oblige à nous retrouver tous les dimanches.

Kader de nouveau à T. pour le contrôle de la balle qui vit dans sa chair depuis la bataille de la Somme voilà quarante-cinq ans.

— Chapeau, la camelote teutonne ! s'était-il esclaffé un jour.

Par l'un de ses amis à T., il m'avait proposé de nous rencontrer au Musée archéologique. L'endroit n'a rien de discret. Mais Kader n'en a plus rien à foutre : tant pis si ceux d'en face lui font payer sa relation avec moi !

Avant que je quitte l'Algérie, il tenait absolument à me montrer un bijou déterré aux portes de la ville, du côté d'El-Menzah. Un modeste pendentif en argent de forme octogonale, *d'origine sans doute punique*, énonce l'étiquette en dessous de la vitrine. L'objet ne paye pas de mine, et aucun visiteur ne doit avoir l'idée de s'arrêter devant. En dehors de nous, bien sûr, car le même octogone, pareillement aplati à la base, est gravé sur une pierre scellée dans le mur d'une des plus anciennes maisons de *notre village*.

Qu'il ait spontanément employé cette expression m'a été droit au cœur.

— Je ne sais rien sur ce bijou, a-t-il dit, rien non plus sur les raisons de la présence d'un emblème identique dans notre vallée. Je peux juste ajouter que, dans ces fameuses calligraphies au henné que portent les femmes de la vallée, et qui paraissent si fort vous intéresser, cet octogone aplati est souvent présent.

« S'agissant de l'origine de ce motif, j'imagine que les spécialistes font des tas d'hypothèses. Il faudrait commencer par aller regarder du côté de l'expédition de Ramsès III dans notre coin il y a deux mille neuf cent onze ans, le début de ce calendrier berbère dont je vous ai trop parlé.

« Sur le fond, la seule certitude que j'ai, c'est qu'ici comme ailleurs, tout a commencé il y a un bon moment et que ça va continuer un sacré bout de temps malgré les Noguès et leurs pareils.

Il s'est arrêté un instant avant d'ajouter, un ton plus bas :

— Et malgré les Belhocine !

Il m'a regardé droit dans les yeux :

— Ce que nous vivons en ce moment est horrible. Mais cette terre et ses habitants ont résisté à tant d'horreurs ! Je voulais que vous repartiez en France avec cette certitude en tête.

C'était l'occasion idéale pour lui confier que, selon toute vraisemblance, le meurtre des Ligny n'avait pas été commis par les gens de Belhocine, ni même par l'horrible Lattache.

Il m'a écouté sans un mot, mais j'ai compris à l'expression qui s'est installée sur son visage buriné que mon propos lui ôtait un poids immense.

— Que la lutte dans notre vallée n'ait pas débuté par une telle infamie, a-t-il laissé tomber, me donne un peu d'espoir pour la suite.

Tout à coup sa bouche s'est crispée :

— Dommage que le Front se soit cru obligé de revendiquer cette horreur. C'est leur obsession à ceux-là : rien ne doit se passer en dehors d'eux, même les atrocités.

Il a ébauché un sourire :

— Décidément je ne suis pas fréquentable. Grâce à vous un instant j'entrevois la vie en rose, et il faut que je me gâche ce petit bonheur avec des considérations intempestives.

Avant que nous nous quittions, Kader m'a donné quelques nouvelles du village au lendemain de la désertion de Bechir. Des nouvelles pas trop encourageantes. Vertement tancé par ses autorités, le sous-lieutenant Gouvier rasait les murs. Le sergent Burguet avait pris le pouvoir, multipliant les mesures vexatoires et les arrestations pour un oui ou pour un non. On n'avait pas encore réussi à dénicher un candidat pour tenir l'école.

— Rien ne va plus, a-t-il résumé.

IX

RAZ DE MARÉE

Depuis les tout premiers jours de cette année 1962, qui, de l'avis de beaucoup d'observateurs, pourrait être la dernière de ce qu'on commence enfin à appeler la *guerre d'Algérie*, un bordel incontrôlable s'est installé sur les deux rives de la Méditerranée. Face à une telle situation, que peut faire le gouvernement sinon, une fois de plus, confier des missions supplémentaires à l'armée ? Donc maintenir sous les drapeaux les appelés qui, comme moi, s'attendent à être libérés fin février au terme des vingt-sept mois et dix-sept jours réglementaires qu'ils viennent de vivre au sein de la grande famille militaire…

C'était notre trouille à tous ces derniers temps. Lâche soulagement, donc, en recevant ce matin notification qu'une place m'a été réservée au départ d'Oran le 26 février sur le *Maréchal Bugeaud*. Ce sera donc au conquérant de l'Algérie de me faire retraverser la Méditerranée. Il me doit bien ça. « À Marseille, il sera procédé à votre démobilisation. » Pour éviter toute erreur d'aiguillage, je me suis abstenu de l'inévitable *Inch Allah*.

Symptomatique de la folie qui nous habite et de la perte de tous nos réflexes civilisés, nous en arrivons à nous réjouir des événements tragiques qui peu à peu installent la guerre d'Algérie en métropole.

Quand au mess nous avons parlé avec quelques camarades sûrs du grand rassemblement anti-OAS organisé hier à Paris, nous en étions presque à nous féliciter de la répression sanglante qui l'a marqué, les neuf morts écrasés contre les grilles de la station Charonne et le reste. Ça y était, enfin nos compatriotes allaient commencer à comprendre qu'ils étaient concernés par ce qui se passait ici depuis tant d'années.

C'est au cours de cette conversation que l'un de nous a mentionné une manifestation organisée à Paris par le FLN en octobre dernier, pour protester contre le couvre-feu imposé en région parisienne aux Algériens. Les *Algériens* ? Jusqu'à présent, on les appelait les FSNA, ou bien, plus simplement, les ratons. Un glissement sémantique qui vaut bien des exégèses politiques. Notre camarade avait reçu par la poste des extraits de feuilles plus ou moins confidentielles, assortis de photos accablantes. Il y aurait eu plusieurs dizaines de morts, dont certains par noyade, et on ne sait combien de blessés. Aucun d'entre nous n'avait eu le moindre écho de cette histoire soigneusement banalisée par la grande presse.

Comme aurait dit Kader, il est vraiment temps que ça s'arrête, ces conneries.

— *Ite missa est !* a lancé le colonel Tauriac quand j'ai pénétré dans son bureau ce 21 février. Elle est donc dite, votre messe à vous, après quelque mois passés sur cette terre française. Hélas, elle est quasiment dite aussi la messe dont on prépare la liturgie en ce moment même à Genève, aux Rousses ou je ne sais où. Car ils sont sur le point de les signer, ces accords calamiteux qu'ils préparent en catimini depuis des années en nous laissant continuer à faire les cons sur le terrain comme si de rien n'était.

Dans les écoles militaires, il avait appris à contenir ses fureurs, mais les doigts de sa main valide n'en tapotaient pas moins rageusement le bureau.

— Je sais que vous n'êtes pas hostile au processus en cours. Je le déplore, mais c'est votre affaire ! De toute façon, vous aurez, vous, l'immense privilège de ne pas vous trouver mêlé à la tragédie qui va maintenant se jouer. Depuis le début, les pieds-noirs n'ont pas montré de sens politique, c'est vrai, ni même de bon sens tout court, mais ils vont déguster, c'est moi qui vous le dis ! Et pour les musulmans qui ont choisi la France, ce sera l'enfer, même si je fais confiance au général de Gaulle pour les protéger et au besoin les accueillir en métropole. Voyez-vous, c'est la dernière chose à laquelle je crois : le sens de l'honneur de mes camarades d'armes.

C'est alors que j'ai trouvé le courage de lui exposer ce que j'avais peu à peu découvert de l'affaire Ligny. Tauriac a pâli, mais il n'a pas moufeté, puis il s'est levé pour aller vérifier qu'il n'y avait personne embusqué derrière la porte de son secrétariat

— Par ces temps d'OAS, a-t-il fait, je n'ai plus confiance en personne.

Il est venu s'asseoir à côté de moi.

— Jouons cartes sur table ! J'ai votre parole que tout cela restera strictement entre nous ?

J'ai juré craché.

— Bon ! Plusieurs mois après ma prise de fonctions, j'ai appris la vérité. Par hasard ou presque, au début sans arriver à y croire. Les faits, pourtant, étaient là. L'idée que des Français aient pu commettre une telle infamie me revient par périodes et me donne la nausée. Vous vous rappelez peut-être quand j'étais monté inspecter votre poste. En haut du mirador, vous m'aviez tendu une paire de jumelles pour que je regarde la ferme au pied de ses trois ou quatre cents mètres de falaise. Je vous ai rembarré avec une violence que je me reproche encore.

Il a repris, un ton plus bas, le visage crispé :

— Cette histoire des Ligny est une fêlure ignoble dans cette aventure de l'Algérie française que je considère, vous le savez bien, comme globalement positive pour notre pays et pour les gens d'ici.

Je l'ai remercié de sa franchise qui allait m'aider à mettre de l'ordre dans mes idées après une période dont le souvenir ne serait pas simple à gérer.

— Remarquez, a-t-il cru bon d'ajouter, je suis convaincu que sinon les *fells* auraient vite descendu Ligny. Il était un très mauvais exemple, la démonstration que les gens de ce pays pouvaient vivre côte à côte.

Il a haussé les épaules :

— On ne refait pas l'Histoire !

Un temps d'hésitation, et, d'une voix soudain presque juvénile :

— Heureusement ! Refaire l'Histoire : vous imaginez le boulot !

Sur le seuil, sa main valide m'a broyé les phalanges :

— J'ai été désolé pour votre ami Bechir, je veux que vous le sachiez. J'avais fait passer votre message à qui de droit. Mais ces types des commandos sont impossibles.

Le colonel Tauriac a raison. Que le calendrier me dispense d'avoir à assister à la fin de l'aventure est une chance gigantesque. Cette fin, on en devine maintenant les contours, même si nul ne peut prévoir à travers quelles nouvelles horreurs on y aboutira. À voir les massacres qui se sont additionnés du fait de l'OAS ces dernières semaines, elle promet d'être à la hauteur d'une tragédie dont le lever de rideau remonte à plus de sept ans.

Ce qu'aurait pu aussi me faire remarquer Tauriac, c'est qu'en plus, j'avais eu la veine de débarquer en Algérie fin 59, au moment où les combats connaissaient un ralentissement spectaculaire. Les barrages sur les frontières empêchaient enfin tout franchissement significatif par les troupes stationnées en Tunisie et au Maroc. À l'intérieur du territoire, au terme de combats souvent effroyables, l'armée avait réussi à cantonner l'adversaire dans des réduits d'où il ne pouvait plus sortir que de façon marginale. Comme le clamaient les états-majors, la bataille était gagnée sur le plan militaire. À la guerre sanglante avait succédé une période de maintien de l'ordre où il devenait beaucoup plus facile de garder la tête froide.

Bref, tout aurait pu être tellement pire pour moi ! C'est ce que je me suis répété ce matin en commençant à préparer mes bagages, brutalement conscient de ce à quoi j'avais échappé. Et presque honteux d'avoir été à ce point un privilégié.

Du séminaire dominicain où il s'est enfermé, Marc Floriot suit avec attention les affaires de la vallée, grâce à Kader et à moi, à d'autres aussi peut-être après tout. Dès qu'il avait appris mon départ de là-haut, il m'avait écrit pour savoir ce que j'allais devenir et comment allait être organisée ma succession.

Dans la lettre que je viens de recevoir, il me parle un peu de lui ainsi que je l'en avais prié. *La grâce qui n'emprunte jamais les chemins qu'on attend*, affirme-t-il, *continue à souffler, les bons jours au moins.*

Il m'apprend qu'il s'est remis ou plutôt qu'on l'a remis à l'arabe classique, au motif qu'il s'était beaucoup intéressé quand il était dans la vallée aux pratiques religieuses locales, notamment à celles des confréries.

Mes supérieurs pensent, mieux vaut tard que jamais, qu'il y a « un certain déficit dans le dialogue entre les deux religions ». Un bel euphémisme... Ils ont décidé de former d'urgence dans nos rangs des spécialistes de ce monde bizarre. Leur projet est de créer dans les pays arabes de petites communautés de prière et de témoignage. J'aime bien l'idée. Comme tu le vois, contrairement à d'autres, je risque de n'en avoir pas fini, moi, avec l'Algérie !

Après diverses réflexions consternées sur la guerre qui non seulement ne s'arrête pas, mais devient un billard à trois bandes avec l'entrée en lice de l'OAS, il enchaîne sur des considérations théologiques plutôt divertissantes :

Je repense souvent à ce que me disait Kader : « Sur beaucoup de points, les chrétiens ont des leçons à nous donner. Dommage que leur théologie ne soit pas à la hauteur ! » Quand notre professeur préposé à cette discipline aborde des sujets qui me semblent un peu trop tenir du fameux sexe des anges, j'entrevois le sourire narquois de notre musulman d'obédience voltairienne et j'ai du mal à ne pas éclater de rire. Mais les théologiens ne sont pas habitués à ce qu'on s'éclate la rate à leurs prônes. Jusqu'ici, j'ai toujours réussi à m'arrêter au bord du gouffre, mais demain ? Finalement ils seraient peut-être bien avisés de ne pas trop me mettre en contact avec nos frères musulmans. Tu vois les titres dans la presse : au terme d'une interminable controverse théologique à l'université Al-Azhar, un éminent dominicain jette son froc aux orties !

Je me suis souvenu tout à coup de la phrase que Kader avait un jour prononcée à propos de Marc Floriot :

— Il a extirpé le mal de notre vallée.

Et il avait conclu qu'il faudrait le moment venu lui élever une koubba quelque part dans la montagne.

Tout aurait pu être tellement pire pour moi. Cette évidence me trotte par la tête depuis mon entretien avec le colonel Tauriac. En dehors même des jambes sectionnées de Jean-Paul Martineau ou de la balle dans la tête chopée par Tewfik *chez les putes, oui vous, ses camarades, il faut que vous le sachiez : chez les putes !*... Par exemple, si Marc Floriot n'avait pas déminé le terrain avant que j'arrive dans la vallée, si Bechir ne m'avait pas accueilli comme un frère, si Delcourt ne m'avait pas jour après jour nourri des sucs de ses marais bas-normands, si Kader ne m'avait pas fait rire avec ses paradoxes aux moments où je n'en pouvais plus, si dans la dernière ligne droite Florence, Florence et Safia, ne m'avaient pas offert leur force et leur tendresse...

L'heure des bilans personnels tandis qu'alentour la mort améliore sans cesse ses performances par la grâce, cette fois-ci, de ceux qui ont enfin compris qu'à force d'avoir tout refusé depuis des années, ils allaient passer du statut de privilégié à celui de victime.

Je n'avais pas remis les pieds au *Petit Parisien* depuis l'étrange cérémonie organisée après la mort de Leila.

En peignoir, à peine maquillée, la patronne m'a paru vieillie de dix ans. Ma venue a eu l'air de lui faire du bien. Comme d'habitude, sur un fond de gin, elle m'a versé du martini rouge, mais cette fois jusqu'à ras bord comme s'il fallait liquider les stocks.

— C'est le début de la fin, m'a-t-elle confié. Déjà la mort de Leila, cet ange que nous adorions tous, avait causé beaucoup de tort à l'établissement. Mais le départ de Nadia... Ah, vous ne savez pas ! Nadia s'est fait la malle avec le colonel Carbonnier lorsqu'il a pris sa retraite ! Bien sûr, je ne lui en veux pas, la pauvre chérie. C'était pour elle une occasion en or. N'empêche que ça nous a porté l'estocade finale. Les autres filles ne font pas le poids, surtout maintenant. Les clients ont tellement besoin qu'on les rassure. Il reste Magda, mais elle ne sait plus où donner de la tête !

Nous avons trinqué à la santé des absentes, puis à nos amours respectives.

— Magda regrettera bien de ne pas vous avoir vu, a-t-elle soupiré. Vous ne voulez pas passer un moment avec Lili ? Elle est mignonne comme un cœur et elle adore faire plaisir !

En y mettant les formes, j'ai décliné. Mais j'ai promis de repasser un instant pour prendre congé de Magda, la survivante du trio à qui je dois tant d'échappées heureuses au milieu d'une désespérante grisaille.

Le toubib est descendu spécialement de la vallée pour me dire au revoir. Les gens de la vallée commençaient enfin à comprendre, m'a-t-il assuré, qu'on était à la veille d'un tournant important. Tétanisés, les harkis n'arrivaient pas à croire aux regards de plus en plus meurtriers qui se posaient sur eux quand ils traversaient le village. Seul Burguet, qui vociférait pour un oui ou pour un non, continuait à faire peur.

Signe des temps, des mains anonymes avaient recommencé à fleurir la citerne. Non plus avec des roses rouges, ce n'est pas encore la saison : avec des couronnes vertes et blanches, les couleurs du drapeau algérien.

Sachant qu'il allait me rencontrer, plusieurs villageois, dont quelques-uns lui étaient inconnus et me l'étaient peut-être aussi après tout, avaient pris la peine de passer à l'infirmerie pour le charger de me transmettre leur bon souvenir.

Toujours aussi solitaire dans sa cahute en parpaings, Kader lui avait confié pour moi un cadeau qu'il avait enveloppé dans un papier journal impeccablement plié.

J'ai ouvert avec précaution. C'était un mince volume en arabe accompagné d'une lettre écrite en tout petits caractères sur l'envers d'un papier administratif.

Abd el-Moussa, expliquait Kader, *est un poète damascène du douzième siècle. Il mérite un détour et il vaut même, je crois, le déplacement. J'aurais aimé vous offrir la traduction superbe qu'en a faite Massignon, mais décidément les librairies de la vallée sont en dessous de tout... À Paris, vous trouverez facilement. Peut-être quand vous aurez lu la version française, vous prendrez plaisir à regarder le texte en caractères arabes en vous souvenant de nos conversations à l'ombre d'une école désaffectée. Comme je vous l'avais expliqué non sans complaisance, j'ai laissé un bulldozer écraser ma bibliothèque. Ce dont je ne me suis pas vanté auprès de vous, c'est que j'avais mis de côté quelques volumes. Cette plaquette, en particulier, et, pas besoin de vous le dire, les* Contes de Voltaire *que je garde égoïstement pour mon usage personnel.*

Écrasons l'infâme et que Dieu nous garde !

Votre Kader

Delcourt m'a appris que, ces derniers temps, sa copine Dora était tombée en pleine dépression. Elle ne supportait plus la situation, la folie suicidaire de ses compatriotes, les incertitudes de plus en plus grandes sur le sort qui serait réservé à ceux qui resteraient, *dix pour cent, et encore*, estimait-elle maintenant. Elle avait fini aussi par admettre qu'il avait des projets sérieux à son retour dans le bocage bas-normand, une fille qu'il connaissait depuis trop d'années. Bref, Dora venait d'accepter un poste de coopération en Afrique noire, qu'elle rejoindrait directement à partir d'Alger où elle était passée voir sa famille.

— Notre séparation m'a crevé le cœur, a-t-il laissé tomber, mais ça devait se terminer ainsi.

Avant de reprendre la route, il a extrait de sa valise deux gros paquets scellés :

— Mes herbiers ! En ta qualité de sous-lieutenant, tu as droit à je ne sais combien de dizaines de kilos de bagages, en ta position d'ami, tu n'as pas le choix de m'envoyer paître. D'autant qu'avec ces dingues de l'OAS, nul ne peut garantir que les retours vers la métropole vont se poursuivre sans problème.

« Je passerai reprendre ces colis chez toi ou chez ta mère en 63, *dès que j'aurai repris racine* en métropole.

Il a éclaté d'un rire machinal :

— Pas très drôle, mon histoire de *racine* ? Je baisse, je baisse, mais tu sais que je ne peux pas résister à la tentation.

Il est devenu sérieux d'un coup :

— Attention, hein ! Il y a enfermées là-dedans trois ou quatre mises au point qui vont faire du bruit dans le landerneau de la botanique. Tu en es désormais comptable face à la Science.

Sans la moindre gêne, il a posé sur la table du restaurant les deux monstres enveloppés dans je ne sais combien d'épaisseurs de *L'Écho d'Oran*. J'ai soupesé pour me convaincre qu'il me faudrait transporter ces kilos tout au long d'un voyage de retour pas prévu pour être une partie de plaisir.

— Il y a une autre raison pour laquelle je tiens à récupérer tout ça à mon arrivée dans la mère patrie.

Il a hésité un instant :

— C'est idiot, mais quand mes enfants me demanderont ce que j'ai fait durant tout ce temps en Algérie, je veux pouvoir leur fournir une réponse claire et nette : j'ai herborisé ! Et je pourrai leur en fournir la preuve !

— Tandis que moi, en revanche… ai-je commencé.

Il m'a coupé :

— Tu trouveras quelque chose à leur raconter, aux

tiens, je te fais confiance ! De toute façon, d'ici à ce que tu te décides à en faire… Pas grave, tu seras un parrain très présentable pour les miens ! Tu pourras même choisir ton filleul : celle dont tu as côtoyé la photo à ton arrivée en veut une ribambelle, de chiards.

C'est sur cette plaisanterie idiote que nous nous sommes séparés, j'imagine pour un bon bout de temps. Mais les herbiers dont j'ai la garde nous font désormais siamois.

J'ai repensé à la préoccupation du toubib : être en mesure le moment venu de répondre aux questions de ses enfants. Effectivement expliquer plus tard ce que nous avons foutu dans ce foutu pays ne sera pas simple. L'expliquer à nos mômes ou à qui que ce soit !

Ainsi que je l'avais promis, j'ai fait une ultime apparition au *Petit Parisien* pour prendre congé de Magda. Cette fois encore elle était absente. *Secret d'État*, a lancé la patronne. Comme d'habitude, le fou rire qui l'a secouée a mis en transes sa permanente platinée, désormais pour moi si parfaitement assortie à son accent.

Tandis que nous sirotions notre ultime martini gin, Ali le camionneur est apparu dans l'escalier. En maillot de corps, il poursuivait une petite brunette que je voyais pour la première fois. Elle portait une combinaison très courte, de ce bleu pâle proche de celui de mon képi, une couleur décidément très à la mode en ce lieu. En m'apercevant, Ali s'est arrêté net et m'a gratifié d'un sourire vaguement gêné :

— Vous êtes venu prendre d'avance un bol d'air du pays auprès de notre belle hôtesse ? C'est pour bientôt, votre bateau, je me suis laissé dire ?

Et sans attendre ma réponse, à la patronne :

— Elle est mignonne comme la madone, ta petite Lili ! Et bombasse avec son jupon à ras de la pachole !

De ces expressions qu'on prend en pleine poire sans en percer tout à fait le sens, mais dont on sait sur-le-champ qu'elles resteront gravées à jamais dans les neurones.

C'était la première fois que j'entendais Ali parler comme s'il était attablé sur une terrasse du Vieux-Port. Un rôle où il était parfaitement à l'aise.

— Bon retour chez vous, mon lieutenant, a-t-il dit.

Et il a ajouté :

— Merci pour tout ce que vous avez fait. Et merci encore plus pour tout ce que vous n'avez pas fait !

Cette boutade plutôt drôle, il faut dire, nous a fait rigoler tous les deux. Il a enchaîné :

— Comme on dit à Marseille, *rappelez-vous que je m'en rappellerai*. Un de ces jours, nous nous rencontrerons là-bas, ou dans votre bonne ville de Strasbourg. Ou bien ici : vous reviendrez, j'en suis sûr, quand toutes ces histoires ne seront plus qu'un vieux souvenir. On le boira enfin, ce verre de l'amitié, en se racontant tout ce que les circonstances ne nous ont pas permis de nous dire pendant votre séjour. Ça sera un vrai plaisir pour moi, je vous jure. En attendant, tous mes vœux pour votre réinstallation sur l'autre rive !

Exquise dans sa combinaison de dentelle azur, la petite Lili avait profité de ce long discours pour filer vers les étages et Ali s'est lancé à ses trousses.

Avant de partir, pour la première fois j'ai embrassé la patronne sur les deux joues, comme on embrasse une femme à qui l'on doit beaucoup.

— Pensez parfois à nous, a-t-elle demandé, là où vous serez. La mouscaille, on l'attendait. Cette fois, elle nous arrive droit dessus ! Dieu merci, Ali nous a à la bonne, mais tout de même ça va pas être de la tarte pour nous !

Ali nous a à la bonne. La phrase me trotte dans la tête depuis hier. Une pièce de plus dans le grand puzzle !

Chaque fois que nous passions le seuil du *Petit Parisien*, d'une façon ou d'une autre nous apportions notre obole à ceux d'en face ! Cette réalité n'a pas dû tout à fait échapper aux services de renseignements. Au colonel Carbonnier, par exemple, réputé l'un de leurs plus éminents représentants. Chacun a sûrement trouvé son intérêt dans cette affaire.

Kader aurait un proverbe de son cru pour tirer la morale de tout ça.

Même si j'ai maintenant déchiffré certains éléments du rébus, je repartirai sans savoir qui, un beau matin, a pris la décision de m'octroyer un sauf-conduit dans la vallée. Ali, soucieux de garder un interlocuteur présentable, avec qui, en prime, échanger des vannes quand il s'ennuyait au village ? Ahmed Hamiche réaliste malgré son refus d'entamer le moindre dialogue personnel avec moi ? Ou bien, tout simplement, Kader, ombre tutélaire au-delà de nos conversations aux marges du fracas ? À moins que Bechir, après tout, ait été encore plus engagé avec ceux d'en face qu'il ne nous paraissait, à Delcourt et à moi.

Pour mon départ, Edmond Lopinot a tenu à m'offrir une bouteille d'eau-de-vie 1938 distillée par son père :

— Votre année de naissance, bien sûr, mais aussi, parole d'honneur, le meilleur millésime depuis 1873, l'année où nous avons fait nos premières vendanges.

Il n'a pas résisté cette fois à l'envie de me dire enfin tout ce qu'il avait sur le cœur contre les grands colons qui avaient soufflé sur les braises depuis le début des événements tout en rapatriant méthodiquement leurs avoirs en métropole.

— Avec leur pognon, leurs journaux, leurs parlementaires en faction à Paris, ils nous ont bourré le mou. Et maintenant que c'est foutu, ils font bousiller par leurs hommes de main ce pays qui est le nôtre, pas le leur ! Total, c'est qui qui va morfler, dis ?

Il a haussé les épaules :

— On va essayer de rester, mais franchement je suis pessimiste. Je ne le crie pas sur les toits, mais un bon tiers des Européens a quitté la commune depuis le début de l'année, et l'hémorragie n'est pas près de s'arrêter.

De sa petite voix chantante, Clémence Lopinot qui se tenait à ses côtés sur le perron a lancé :

— Ce n'est pas grave, le moment venu on prendra la malle-poste pour Oran comme mon aïeule Clémence. Et votre amie l'archiviste pourra raconter notre histoire dans ses livres.

Elle est partie d'un petit éclat de rire qui s'est étranglé, et elle a tourné les talons.

Dans *L'Écho d'Oran* qui traînait sur le zinc du *Jules Ferry*, cette fière annonce :

> *Suite à la magnifique victoire qu'elle a remportée dimanche sur l'AFB-Blida, c'est donc l'Association Amicale des Boulistes de T. qui représentera l'Algérie à la finale des championnats de France de pétanque. La finale aura lieu à Draguignan du 4 au 11 juillet prochain. Tous nos vœux à la vaillante équipe de l'AABT !*

— Trente ans que j'attendais ça, répétait un vieux type accoudé au comptoir.

Les traits burinés profond, le maillot douteux, il sirotait son anisette. Goguenard, il m'observait à côté de lui en train de boire un jus d'orange, le képi vissé sur la tête.

— Cette fois, on va vous le mettre, m'a-t-il lancé d'une voix qui sentait l'Andalousie. Vous le mettre jusqu'au trognon même !

En voyant ma mine peu engageante, il a lancé :

— Ça va ho, petit, faut pas être triste, un jour c'est vous qui nous le mettrez ! Voilà le sport. Une fois l'un, une fois l'autre ! Tu vas pas me tomber malade, ho ! Allez, je t'offre un verre !

J'ai refusé sans ménagements. Méchamment même. D'un seul coup les verres de thé trop sucré, les verres d'anisette trop mouillée, les verres tout court, je ne supportais plus. Vingt-huit mois j'avais tenu. Maintenant c'était fini.

La veille de mon départ, nous avons passé avec Florence et Safia l'un de ces dimanches heureux auxquels nous avons pris goût tous les trois. J'avais fait le partage de mes bouquins, et pour Safia, recevoir un carton plein de livres a été un grand moment.

Avec son insouciance tranquille, la *gamine*, comme nous l'appelons pour lui rabattre un peu son grandissant caquet, nous avait martelé tout au long du déjeuner quelques vérités définitives sur l'impératif catégorique. Il est clair qu'elle fera son chemin si les petits cochons, et surtout les gros, ne la mangent pas.

Plus tard dans l'après-midi, Florence est partie farfouiller dans sa chambre. Elle est revenue, les yeux brillants, avec deux feuilles de papier à dessin. Des esquisses de Baya que lui avait données le galeriste d'Oran. Elle nous en a offert une à chacun. À moi, *La Femme à la tête invisible*.

— Une variante de cette histoire de la *Femme à la tête coupée* dont je t'ai infligé tous les détails. Je veux que tu te souviennes de ce moment qui, pour moi, fut important dans notre relation !

Tracée à grands coups de crayon, une silhouette vêtue d'une tunique écarlate se dirigeait vers un énorme soleil. De tête, effectivement, il n'y en avait pas. Pourtant, on le saisissait sur-le-champ, cet être était une femme et rien ne pouvait entraver sa marche.

Dès que Safia a eu le dos tourné, Florence m'a murmuré :

— J'ai aimé notre histoire bizarre. Pas besoin d'en dire plus ! Pas besoin d'en dire moins !

Durant le dîner, nous n'avons pratiquement pas parlé, juste échangé tous les trois des regards chargés d'émotion. Dans la voiture, devant l'internat du lycée, Safia m'a déposé sur la joue l'un de ces baisers qu'on pratique dans les familles convenables au moment de prendre congé. Un peu poisseux, mais sympa tout de même puisque c'était la première fois.

Florence a tenu à m'accompagner en train jusqu'à Oran.

— Ne te fais pas de souci ! m'a-t-elle dit durant le trajet. Tout va bien se passer pour Safia. Je l'adore, je ne la laisserai pas tomber.

Un peu plus tard, elle est revenue sur le sujet :

— Il faudra bien qu'elle poursuive ses études en métropole. Tu jetteras alors un œil sur elle. Un œil ou même les deux, sait-on jamais. Je t'écrirai le moment venu.

À Oran, il soufflait un petit vent glacé qui s'infiltrait partout. À la descente du train, pas le moindre taxi. Les autobus, eux, suite à des consignes convergentes de l'OAS et du FLN, étaient en grève. Sur le perron de la gare déserte, nous avons récupéré un antique chariot sur lequel j'ai posé mes trois valises et le sac puant la chèvre que j'avais acheté pour transbahuter les herbiers de Delcourt.

Nous avons traversé la ville en poussant cet attelage de fortune. Sur la chaussée, passaient en trombe voitures de police et ambulances, sirènes hurlantes. Au loin, on entendait de sourdes explosions.

À la gare maritime, c'était bien pire que lors de la ruée des vacances les derniers jours de juin. Un grand nombre de familles avaient pris la décision de gagner en catastrophe la métropole malgré l'interdiction édictée par l'OAS. Valises, sacs et cartons ficelés n'importe comment hérissaient le sol. Visage lessivé, les gens n'avaient même plus la force de pleurer en quittant leurs proches.

Postées tous les cinquante mètres, des automitrailleuses montées par des garçons du contingent recrus de fatigue étaient supposées rassurer tout ce petit monde.

Au bout du quai, il y avait une entrée réservée aux militaires. Ils avaient bien mérité de la patrie, sans, du reste, qu'on sache tout à fait quoi, peut-être simplement le droit de rentrer chez eux sans faire la queue. Nous nous sommes embrassés.

— Ce n'est pas le meilleur moment pour se trouver en Algérie, a-t-elle laissé tomber. Mais c'est tout de même mieux que passer ses soirées à Aurillac ! Dans deux ans, de toute façon, je retourne en métropole. La quille, comme vous dites, vous, les guerriers ! Arras ou Épinal, c'est le genre de choix existentiel que l'Administration me proposera… On verra bien !

Déjà elle avait fait demi-tour. Longtemps je l'ai observée sur le quai entre les haies d'automitrailleuses, frêle silhouette emmitouflée dans sa gabardine noire qui retournait vers la ligne de front qu'elle s'était choisie.

X

SUITE SANS FIN

La suite, c'est Delcourt qui me l'a racontée. Rentré à la fin juillet, cinq mois après moi, le toubib avait eu l'amer privilège de vivre en direct l'enchaînement diabolique des événements.

Il m'avait fallu du temps pour me décider à lui rendre visite. L'envie de le revoir, celle de savoir aussi, finirent par être plus fortes que mon besoin de tirer un trait sur cette période. Sous un crachin de début d'automne, je me suis retrouvé devant le manoir des Delcourt au fin fond du bocage bas-normand. Je n'avais pas oublié de charger sur la banquette arrière de ma voiture, emmaillotés dans je ne sais combien d'épaisseurs d'*Écho d'Oran*, les herbiers destinés à faire un malheur dans le landerneau des botanistes.

Les grilles étaient ouvertes et de maigres lanternes guidaient vers la maison. Le toubib devait guetter le crissement du gravier sous les pneus. Au moment où je coupais le contact, la porte s'ouvrit, et sa silhouette se découpa en haut du perron, enveloppée dans une houppelande d'un autre âge. Dans mon souvenir, je le voyais plus petit, plus râblé. Mais il était bien capable d'avoir fait installer un projecteur discret susceptible d'agrandir son ombre quand il accueillait des visiteurs.

Avant de dévaler les marches il prit le temps de m'adresser de grands signes de main. Pour la première fois, nous nous sommes embrassés, comme si souvent sur l'autre rive nous avions vu les autres le faire, sans jamais avoir l'idée de les imiter.

Delcourt m'entraîna dans la pièce qu'il appelait le *bureau du grand-père*. Il y avait allumé un feu d'enfer. Un en-cas à la hauteur des circonstances nous attendait sur une table. Le toubib s'était souvenu de tout ce que j'aimais le mieux dans les colis qu'il recevait. En prime, de derrière je ne sais quels fagots, il avait sorti un margaux à damner.

— 1933 : l'année de ta naissance ! ai-je fait remarquer.

— Honnêtement, ma naissance n'a pas grand-chose à voir dans cette histoire. Ce que tu apprendras quand tu seras plus grand, c'est que les margaux se soucient assez peu de ce qui se passe hors des quelques hectares d'où ils tirent leurs sucs. Ma sortie d'entre les jambes de Madame ma mère ne leur a pas fait beaucoup plus d'effet que l'accession au pouvoir, le même jour, figure-toi, d'un certain Adolf Hitler.

Sans éprouver le besoin de prononcer un mot, nous avons levé nos verres à nos retrouvailles. Puis nous avons pris le temps de nous dévisager. J'ai trouvé à Delcourt nettement moins bonne mine qu'à l'époque où nous sillonnions de conserve le pays de rêve où nous avions été assignés à résidence. Les derniers mois de guerre avaient dû entamer sérieusement sa robuste constitution.

Soudain nous avons éclaté d'un rire énorme. Jamais nous n'aurions cru qu'un jour nous nous retrouverions vivants et de nouveau ensemble.

— J'imagine que tu n'as pas fait cette route pour moi, a-t-il lancé. Je te connais par cœur, pas sentimental pour un rond, mais curieux comme un chat. Tu es venu aux nouvelles, un point c'est tout ! Et c'est vrai que j'en ai quelques-unes qui peuvent t'intéresser.

Sans plus tarder, il a entrepris de me raconter dans le détail la débandade parfaitement ignoble qui avait conclu ces sept années de guerre.

Dans la vallée, le cessez-le-feu, entré en vigueur après la signature des accords d'Évian du 16 mars 62, n'avait pas eu vraiment de conséquences pratiques. Il n'y avait plus de combattants dans le coin en dehors de la poignée de moudjahidin qui avaient réussi à franchir la frontière la nuit de Noël précédente et s'étaient retranchés dans les grottes des Trois Pitons. Ils se gardèrent bien d'apparaître. Les promesses échangées par les gouvernements à des années-lumière de là ne leur inspiraient aucune confiance.

D'autant que, rendue folle furieuse par Évian, l'Organisation Armée Secrète créée par les jusqu'au-boutistes de l'Algérie française s'était lancée dans une politique de la terre brûlée qui n'affectait pas seulement les villes. En quelques semaines, ses membres firent des milliers de victimes, des Européens et des musulmans libéraux, mais surtout, bien sûr, de pauvres gens qui avaient le malheur d'avoir la peau sombre et de traîner par là.

Mais il était trop tard pour retarder la marche de l'Histoire. La communauté pied-noir ne croyait plus au miracle, l'armée était lasse et les Français de France voulaient en finir à n'importe quel prix avec cet interminable cauchemar.

Quelques irréductibles de l'OAS conçurent alors l'idée de créer des maquis dans des régions qu'ils connaissaient pour y avoir assuré la *pacification.* C'est ainsi que, terré dans la clandestinité depuis le putsch des généraux, le capitaine Nogués refit surface. À la tête d'une trentaine d'hommes, mélange de déserteurs des unités régulières et de harkis qui n'avaient plus rien à perdre, il prit le chemin des Trois Pitons.

Devant cette escouade puissamment armée, ceux d'en face eurent le bon sens d'abandonner la place. Seuls deux ou trois maladroits se laissèrent capturer, et ils payèrent pour tout ce qui se passait à Paris, à Évian et maintenant à Alger. Dans les grottes, à grand renfort de plastic, Nogués s'aménagea un nid d'aigle. D'énormes *Algérie Française* furent peints sur les flancs de la montagne. Quand ces préparatifs furent achevés, il s'installa sur le belvédère touristique qui dominait l'immense panorama. Son éternel mégot au bec, une paire de jumelles à la main, il attendit l'assaut.

À son grand désespoir, personne nulle part ne s'intéressait à son équipée absurde. Les vivres se firent rares. Petit à petit, ses hommes disparaissaient, déboussolés par l'attente et les transistors qui déversaient des nouvelles décourageantes. Bientôt il n'y eut plus avec lui qu'une poignée de fidèles faméliques.

Très calme soudain, il décida que le moment était venu de frapper un grand coup. Avec ce qui restait d'explosifs, il fit miner la *nouvelle citerne*, symbole éclatant de l'œuvre colonisatrice de la France. Son pistolet d'ordonnance, qui avait tant servi dans la vallée en contrebas, donna le signal de la mise à feu. Dans un énorme fracas, les eaux se précipitèrent vers les pierriers. Du belvédère, Nogués observait la scène sans broncher. Quand il fut certain qu'il ne restait plus une goutte d'eau dans les débris de la citerne, il arracha le mégot qui traînait à ses lèvres. Au garde-à-vous face à la vallée, il appuya le canon du pistolet sur sa tempe. Il avait la technique.

Dans la vallée, très vite, la vie devint intenable. Non seulement les canalisations d'eau étaient vides, mais bientôt l'essence et les produits de première nécessité disparurent.

Début juillet, le sous-lieutenant Gouvier reçut instruction de quitter le village avec Delcourt et le sergent Burguet, en emportant seulement les armes et les archives du poste. Pour ce qui concernait les harkis, le commandement lui donnait l'assurance que les nouvelles autorités s'étaient engagées à empêcher toutes représailles. Seuls ceux qui avaient commis des crimes ou des actes pénalement condamnables seraient déférés à des tribunaux *ad hoc*, point final. C'est ce que Gouvier expliqua en long et en large aux intéressés dans les jours qui précédèrent son départ en leur distribuant les maigres primes de fin de contrat que la République avait prévues à leur intention.

Escortés par un détachement du 33e d'artillerie qui évacuait la frontière, ne laissant derrière lui que ses barbelés et ses champs de mines, les trois Européens du poste prirent au petit matin la direction de T. La population avait reçu des nouveaux responsables instruction de ne pas sortir des maisons tant que les véhicules n'auraient pas dépassé le premier virage de la route.

— À l'aplomb du marabout de Sidi Barka, n'ai-je pu m'empêcher de lancer.

— Affirmatif, a-t-il laissé tomber, l'air grave tout à coup.

La plupart des harkis étaient restés sur place. Bon nombre d'entre eux avaient au village de la famille ou des amis. À peine le convoi disparu, leur fête commença. Avec comme toile de scène la *vieille citerne* pleine à ras bord de ses morts et, sur les côtés, les rosiers plantés par Mado la Française. Vieux pneus enflammés autour de la taille, mutilations à la tronçonneuse, tout y passa. Pour certains, la cérémonie expiatoire dura trois jours, jusqu'à ce que leur cœur veuille bien enfin se lasser.

À évoquer devant moi ces scènes d'horreur vécues dans leur chair par des hommes avec qui nous avions vécu pendant tant de mois, Delcourt a soudain éclaté en larmes, les larmes sèches et coupantes que peut sécréter un hominidé occupé depuis tout petit à se boulonner une cuirasse. Il n'a pas cherché à les empêcher de sortir, ni à s'en excuser.

Quand il a repris son calme, il y a été d'une de ces boutades dont il est coutumier :

— Penser que le soir je vous racontais mes récits de

fantômes bas-normands pour vous obliger à vous sentir en sécurité au fond de cette vallée de merde !

Ce souvenir lui a arraché un maigre sourire. Il a remis une énorme bûche dans la cheminée. Il y avait des heures que nous parlions. Un bon moment, il a fixé les flammèches qui reprenaient, avant de se rasseoir.

— Bon ! En quelques mots, la suite du feuilleton ! Tu ne devineras pas à qui les nouvelles autorités ont confié la charge d'administrer et de reconstruire les villages de la vallée ?

Il m'a observé, la mine gouailleuse.

— Tu donnes ta langue au chat ? Bien, voyons, au meilleur, au meilleur d'entre nous, on peut dire comme ça, non ? À Ali Resbane, le camionneur dont tu aimais tant le sourire franc et massif !

J'ai fait semblant d'être étonné.

— Au moment où je te parle, a-t-il repris, c'est Ali qui est assis dans ton fauteuil, plus impérial encore que ta pomme. Incroyable, non ? J'ai eu de ses nouvelles par un de mes patients descendu pour me consulter à Oran où j'attendais qu'on veuille bien me trouver un bateau pour Marseille. Il m'a raconté que le commandant de la zone, un colonel débarqué des camps d'entraînement de l'Armée de libération au Maroc, était venu en personne l'introniser.

« Devant toute la population, il s'était livré à un vibrant éloge de l'action héroïque menée par le frère Ali Resbane tout au long des années de guerre. *À la barbe des Français !* avait-il lancé en utilisant tout à coup notre belle langue. L'expression l'avait tellement fait se poiler – oui, pardonne-moi, vieux, mais tu me connais, c'est nerveux chez moi ! – que, sans comprendre, toute l'assemblée s'était crue obligée de se fendre longuement la pêche.

Cette histoire ne nous a pas beaucoup déridés. Nous avons dû reconnaître qu'à force d'avoir tué tous les frères

Hamiche du coin, nous n'avions plus laissé grand monde à ceux d'en face pour exercer le pouvoir.

— Cela dit, a fait remarquer Delcourt, Ali est parfait dans son nouveau rôle. À peine intronisé, il a mis la main sur les stocks de la cimenterie Lafarge à T. et il a fait une razzia en règle sur les camions en déshérence dans les fermes de la plaine. De la vallée jusqu'aux contreforts des Trois Pitons, il a établi une noria de matériaux et de maçons. La reconstruction de la *nouvelle citerne* sera terminée avant la fin de l'année, jure-t-il.

Avant d'aller dormir, nous avons bu un ultime verre de calvados, cette fois en l'honneur de notre camarade Bechir.

Il n'aurait pas trop aimé ce qui s'est passé ces derniers temps dans la vallée, avons-nous décidé pour lui.

J'étais en train de m'endormir quand Delcourt a frappé à ma porte. Très excité, il s'est assis à mon chevet :

— J'ai oublié de te donner la seule bonne nouvelle du moment : j'ai réussi à ramener avec moi la fille de Mouraoui. Safia, la petite Antigone que tu as trompée ignominieusement en lui laissant croire que c'était toi qui avais liquidé l'assassin de son papa !

J'ai été soulagé d'un poids immense. Malgré bien des démarches, je n'avais aucune nouvelle récente de Florence, et tout au long de la soirée, j'avais lâchement différé le moment d'interroger Delcourt sur elle et sur Safia.

— Quand le lycée a fermé, ton amie Florence l'a accueillie chez elle. Il fallait qu'elle parte. À ses risques et périls, Florence s'est décidée à l'escorter jusqu'à Oran. Un miracle que nous nous soyons retrouvés. La ville était devenue une abominable pétaudière. On tuait dans les faubourgs, et des dizaines de milliers de pieds-noirs, de supplétifs, d'amis de la France généreuse et éternelle campaient sur les quais du port.

Je l'écoutais à peine tant la tension accumulée depuis des

semaines s'était dissipée d'un coup, me laissant dans un étrange état d'hébétement.

— Il a fallu, a-t-il repris, que je me batte au couteau pour obtenir à Safia une place sur le bateau qui allait m'emmener. J'ai juré craché qu'elle était, comme on dit dans ma province, *enceinte de mes œuvres*. Et j'aime mieux te dire que j'avais le paquet de certificats médicaux qu'il fallait ! Jusqu'au général commandant le service de Santé de la place qui a apposé sa signature où il fallait.

Je devais avoir assez pâli pour que Delcourt se sente obligé de lancer, en prenant l'accent pied-noir que Dora lui a si bien instillé :

— Ma parole, mon lieutenant, je l'ai pas touchée ! Safia, je la respecte plus que si ce serait ma mère ! Mais on allait pas l'abandonner chez les anthropophages, ho, dis ! Plus teigneuse encore que son papa, elle aurait demandé rendez-vous à Ben Bella pour lui crier *Algérie Française* !

Il est parti d'un énorme éclat de rire.

— Rassure-toi, vieux ! Ma mère s'occupe d'elle. Elle lui a trouvé une place en hypokhâgne au lycée de Caen. À ma connaissance, quoique fort gironde maintenant, Safia est toujours vierge. Comme tu le sais parfaitement, j'ai une fiancée bas-normande, dont ma mère défend les intérêts bec et ongles. Bon, je te donnerai l'adresse de la gamine. Tu pourras aller te rendre compte par toi-même !

Le lendemain au petit-déjeuner, Delcourt n'a pu s'empêcher de me demander si j'avais réussi à enterrer une fois pour toutes mes morts du Chenoua. Je lui ai expliqué que, depuis mon retour, trop de gens, compassion sincère ou malsaine curiosité, m'avaient interrogé sur mon tableau de chasse outre-Méditerranée. Des femmes, notamment. Chaque fois, ces questions intempestives et mes réponses brutales redonnaient des couleurs à mes trois compagnons d'insomnie.

— Le plus impayable dans cette histoire, a-t-il une fois

de plus remarqué, c'est que tu es le pire tireur que j'ai croisé de ma vie. Les fois où j'ai réussi à t'entraîner dans la montagne pour chasser le perdreau, tu m'en as asséné des preuves définitives. Il n'y a pas le moindre doute : cette nuit-là, toutes tes balles se sont perdues dans la nature !

J'ai renoncé à lui redire que, de toute manière, j'avais vu les trois types mourir sous mes yeux, et que cette vision-là, les corps s'écroulant chacun à sa manière, *au milieu du buis de mon enfance* comme il m'avait expliqué, ne paraissait pas pour le moment décidée à s'effacer de mes neurones.

Me trouvant sans doute un sale air, il a griffonné sur un bout de papier le nom d'un de ses anciens enseignants, psychiatre de renom, que j'aurais peut-être intérêt à consulter.

Nous sommes allés marcher dans les chemins creux. Il tombait une petite pluie glacée. À ma demande, Delcourt est revenu sur l'ultime conversation qu'il avait eue avec Florence dans le hall d'un hôtel oranais envahi par des réfugiés hagards. Elle lui avait affirmé de la façon la plus nette qu'elle comptait retourner à T. et y rester jusqu'à la fin de la mission qui lui avait été confiée quand elle avait pris son poste. C'est aussi ce qu'elle m'avait déclaré dans la dernière lettre que j'avais reçue d'elle : *Le moins qu'on puisse faire pour les Algériens, c'est de leur laisser des papiers en ordre.*

Le chemin longeait un étang revêtu d'une mince pellicule de brume. À un moment, mon compagnon m'a entraîné vers les rives détrempées. D'un doigt impérieux, il a désigné une touffe informe et m'a forcé à m'accroupir :

— Tu ne vois pas ? Bordel, mais c'est d'un ophtalmo dont tu aurais besoin, pas d'un psy ! Un *orchis militaris* ! C'est vrai que ce n'est pas la meilleure saison pour les identifier. Ça fleurit en mai-juin, des fleurs rouges pourprées magnifiques. Dans notre coin en tout cas. Figure-toi que j'en ai déniché à un endroit imprévu, de ces *orchidées militaires* : dans les jardins qui s'alignent le long de notre oued. À mon retour en métropole, pardon, il faut penser maintenant à dire *en France*, j'ai vérifié dans la littérature spécialisée : pas la moindre mention de leur existence de l'autre côté de la Méditerranée !

Il s'est relevé, pas mécontent de m'avoir forcé à le suivre dans ses fantasmes de ce côté-ci de la grande bleue aussi.

— Un nom facile à retenir, a-t-il affirmé. *Orchis militaris* ! Normal qu'elles aient traversé la mer : les militaires débarquent sans crier gare, surtout là où personne ne leur a demandé de venir !

Pour le déjeuner, Delcourt avait prévu l'un de ces civets de sanglier qu'il nous mijotait si bien dans notre vallée perdue. Il avait dû entreprendre depuis plusieurs jours de *mortifier* la bête avec ses sauces de sorcier. En tout cas le résultat était divin.

— Comme tu ne l'as certainement pas noté, a-t-il fait, j'ai ajouté un chouïa de figues crues dans l'assaisonnement de la bête. Une suggestion de Bechir, qui s'était révélée judicieuse et que j'ai transplantée ici. Je ne suis pas mécontent d'apporter ainsi ma modeste contribution au progrès de la gastronomie bas-normande.

Pour être tout à fait heureux, il nous manquait juste la phrase rituelle de Bechir sur ces chiens de roumis que nous étions.

Au moment où je montais en voiture, je me suis aperçu que l'autocensure avait continué à fonctionner : je n'avais pas interrogé Delcourt sur Kader. Trop d'appréhensions après tant de catastrophes. Comme moi, le toubib n'en avait pas eu la moindre nouvelle.

À plusieurs reprises par la suite, j'ai écrit à Kader. Des lettres aussi anodines que possible pour lui éviter toute complication. Sans obtenir de réponse. J'ai commencé à paniquer. Si Kader lui aussi était mort, Kader qui m'avait appris à affronter tête haute la folie du monde et à faire passer les frontières là où il fallait, alors il n'y avait plus aucune espérance en ce monde.

Plus aucune ou presque, car entre-temps, j'avais été à Caen voir Safia, mais ça, c'est une autre histoire, qui n'a pas sa place ici.

J'avais aussi reçu des nouvelles rassurantes de Florence. Elle avait réussi à se faire nommer auprès du nouveau directeur des archives de la willaya de T., un ancien moudjahid qu'elle avait converti à la nécessité de poursuivre le combat dans ces fameux djebels de papier qui étaient devenus sa raison d'être. Pour le moment, elle était en train de récupérer tout ce qui subsistait des documents des maquis de la région. *Avant que tout ait disparu !* m'expliquait-elle, imperturbable comme toujours. *Le moment venu, l'Algérie nouvelle aura besoin d'en savoir le plus possible sur ceux qui, contre toute défense, ont arraché son indépendance.*

Je n'y croyais plus quand Kader s'est manifesté. Il venait enfin de recevoir l'une de mes lettres. Sitôt les Français partis, il était remonté dans son village natal tout en haut de la vallée. Le premier et presque le seul, tant le lieu était invivable. Il avait réussi à remettre un puits en état. En attendant l'hypothétique reconstruction de sa maison, au milieu des gravats il s'était édifié une cahute :

> *J'ai beaucoup progressé, vous le voyez, sur le plan philosophique depuis l'époque où j'avais l'ambition démesurée de cultiver mon jardin. J'en suis maintenant au tonneau de Diogène, et j'ai même la lanterne qui va avec !*

Et d'une écriture presque apaisée, il concluait :

> *Comme nous le disions à nos officiers au fond des tranchées : tout va très bien, merci !*

TABLE

Cet ouvrage a été imprimé en France par

CPI
Bussière

à Saint-Amand-Montrond (Cher)
en juin 2009

N° d'édition : 631. — N° d'impression : 091857/1.
Dépôt légal : juin 2009.